steffen verlag

MATTI SUND
DORIT BIEL

DAS CORONA ENDE

ROMAN

STEFFEN VERLAG
BERLIN

Der Umschlag ist besonders veredelt:
Durch den auf dem Umschlag aufgetragenen neuen Schutzlack „Lock3“ ist die Oberfläche bakterien- und virenreduziert, dank einer patentierten Weltneuheit!
Der Speziallack Lock3 wurde vom Universitätsklinikum Regensburg nach dem Vorbild der Natur entwickelt, er wirkt nur mittels Licht und Sauerstoff.
Auf Basis der Photodynamik ist es gelungen, allein durch die Reaktionen von Licht und Sauerstoff langfristig Sicherheit zu schaffen. Die Hygiene-Funktion „schläft“ sozusagen auf der Oberfläche des Buches in Schrank und Kommode. Doch sobald Sie das speziallackierte Buch wieder zur Hand nehmen, und das Produkt mit Licht und Sauerstoff in Berührung kommt, aktiviert sich die Funktion erneut. Schädliche Keime werden erneut dauerhaft abgetötet.
Geprüft durch das Fraunhofer Institut (IVV, Freising)
„Im Gegensatz zu marktüblichen Desinfektionsmitteln wirkt der Lack permanent. Die Desinfektionswirkung verfliegt beim üblichen Desinfektionsmittel quasi mit dem Lösungsmittel. Aber bei dem neuartigen Lack handelt es sich um eine **permanent aktive antimikrobielle Beschichtung**, wenn Licht und Sauerstoff vorhanden sind!“
Prof. Dr. Bäumler, Forschungsgruppe am Universitätsklinikum Regensburg

Die Deutsche Nationalbibliothek verzeichnet diese Publikation
in der Deutschen Nationalbibliografie;
detaillierte bibliografische Daten sind im Internet über
http://dnb.d-nb.de abrufbar.

1. Auflage 2020

Berliner Allee 38, 13088 Berlin, Tel. +49 (0) 30 41 93 50 14
info@steffen-verlag.de, www.steffen-verlag.de

Titelfoto: Thomas Strysch

Herstellung: STEFFEN MEDIA GmbH, Friedland – Berlin – Usedom
www.steffen-media.de

ISBN 978-3-95799-097-6

PROLOG

Liebe Leserin, liebe Leser,

März/April 2020. Corona, Covid-19, hat Deutschland fest im Griff. Viele Menschen sind betroffen, viele dramatisch in ihrem Leben eingeschränkt. Krankheit, Quarantäne, Jobverlust, Heim- und Kurzarbeit, Existenzängste, scheiternde Unternehmen ...

Am 18.3.2020 hielt Angela Merkel ihre viel beachtete Rede zur Gefahr aller. Sie forderte die Menschen in Deutschland auf, alles zu tun, um die Verbreitung des tödlichen Virus einzudämmen.

Am 22. März einigten sich Bund und Länder auf ein umfangreiches Kontaktverbot. Ab dem 23. März darf man sich nur noch maximal zu zweit im öffentlichen Raum aufhalten. Dabei muss ein Abstand von mindestens anderthalb Meter eingehalten werden.

Geschäfte schließen, das öffentliche Leben kommt nahezu zum Erliegen. Die meisten Menschen erkennen zunehmend den Ernst der Lage.

Am gleichen Tag verständigen wir, Matti Sund und Dorit Biel, uns darauf, mit einem Roman auf die Situation zu reagieren.

Die Menschen sind zu Hause, sie erleben Kurzarbeit, unterrichten ihre Kinder, bewegen sich zum Teil auf engstem Raum ... Großeltern, Eltern und Kinder oder auch Freunde finden nicht mehr zueinander und können sich nicht in die Arme schließen. Alltagsstrukturen, liebgewordene Gewohnheiten und Routinen müssen aufgegeben werden. Angst und Unsicherheit machen sich breit. Langeweile und Frust, depressive Stimmungen verbreiten sich.

Helfen können soziale Kontakte – per Telefon, Internet oder auch ein Kaffeeklatsch am Gartenzaun. Helfen kann das Fernsehen, und helfen kann, nicht zuletzt, auch das Lesen. Deshalb dieses Buch. Es kann und soll ein Mutmacher sein. Es will Hoffnung verbreiten.

Wir haben die Zeit einer – selbstverordneten – Quarantäne von circa vierzehn Tagen genutzt, um dieses Buch zu schreiben. Bewusst wählten wir genau diesen Zeitraum. Zum einen sollte sich die aktuelle Rahmenhandlung an den unmittelbaren Geschehnissen um uns herum orientieren. Zum anderen schrieben wir genau in der Zeit, die unsere Romanfiguren erlebten. Wir fühlten, was sie durchmachten, erfahren mussten und wahrnahmen.

Zugleich konnten wir uns damit genau abgrenzen – zu dem, was kommen wird. Niemand kann erwarten, dass wir Lösungen oder Auswege kennen, die Bestand haben werden. Wir waren in dieser Zeit Suchende und Fragende, genau wie Sie, liebe Leserinnen und Leser.

Natürlich hatten wir Fragen. Kann man in der trübsinnigen Quarantäne-Stimmung überhaupt einen Roman schreiben? Was ist in vierzehn Tagen zu schaffen? Wozu führen die Ruhe – verordnet nach Zeiten hektischer Betriebsamkeit –, ein neuer Ablauf, ein tiefes In-sich-Hineinhorchen? Aber vor allem: Wie kann man Menschen in dieser schwierigen Zeit unterhalten und ihnen Mut machen?

So sind wir bei der Konzeption darauf gekommen, die Auseinandersetzung mit den Geschehnissen rings um uns herum mit erfundenen Abenteuern zu koppeln, um eine Brücke zwischen Realität und Fiktion zu bauen. Auf diese Weise möchten wir unterhalten und ablenken – letztlich auch uns selbst.

Außerdem wollen wir Hoffnung machen. Hoffnung darauf, dass wir alle die Probleme um uns herum meistern, dass wir solidarisch miteinander umgehen und dass wir aus der Pandemie und ihren Folgen für die Zukunft lernen. Und wir wollen die Hoffnung nähren, dass die Forschung, die Mediziner[1], einen Ausweg aus dieser Krise finden werden.

Und einen dritten Ansatz verfolgen wir mit unserer Arbeit: Wir möchten Danke sagen. Danke allen Ärzten, Pflegern, Forschern, Verkäufern, Apothekern und Verwaltungsangestellten. Danke all jenen, die sich der Gefahr einer Ansteckung aussetzen, um für uns das (Über)Leben zu sichern. Danke! Ihr alle seid die wirklichen Helden dieser Krise!

Ja, es ist ungewöhnlich, zu Beginn eines Romans die Leser und Leserinnen zu briefen, das Buch zu erklären. Aber was ist zurzeit nicht ungewöhnlich?

Die Entwicklung mag und wird sicherlich ganz anders aussehen, als sie unsere Protagonisten erleben. Hat die Geschichte also überhaupt eine Berechtigung?

Wir meinen: ja. Vielleicht bleibt mit dem Kalendarium, in dem sich die erfundene Geschichte und die historischen Tatsachen vermischen, ja eine Erinnerung, die uns dieser schwierigen Zeit auch später gedenken lässt. *Weißt du noch Corona?* Wir hoffen, dass sich dann auch das Denken etwas gewandelt haben wird und wir alle unser Leben etwas entschleunigt und bewusster angenommen haben werden.

---

1 Auch wenn wir grammatikalisch die männliche Form benutzen, sind selbstverständlich auch alle Frauen gemeint, die in Zeiten der Krise oft Unmenschliches leisten.

Wir wünschen Ihnen gute Unterhaltung beim Lesen, vor allem aber, dass Sie – gemeinsam mit uns – die Hoffnung hegen, dass dieses unselige Virus bekämpfbar ist.

Es wird eine Zeit nach Corona geben.

Matti Sund & Dorit Biel

ERSTER TAG

Entsetzt reißt Sebastian die Augen auf. Noch immer glaubt er, keine Luft zu bekommen. Was ist passiert? Wo ist er?

Sein Gehirn braucht einen Augenblick, um die Realität zu erfassen, das Halbdunkel des Schlafzimmers, das weiche Bett. Dann die Erkenntnis: Es war ein Traum, nur ein Traum. Ein scheußlicher Traum von Krankheit und Tod. Wieder einmal.

Sein Herz klopft in schnellen Schlägen, schweißnass kleben seine dünnen, rötlichblonden Haare am Kopf. Er muss langsam und tief atmen, langsam, tief.

Er streckt sich, versucht, die unangenehmen Traumerinnerungen zu verdrängen. Dann erhebt er sich bedächtig, schlüpft in die Hausschuhe und trottet ins Badezimmer. Aus dem Spiegel schaut ihm ein blasser Enddreißiger aus beschatteten Augen entgegen.

Bestimmt ist er krank oder wird es morgen sein. Da ist so ein Kratzen im Hals. Warum sollte Corona ausgerechnet ihn verschonen?

Soll er sich anziehen oder ins Bett zurückgehen? Erst mal muss er etwas essen.

Auf dem Küchentisch liegt ein Zettel von Stefanie.

„Mein lieber Schatz, in der kleinen roten Dose im Kühlschrank sind Blaubeeren für deine Haferflocken. Bis heute Abend! Küsse“

Sebastian holt eine Müslischale aus dem Schrank, füllt sie mit Haferflocken, gießt Milch dazu und stellt sie in die Mikrowelle. Er schaut aus dem Fenster. Früher Frühling! Die Forsythien im Vorgarten des gegenüberliegenden Hauses leuchten im Schein der

Vormittagssonne hellgelb. Krokusse und Primeln bilden bunte Farbklekse auf der schwarzen Erde.

Gestern hat Frau Müller, die in einem dieser Billigmodeläden arbeitet, den ganzen Vormittag an dem Beet herumgewerkelt. Sie ist zu Hause, der Laden geschlossen.

Sebastian rührt Joghurt unter die gequollenen Haferflocken und löffelt Blaubeeren darüber. Kurzarbeitergeld soll es für die Zwangsbeurlaubten geben, hat er gelesen. Er wird nichts bekommen.

In der kommenden Woche sollte die groß angekündigte Buchpremiere von „Die Schnickmanns“ sein, ein Roman über die Frühzeit seiner Heimatstadt Rostock. Stefanie fand ihn noch besser als den Vorgänger „Prislav - Sohn des Fürsten“. Doch nun liegt sein Buch auf Eis.

Vorgestern war er im Verlag, hat ein Probeexemplar zur Durchsicht erhalten und mit Verlagsleiter Wolf Meiersen gesprochen. Das Buch könne nun erst im Herbst auf den Markt kommen, im Sommer gingen Bücher schlecht, und Tantiemen-Zahlungen müssten vorerst auch eingestellt werden. Der Verleger sprach von „nie dagewesenen Umständen“, „nötigem Verzicht von allen“, „Sicherung des Unternehmens“.

Sebastian ist sauer, wenn er an das Gespräch denkt. Davon kann er keine Haferflocken kaufen!

Es ist sowieso wenig genug, was ein Buch abwirft, gemessen an der langen Zeit, die man braucht, um es zu schreiben. Wäre er noch im Schuldienst, säße er jetzt auch zu Hause, bekäme aber Geld dafür. Doch dann hätte er den letzten Roman nicht schreiben können, so nebenbei wäre das nicht gegangen.

Und mit dem Schreiben warten, bis er in Rente geht, wie sein Vater es vorgeschlagen hat? Wer weiß, ob Sebastian das Alter überhaupt erreicht ...

Stefanie war einverstanden, als er ihr gesagt hat, dass er fortan vom Schreiben leben möchte, auch wenn sie natürlich wusste, dass sie dann weniger Geld zur Verfügung haben würden. Aber zum Glück verdient sie bei PierstockMed sehr gut, davon können sie leben.

Die Einnahmen von den Büchern, auch die der Volkshochschulkurse, wo er „Schreiben mit Fantasie" unterrichtet, zurzeit natürlich nicht, sind für die Autoraten und ihr zukünftiges Haus. Jetzt hat er – wie immer, wenn so ein Roman fertig ist, die Buchpremiere und ein paar anschließende Lesungen absolviert sind – ein schwarzes Loch im Kopf.

Sebastian holt sein Handy aus dem Wohnzimmer und checkt die E-Mails. Nichts von Interesse.

Er scrollt sich durch die Werbung.

„Bekämpfen Sie Corona!"

„Sorgen Sie vor!"

„Neue Lieferung von ..."

Und dann wundert man sich über Hamsterkäufe! Das wird doch geradezu provoziert!

Haben sie eigentlich das Nötigste zu Hause, falls sie unter Quarantäne gestellt werden? Er muss Stefanie fragen.

Sebastian ruft seine Frau an.

„Was ist, Schatz?", meldet sie sich nach einer Weile.

„Ach, eigentlich nichts. Aber ich habe so ein Kratzen im Hals. Sollte ich mich testen lassen?"

„Das ist bestimmt nicht nötig. Du hast in der Nacht geschnarcht, mit offenem Mund geschlafen, daher das Kratzen. Trink Tee."

„Haben wir Tee im Haus?"

„Ja. Im Oberschrank über der Spüle."

„Und auch alles andere, was wichtig ist?"

„Ja." Sie seufzt leicht genervt. „Ich muss arbeiten, Sebastian. Wir reden heute Abend. Ich bringe was Leckeres zum Essen mit."

„Ist gut. Bis dann."

„Tschüss!"

Sebastians Füße sind kalt. Er sollte sich anziehen, sonst wird er noch eine Erkältung bekommen.

Er schlurft ins Schlafzimmer zurück, lässt das Rollo hoch. Sein Blick fällt auf die Uhr. Es ist zehn nach elf.

Beim Anziehen überlegt er, was er tun könnte. Einen neuen Roman beginnen? Da ist nichts in seinem Hirn, kein Fünkchen einer Idee für eine Geschichte.

Nie mehr wird ihm etwas einfallen, redet er sich ein. Alles, was er erzählen will, ist bereits gesagt!

Vielleicht ein komplett neues Genre, Krimi oder Science-Fiction? Das lesen die Leute gern. Besucher aus der Zukunft, die eine fürchterliche, die Menschheit vernichtende Krankheit heilen ...

Sebastian kocht sich einen Tee „Ingwer-Limone", spritzt Süßstoff hinein, setzt sich auf die Couch, greift sich sein Tablet und schaltet den Fernseher ein.

Auf allen Kanälen Berichte über Ansteckungszahlen, Infektionsraten und Interviews mit Virologen, Politikern, Verkäufern, Apothekern und dem Volk. Bilder von leeren Städten in China und Italien, als Kontrast Bilder aus Deutschland und England: feiernde

Jugendliche in Parks, Spaziergänger an Seen und Leute beim Shoppen.

Wie lange die Politik das noch dulden will? Die Jungen, die denken, ihnen kann das Virus nichts anhaben. Ein bisschen Husten und Halsschmerzen, das war's, und Alte sterben immer.

Sein Hals tut noch weh, trotz des Tees. Sebastian schüttelt sich.

Wie verläuft die Krankheit überhaupt?

Er tippt „*Corona-Infektion*" auf dem Tablet ein und liest:

„Symptome von Covid-19: trockener Husten, Fieber, Halsschmerzen, Schnupfen, unspezifisch, ähnlich wie bei einer Grippe. In wenigen Fällen wandert das Virus vom oberen Rachenbereich tiefer, und es entwickelt sich eine Lungenentzündung, schlimmstenfalls Organversagen, Sepsis."

Sebastian fasst sich an die Stirn. Ist sie heiß?

Nein, noch nicht. Was steht da sonst noch?

„Sicherheit bietet nur ein Test."

Er sollte sich testen lassen. In Stefanies Firma haben sie die Tests. Warum hat sie noch keine mitgebracht? Er muss Stefanie anrufen!

Sebastian greift erneut zum Telefon, doch er erreicht nur die Mailbox.

Wieso hat er schon wieder Hunger? Kein Wunder, es ist bereits ein Uhr nachmittags.

Sebastian schmiert sich zwei Scheiben Brot und wendet sich wieder seinem Tablet zu, der Fernseher läuft auch noch. Ein Spiel, bei dem er kleine Flugzeuge abschießen muss, zieht ihn für eine Weile in seinen Bann.

Dann fällt sein Blick wieder auf den Fernseher. Die neuesten Zahlen aus Italien, anschließend ein Mann, der vom Tod seiner betagten Eltern berichtet. Tagelang haben sie unbehandelt in ihrem kleinen Häuschen gelegen. Alle Versuche des Sohnes, einen Arzt für sie zu finden, blieben ohne Erfolg. Als dann doch jemand nach den alten Leuten schaute und die Einlieferung in ein Krankenhaus veranlasste, war es bereits zu spät. Beide starben kurz nacheinander.

Das muss das Furchtbarste sein: schwer krank, allein und ohne Hilfe, wissend, dass der Tod wartet.

Die Eltern! Sebastian wählt ihre Festnetznummer. Die Rentner wohnen in Kritzmow, vor den Toren Rostocks.

Die Mutter geht ans Telefon.

„Schön, dass du anrufst“, freut sie sich. „Bei uns ist alles in Ordnung, hier ist wohl noch kein Virus angekommen. Die Leute sind aber vorsichtiger geworden. Unser Nachbar hat die Geburtstagsfeier abgesagt. Dabei ist er gar nicht krank!“

„Das weiß man nicht. Bleibt möglichst im Haus.“

„Das tun wir“, versichert sie. „Wir fahren nur zum Einkaufen, und zum Luftschöpfen haben wir ja unseren Garten. Willst du nicht herkommen? Unsere Zierkirsche blüht so hübsch.“

„Ich könnte euch anstecken. Ihr wisst, ich bekomme jede Krankheit. Bleibt gesund! Ich rufe in den nächsten Tagen wieder an.“

Sebastian liest gerade einen Artikel über die Spanische Grippe von 1918, als das Handy klingelt. Es ist Stefanie. Sie teilt ihm mit, dass es später wird.

„Wir haben eine verheißungsvolle Kombination. Jede Minute zählt. Drück uns die Daumen. Im Tiefkühlschrank sind Pizzen. Bis später."

Nun hat er vergessen, ihr zu sagen, dass sie einen Test mitbringen soll.

Sebastian macht sich eine Pizza heiß und schaut Fernsehen, regionale Nachrichten. Rügen, der Darß und Usedom sind abgesperrt. Alle Urlauber müssen Mecklenburg-Vorpommern verlassen. Gerade jetzt, wo die Saison beginnen soll und das Ostergeschäft vor der Tür steht.

Welch einen wirtschaftlichen Schaden wird dieses Virus anrichten, überlegt er. Ob die Leute im Herbst überhaupt noch Bücher kaufen wollen?

Es ist fast neun Uhr, als Stefanie endlich die Wohnungstür öffnet. Müde hängt sie ihren Mantel an die Garderobe. Sie löst das Haargummi und schüttelt ihre kastanienbraunen, schulterlangen Haare. Für einen Moment lächelt sie sich im Spiegel an.

Trotz der Anstrengungen mag sie ihren Beruf. Vor fünf Jahren hat sie nach Medizinstudium und Doktorarbeit bei PierstockMed angefangen. Zu Jahresbeginn ist sie in der Firma aufgestiegen und leitet nun eine Forschungsgruppe.

Normalerweise führen sie Testreihen mit von der Entwicklungsabteilung zusammengestellten Impfseren durch. Das ist eine ruhige Arbeit, bei der es auf Systematik und Genauigkeit ankommt. Stefanie mag das.

Im Moment jedoch erproben sie Wirkstoffkombinationen zugelassener Medikamente, um schwerwiegende Komplikationen bei der Corona-Erkrankung, vor allem Lungenentzündungen, zu bekämpfen. Fieberhaft wird zusammengestellt, getestet, Anteile verändert, getestet, verworfen, verändert, wieder getestet.

Sebastian kommt aus dem Wohnzimmer, nimmt seine Frau in den Arm und spürt ihre Erschöpfung.

„Es ist sehr spät“, stellt er fest. „Möchtest du etwas essen? Soll ich dir eine Pizza aufbacken?“

„Nicht nötig, die Kantine ist jetzt auch abends besetzt. Sie stellen belegte Brötchen bereit.“

„Soll ich dir einen Tee kochen?“, bietet er ihr an. „Oder möchtest du ein Glas Wein?“

„Tee ist gut!“

Als Sebastian mit dem gefüllten Becher zurück ins Wohnzimmer tritt, fragt er Stefanie: „Seid ihr vorangekommen?“

„Das weiß ich noch nicht, entscheidet sich morgen.“ Sie seufzt. „Und was hast du den ganzen Tag gemacht?“

„Ich ... gar nichts. Ein bisschen Internet, ein bisschen Fernsehen. Überall das Gleiche.“

„Warum schreibst du nichts?“, fragt sie verwundert. „Du hast doch genug Zeit.“

„Mir fällt nichts ein, wie immer nach dem Fertigstellen eines Buches. Ich brauche neue Anregungen. Außerdem tut mein Hals weh, und ich fühle mich schlapp. Bring doch morgen mal einen Test mit ...“

„Du bist nicht krank. Die Pollen machen dir zu schaffen, alles blüht so früh dieses Jahr. Der Tag morgen wird wieder lang. Du müsstest einkaufen. Ich schreibe dir auf, was wir brauchen.“ Stefanie gähnt. „Ich telefoniere noch kurz mit Micha, dann muss ich ins Bett.“

Stefanies älterer Bruder Michael ist schnell an seinem Handy.

„Hallo, Schwesterlein. Alles okay bei euch?“, erkundigt er sich.

„Hallo, Brüderchen. Im Großen und Ganzen ja. Nur Sebastian, du kennst ihn ja, ist natürlich fürchterlich krank, mit ein bisschen Hüsteln und seiner üblichen Allergie.“ Sie lacht kurz auf. „Geht's euch gut?“

„Na klar. Moni sitzt zu Hause. Jeden Tag dreht sie Videos von den Kindern, wie sie im Haus und im Garten spielen, malen, basteln, Essen kochen ... Das lädt sie dann für die Mütter und Väter ihrer Kita hoch, die nicht mehr wissen, was sie noch mit ihren Kindern anstellen können.“

„Alex und Ben sind also Videostars geworden?“

„Sozusagen“, bestätigt er. „Die machen das ganz professionell und mit viel Spaß.“

„Und bei dir?“

„Ich hatte heute Frühschicht. Manche Leute tun immer noch so, als gäbe es Corona nicht, sitzen am Hafen zusammen. Wenn die Polizei kommt, stehen sie dann auf und entfernen sich. Ansonsten ist es hier in Wismar ruhig. Bei der Streife achte ich auf Abstand zu meinem Kollegen. Nur im Auto ist das nicht einzuhalten. Der Beifahrer kann ja nicht hinten sitzen, und selbst dann wäre er noch zu dicht dran. – Was macht eure Forschung? Habt ihr bald ein Mittel?“

„Wir sind dran. Aber bis wir es anwenden können, vergehen eventuell noch Jahre! Die Genehmigungsverfahren sind aufwendig.“

„Immer diese Bürokratie! Ich weiß ja, dass die nötig ist, aber manchmal ...“ Jetzt ist es an Michael zu seufzen.

„Und wie kommt Mutti mit all dem zurecht?“, will Stefanie wissen.

„Gut. Sie hat anfangs gleich erklärt, dass sie nicht den ganzen Tag in ihrem Zimmer hocken wird. Sie meinte, wenn wir uns angesteckt hätten, wäre sie ohnehin auch schon infiziert. Den Kontakt mit mir reduziert sie allerdings, nachdem ich ihr geschildert habe, wie eine betrunkene Frau mich angefallen und geküsst hat.“

„Das ist ja schon zu normalen Zeiten drastisch!“

„Du weißt, die Polizei, dein Freund und Helfer. Das ‚Freund‘ muss sie falsch verstanden haben.“

Stefanie lacht. „Also, Micha, ich bin müde. Der Tag war lang, die Augen fallen mir zu. Umarme deine Lieben. Bleibt gesund!“

„Ihr auch! Gute Nacht!“

Stefanie legt ihr Handy weg. „Es ist alles in Ordnung, den Wismarern geht es gut“, sagt sie zu ihrem Mann. „Ich leg mich schlafen. Gute Nacht!“

„Gute Nacht! Hoffentlich ist dieser Spuk bald vorbei.“

Sebastian schaut noch weiter Fernsehen. Da gibt es Befragungen von Experten, Ärzten und Virologen. Sie alle stimmen darin überein, dass das Schlimmste noch bevorsteht.

Irgendwann rafft auch er sich auf und geht schlafen. Doch nach etwa einer Dreiviertelstunde steht er wieder auf. Er setzt sich erneut ins Wohnzimmer und öffnet seinen Laptop.

Da muss doch noch ein altes Manuskript sein. Eine Idee, die er vor vielen Jahren beim Studium hatte.

Sicher, nicht alle Texte waren damals fertig, aber den Rahmen und die vielen Einzelgeschichten hatte er schon weitgehend ausformuliert. Einige Überarbeitungen, einige Ergänzungen, fertig.

Wo ist die Datei nur? Er kann sie zunächst nicht finden. Nach welchem Begriff soll er den Laptop durchsuchen?

Nachostern, das war es!

Es dauert eine Weile, bis die Ergebnisse angezeigt werden. Da ist der Entwurf!

Sebastian beginnt zu lesen:

Das NachOsterTreffen am Meer

Eine vielleicht wahre Erzählung

Mein Name ist Malte Deich. Das ist nicht mein wirklicher Name. Ich habe mich dazu entschieden, ein Pseudonym zu verwenden, weil ich eine reale Handlung erzähle. Ich bin Teil der Story.

In diesem Buch findet vieles statt: Liebe, Glückserlebnisse, traurige Begebenheiten, Zufälle, historische Verwicklungen, lustige Episoden, ein Mord und ein Todessturz. Vor allem aber ist es die Geschichte von fünf Freunden.

Fiktion und Wirklichkeit liegen nah beieinander, manchmal so dicht, dass man sie kaum auseinanderhalten kann.

Das Buch habe ich für meine Freunde geschrieben – für Yannis, Til, Max und Sören –, aber auch für mich. Es ist ein Buch für den Staatsanwalt. Deshalb mein Pseudonym.

Ich schreibe den Text, um Klarheit zu bekommen. Für Sie mag er eine Erzählung mit unerwarteten Episoden und Pointen sein, für mich geht es um das Ende einer Freundschaft.

Der Text ist das Protokoll eines fortwährenden Grübelns und Verzweifelns, ein Eingeständnis, dass vieles im Leben anders aussieht, als es ist. Er zeigt, dass wir uns manches zurechtbiegen und schönreden, um es bequem zu haben, um nicht sehen und Verantwortung übernehmen zu müssen.

Wir schummeln hier ein wenig, machen da die Augen ein bisschen zu. Wir suchen nach dem einfachen Weg. Jeder Mensch hat eine andere Geschichte, doch wir alle haben Probleme und Ängste, wir alle machen Fehler.

Ich arbeite als Historiker in Rostock. Hier bin ich geboren und aufgewachsen, behütet und beschützt. Mein Leben lief in vorgezeichneten Bahnen: Schule, Studium, Promotion, Job.

Eine eigene Familie habe ich noch nicht. Das hat Zeit. Umso wichtiger ist es mir seit Jahren, meine Freundschaften zu pflegen, zu reisen, zu genießen und frei zu sein.

Ja, ich habe richtige Freunde, oder besser: ich hatte. Nicht solche aus dem Internet, „Klick, und wir sind Freunde". Echte Freunde, seit Kindertagen.

Wir sind unerlaubt an den Steilküsten herumgeklettert. Til stiftete uns an, zwei Schneehasen aus dem Zoo zu stehlen, und wir haben gemeinsam Schmiere gestanden, als Sören im Ferienlager auf den Fahnenmast geklettert ist, um oben das Banner zu verknoten.

Sören war immer der Choleriker, den wir beruhigen mussten, wenn er der Meinung war, dass unser Turnlehrer ihn zu Unrecht schikanierte.

Yannis hingegen war der Vorsichtige, den wir beschützen mussten. Der Grübler, der nicht mitbekam, wenn ihm die Idioten aus der Parallelklasse die mitgebrachte Milchflasche in seiner Schultasche geöffnet und schräg wieder hineingestellt hatten.

Max reizte uns mit seinen Fragen manches Mal bis zur Verzweiflung, er war der Ehrliche und Moralische. Als wir das Fenster der

Schule versehentlich zerdepperten, weil wir austesten wollten, wer es schaffte, einen Stein über das Schulgebäude zu werfen, war er derjenige, der nicht wegrannte. Stattdessen blieb er stehen, um der Biologielehrerin zu versprechen, dass er es von seinem Taschengeld bezahlen würde.

Seit vielen Jahren treffen wir uns immer nach Ostern für drei Tage in unserer Heimatstadt Rostock, um über alte Zeiten zu plaudern. Früher ging es darum, gemeinsam Mädels „zu jagen“, wie Sören sich ausdrückte, später darum, uns persönliche Erfolge und Niederlagen zu berichten.

Nicht immer kamen alle zu diesen Treffen. Tilman fehlte zwischendurch einige Jahre, um dann plötzlich wieder aufzutauchen und umso ausgelassener mit uns zu feiern. Wir erfuhren, dass er in der Zwischenzeit seine eigene Praxis als niedergelassener Psychologe eröffnet hatte. Wir besoffen uns mörderisch, und Til zahlte alles – die Feier, das Hotel und die Anreise.

Wir begossen den Promotionsabschluss von Yannis und feierten ebenso, als er dann Chef einer bedeutenden Kunstsammlung geworden war.

Wir ulkten herum, als Sören Staatsanwalt wurde, gaben vor, ihm jetzt nichts mehr über unsere kleinen Alltagsvergehen erzählen zu wollen. Die Strafzettel hier, das „dienstliche Mittagessen“ gegenüber dem Finanzamt dort ... Als er damals aufbrauste, lachten wir seinen Unmut einfach gemeinsam weg.

Unser neugieriger Max ist folgerichtig Journalist geworden. Schließlich hat er bereits in der Schule das Klassenbuch in Schönschrift geführt und stets alles hinterfragt, was ihm begegnet ist.

Bei mir hingegen konnte sich niemand vorstellen, dass ich etwas anderes als Historiker werden würde – zu sehr hatte ich stets mit Geschichtszahlen genervt und mit „historischen Zusammenhängen“ geprahlt.

Auch wenn wir uns nur einmal im Jahr trafen, blieben wir Vertraute, die sich (fast) alles erzählten: den ersten Ehestreit, Probleme im Job, das Fremdgehen beim Betriebsausflug, den Ärger beim Hausbau ...

Fast alles und doch eigentlich nichts, wie ich heute weiß.

In den letzten Jahren wurden unsere Treffen langweiliger, uninspirierter, verkniffener. Wir waren nicht mehr so dicht beieinander, die Erzählungen wiederholten sich.

Sören bandelte immer wieder mit Servicekräften an, was uns nervte, und rastete aus, wenn wir ihn darauf ansprachen.

Til hinterfragte jedes der geschilderten Erlebnisse und analysierte anhand des Gehörten unsere Persönlichkeit.

Max war neugierig wie eh und je, nur dass es uns immer mehr störte.

Wir begannen uns zu nerven wie alte Ehepartner, die sich nichts mehr zu sagen haben, sich hier ein wenig kabbeln, dort ein bisschen triezen. Deshalb tranken wir auch mehr, als uns guttat, und waren froh, wenn wir auseinandergingen.

Dann setzten wir ein Jahr mit unseren Treffen aus, trafen uns wieder und setzten wieder aus. Unsere Freundschaft zerbrach langsam und schleichend.

Daher schrieb ich den Männern vor einem Jahr einen Brief:

„Hallo Jungs,

ich mache noch einmal einen Anlauf, euch einzuladen, damit wir uns wieder zusammenfinden, und das im wahrsten Sinne des Wortes:

der gleiche Ort, das gleiche Hotel, der gleiche Tag – so wie früher? Unser Nachostertreffen am Meer.

Ich selbst werde im Mai eine Berufung an die Universität von Stockholm annehmen, dann bin ich erst mal weg!

Nur, wenn alle kommen, und nur, wenn wir nicht wieder in die Muster der früheren Begegnungen verfallen, haben wir die Chance, unsere Freundschaft zu retten.

Das hört sich dramatisch an, und das soll es auch.

Wir alle wissen, dass wir uns beim letzten Mal ziemlich angeödet haben und uns kaum etwas zu sagen hatten. Ich fand das traurig. Selbst Til zuckte mit den Schultern, als ich ihn um Rat fragte.

Wie können wir uns wieder näherkommen? Wie unser Zusammentreffen nutzen, um gemeinsam Spaß zu haben und miteinander ins Gespräch zu kommen?

Unsere alten Kamellen sind ausgelutscht. Am wirklichen Leben der anderen nehmen wir nicht teil und können es eigentlich ja auch gar nicht.

Deshalb möchte ich euch einen Vorschlag machen. Wie wäre es, wenn wir uns auf unser Treffen vorbereiten wie auf eine Prüfung?

Lasst uns bewusst Impulse für interessante Gespräche setzen! Stellt euch darauf ein, den anderen Geschichten zu erzählen, wahre oder erfundene, selbst erlebte oder von anderen gehörte. Wenn es nur spannend genug ist, lügt, was das Zeug hält, aber so, dass es die anderen nicht merken.

Wir sollen Storys hören, die fesseln und Diskussionsstoff bieten. Streitet euch über das Gehörte, aber nur darüber.

Am letzten Tag unseres gemeinsamen Urlaubs lösen wir dann auf. Wem sind wir auf den Leim gegangen? Wer hat wirklich Spannendes erlebt oder gehört, wer hat die anderen am besten genarrt oder unterhalten?

Das müssten drei abenteuerliche Tage werden, denn über die Geschichten werden wir wieder miteinander ins Gespräch kommen.

Übrigens: Eure Erzählungen dürfen jedes Thema haben. Sie können lustig sein, abstoßen, fesseln, zu Fragen herausfordern, unerhörte Begebenheiten schildern oder gar kriminalistisches Gespür wecken. Hauptsache, wir reden miteinander und haben uns etwas mitzuteilen. Wenn die eine oder andere Episode eine selbst erlebte wäre, fände ich das umso schöner.

Schreibt mir bitte, ob ihr meiner Idee folgen möchtet und ob ihr kommen werdet!
Malte“

Den dramatischen Ton meines Briefes hatte ich bewusst so angeschlagen. Ja, ich war nach Stockholm berufen worden, allerdings nur für das zweite Maiwochenende und einen einzigen kurzen Vortrag. Aber das konnte ich ja später beichten, wenn ich alle an der Ostsee zusammen hätte.

Ziemlich schnell kamen die Antworten.

Til meinte, er wisse gar nicht, wo er anfangen solle zu erzählen, bei all den Bekloppten um sich herum.

Sören moserte, es sei ihm fast peinlich, herauszulassen, von welchem Elend ein Staatsanwalt täglich umgeben sei.

Max nahm die Idee gelassen. Er erzähle in seinen Zeitungsartikeln schließlich pausenlos Geschichten.

Und Yannis, unser Künstler, fragte etwas naiv, ob es denn in Ordnung sei, über andere Menschen zu reden. Dürfe man das? Oder unterlägen wir in unseren Berufen nicht alle der Schweigepflicht?

Aber alle sagten zu und versprachen, sich vorzubereiten.

ZWEITER TAG

Das Klingeln des Weckers reißt Sebastian aus einem unruhigen Schlaf. Gestern ist es spät geworden. Er hat zu lange in der alten Geschichte gestöbert.

Kann man daraus etwas Brauchbares machen? Wird es die Menschen genug interessieren, um es zu lesen und weiterzuempfehlen?

Sebastian gähnt und streckt sich.

Stefanie muss aufstehen, leise erhebt sie sich. Die Nachttischleuchte taucht ihren nackten Körper in ein warmes Licht.

Sebastian schaut seine Frau aus nur halb geöffneten Augen an. Sie ist immer noch so schlank wie als junges Mädchen. Dass Stefanie vor zwei Jahren bereits ihren Dreißigsten gefeiert hat, glaubt kein Mensch.

Anne, Stefanies beste Freundin, meint, sie wecke bei Männern den Beschützerinstinkt, weil sie so zierlich sei.

Bei ihm ist das jedoch nicht der Fall. Wahrscheinlich, weil er weiß, wie stark sie ist. Viel stärker als er.

Auf Zehenspitzen kommt Stefanie aus dem Bad zurück. Sebastian fühlt eine warme Welle in seinem Körper aufsteigen. Er liebt sie wirklich, und manchmal kommt es ihm vor wie ein Wunder, dass sie ihn ebenfalls liebt.

„Hab einen guten Tag“, flüstert er seiner Frau zu. „Und komm gesund nach Hause.“

„Ja, danke. Schlaf noch etwas, mein Schatz!“

Es ist fast elf, als Sebastian erneut erwacht, später als sonst. Wahrscheinlich steckt ihm doch etwas in den Knochen ...

Er hüstelt und reckt sich.

Eigentlich war es früher, als er noch in der Schule arbeitete, schöner. Da sind Stefanie und er zusammen um sieben Uhr aufgestanden und haben gemeinsam gefrühstückt, abends gingen sie zur gleichen Zeit schlafen.

Nachdem er Schriftsteller geworden war, blieb er zunächst bei der Tageseinteilung. Er meinte, wenn er mit Steffi aufstand, würde sie sehen, dass er nicht faulenzte.

Doch morgens um sieben Uhr ist ihm nichts eingefallen. Er saß vor dem weißen Bildschirm, tippte einen Satz, löschte ihn, tippte, löschte. Wirklich schreiben konnte er erst am späten Nachmittag und vor allem am Abend. Er lag grübelnd im Bett und hatte tolle Einfälle, stand wieder auf.

Nach und nach verschob sich dann alles. Er schrieb bis drei oder vier Uhr nachts, und Stefanie sagte morgens: „Schlaf dich aus, Schatz." Tagsüber korrigierte er das Geschriebene und las es nach dem Abendbrot seiner Frau vor.

Steffis Freundinnen bedauern sie, weil er so faul sei und nicht das Haus putze, obwohl er doch den ganzen Tag daheim sei.

Eigentlich haben sie alle recht, denkt Sebastian. Seit das Buch fertig ist, macht er nichts Sinnvolles mehr. Er hat keine Einfälle für ein neues, und die Leute lesen immer weniger.

Soll er in den Schuldienst zurück? Da hätte er etwas vorzuweisen.

Aufstehen sollte er so oder so.

Auf dem Küchentisch liegt der Einkaufszettel.

Sebastian schüttelt sich. Er mag nicht rausgehen. Erst einmal Frühstück.

Beim Haferbrei liest er die neusten Meldungen. Grausig! US-Präsident Trump beschimpft die Chinesen erneut und wirft ihnen vor, der Welt das Virus monatelang verschwiegen zu haben.

Ein Kommentar von „Weiße Maske“ sieht das ganz anders.

„Die Amis sind es, die in Wuhan in einem ominösen Konzern mit Viren und solch gefährlichem Zeugs experimentiert haben. Die haben Corona rausgelassen! Die wollen den Chinesen und der ganzen Welt schaden, die Weltwirtschaft vernichten, damit die Amis wieder die Nummer eins sind!“

Sebastian grinst. Diese Verschwörungstheoretiker! Egal, was passiert, sie konstruieren die absurdesten Zusammenhänge.

Was gibt es noch? Da ist die Rede der Kanzlerin. Die hat sich sogar zu seinem Berufsstand geäußert.

„Für die Wirtschaft, die großen Unternehmen genau wie die kleinen Betriebe, für Geschäfte, Restaurants, Freiberufler ist es jetzt schon sehr schwer. Die nächsten Wochen werden noch schwerer. Ich versichere Ihnen: Die Bundesregierung tut alles, was sie kann, um die wirtschaftlichen Auswirkungen abzufedern – und vor allem um Arbeitsplätze zu bewahren.“[2]

Was sie wohl für ihn tun wird? Er ist Freiberufler, sein Arbeitsplatz die gesamte Wohnung. Er zieht mit dem Laptop vom Küchentisch zur Couch oder zum Esstisch.

Manchmal sitzt er auch an dem kleinen Schreibtisch im Arbeitszimmer. Das ist eigentlich das Kinderzimmer. Aber mit dem Nachwuchs hat Steffi es nicht so eilig. Und er münzt den Spruch, was man alles erledigt haben sollte, bis man dreißig ist, nun auf vierzig

---

2 Presse- und Informationsamt der Bundesregierung, 18.3.2020

um. Das wird aber wohl nicht reichen, es sind nur noch zwei Jahre bis dahin.

Sebastian schüttelt sich, er fröstelt. Genug gelesen, er muss einkaufen. Dafür braucht er Handschuhe.

Haben sie eigentlich einen Mundschutz? Ohne geht er nicht raus.

Er öffnet den Schrank unter der Spüle, wo Stefanies gelbe Putzhandschuhe liegen, viel zu klein natürlich. Was nun?

Die Flurgarderode! Wintermützen, Schals, alles diesen Winter nicht gebraucht, Lederhandschuhe ... notfalls könnte er die anziehen. Aber er hatte doch Arbeitshandschuhe, nur wo?

Stefanie auf dem Handy anrufen.

„Hallo, Hasi. Ich suche meine Arbeitshandschuhe und einen Mundschutz, damit ich einkaufen kann."

„Hallo, mein Schatz. Du brauchst nicht einzukaufen. Ich bringe alles heute Abend mit. Hoffentlich hab ich mal ein wenig früher Feierabend."

„Das hört sich gut an. Also bis dann!"

Sebastian atmet erleichtert auf. Er kann im Haus bleiben. Stefanie erledigt, wie immer, die wichtigen Dinge.

Er sollte ihr etwas Arbeit abnehmen, sie war gestern so fertig ...

Sebastian schaut sich um, räumt die Garderobe wieder auf, stellt seine Müslischale in den Geschirrspüler. Der ist voll, müsste eingeschaltet werden. Die Tabs? Unter der Spüle. Tisch und Arbeitsplatte abwischen, Betten machen ... das ist eigentlich sowieso seine Aufgabe.

Gar nicht schlecht, etwas Nützliches zu tun. Sebastian ist mit sich zufrieden und hat auf einmal Lust zu schreiben. Er setzt sich ins Arbeitszimmer und öffnet den Laptop, liest das bereits Bearbeitete.

Die alte Geschichte ist wirklich ziemlich gut. Also weiter! Die nächste Story lesen, ändern.

Stunden später ist sie fertig, wird in einen neuen Ordner verschoben, in der Cloud gespeichert und nun noch einmal in Ruhe gelesen:

Ostern kam heran. Mir ging es wie vor einem ersten Date. Tagelang hatte ich meine eigenen Storys beleuchtet, mir Gedanken gemacht, ob sie denn interessant wären für die vier, ob sie wahr und unwahr unterscheiden würden.

Und ich hatte die Erzählungen sogar zu Papier gebracht! So wären die Handlungen klarer. Ich würde mich nicht in den Details verlieren und könnte jeweils eine Pointe setzen, die zum Grübeln anregte. Ob das funktionierte?

Am Tag nach dem Fest checkte ich als Erster von uns im Hotel direkt an der Ostsee ein. Das war auch in den Vorjahren immer so gewesen, schließlich lebte ich als Einziger von uns noch in der altehrwürdigen Hansestadt und hatte unseren Aufenthalt hier vorbereitet. Die anderen reisten an, wohnten aber alle in Städten im Umkreis von zweihundert Kilometern.

Uns allen war die Liebe zum Meer geblieben. Deshalb trafen wir uns immer in dem kleinen Hotel „Friedrichshöhe“ auf der Klippe. Von dort aus konnten wir Warnemünde zu Fuß erreichen, entweder direkt am Wassersaum entlang oder durch den landseitig angrenzenden schmalen Küstenwald.

Sicherlich kennen Sie das Gefühl, dass Gewohnheit Geborgenheit vermitteln kann? Das begann im Urlaub an der kleinen Rezeption mit ihrem etwas kleinbürgerlichen Charme, führte weiter in das gemütliche Lokal mit der vertrauten Bar und dem übervollen Frühstücksbüfett und endete bei den heimelig-kuschligen Zimmern mit ihren altmodischen Samtvorhängen.

Ich setzte auf dieses Gefühl. In den Vorjahren waren wir zu oft durch moderne Lifestyle-Bars getingelt, hatten in hochpreisigen Restaurants geschlemmt und uns vor den Theken uriger, aber mittlerweile austauschbarer Kneipen bei viel zu viel Alkohol gelangweilt.

Dieses Mal würden wir im Wesentlichen im Hotel bleiben, am Strand spazieren gehen oder in Warnemünde gemeinsam herumbummeln. Wir würden uns Zeit nehmen – für uns und unsere Geschichten.

Am Dienstag nach Ostern saß ich gegen achtzehn Uhr im Foyer des Hotels, um meine vier Freunde zu empfangen.

Ziemlich pünktlich betraten Max und Sören den Empfang. Sie hatten eine Fahrgemeinschaft gebildet und waren aus der Hauptstadt gemeinsam angereist.

Als sie mich sahen, witzelte Sören los: „Der Märchenerzähler kann es kaum erwarten. Hast du der Dame von der Rezeption schon eine deiner Lügengeschichten aufgetischt?“ Er wandte sich ihr zu. „Sie müssen wissen, es ist seine Masche, andere mit Geschichtchen zu manipulieren und einzuseifen, abzuschleppen oder rumzukriegen. Hat er Sie schon angebaggert?“

Er prustete schallend, während er seinen Rollenkoffer gegen die Rezeption donnerte.

„Aber manipulieren lassen sich nur die schwachen Naturen. Oder, Max?“, schob er gefährlich leise nach, den Kopf zu seinem Reisebegleiter gesenkt. Dann schlug er mir krachend auf die Schulter. „Grüß dich, du Aktenwurm!“

Max schüttelte den Kopf. „Das war jetzt unfair. Ich finde die Idee gut und bin gespannt, was du preisgeben wirst, Malte! Ich freue mich jedenfalls auf heute Abend! Vielleicht löst das ja die Zungen." Er streckte mir eine Flasche Eierlikör entgegen. „Und du, was hast du uns von deinen Mördern und Räubern zu erzählen?", fragte er dann Sören.

Der schüttelte den Kopf, grinste grimmig und forderte energisch seinen Schlüssel.

„Ich geh erst mal ins Zimmer", verkündete er. „Wir sehen uns um halb acht beim Abendbrot?"

Er nahm seinen Schlüssel und verschwand im Lift. Eine klare Ansage.

Max füllte das Anmeldeformular aus und erkundigte sich nach den Öffnungszeiten der Sauna. Auch, ob die Zimmerbar gefüllt sei und wann es Frühstück gäbe, wollte er wissen. Dann winkte er mir lässig zu und betrat das Treppenhaus.

„Ich will zu Hause schnell Bescheid sagen, dass ich gut angekommen bin. Und ich halte das wirklich für eine gute Idee", versicherte er mir nochmal. „Zu erzählen habe ich so einiges."

Wenig später stand Tilman vor mir.

„Stell dir vor, ich hätte es fast nicht geschafft! Bei meiner Vormittagssprechstunde saßen so viele Leute vor meiner Tür, dass ich erst nach zwölf rauskam. Ostern haben wohl viele herumgegrübelt. Ich hoffe, dass heute Abend die Sprechstunde nicht weitergeht, weil ihr alle eure Traumata mit abenteuerlichen Geschichten aufarbeiten wollt."

Til umarmte mich und schmatzte mir laut und vernehmlich auf beide Wangen.

„Vielleicht erzähle ich euch einfach mal, was andere für Probleme haben. Das wäre sicherlich eine Gaudi für euch! Allerdings ist das alles eher nichts für den Staatsanwalt - und erst recht nicht für den Journalisten." Schmunzelnd verließ er die Rezeption, nicht ohne sich noch einmal umzudrehen. „Steht dir toll, dein neuer Bart", konstatierte er feixend. „Mit den weißen Haaren vergrößerst du die Zielgruppe der Mädels erheblich."

Er ulkte und tat so, als wären ihm beim Begrüßungskuss Barthaare in den Mund geraten. Dann ging er los und humpelte dabei, als wolle er einen Greis imitieren.

Ich wartete noch eine halbe Stunde, aber Yannis traf nicht ein. Doch er hatte nicht abgesagt, also würde er sich wohl nur verspäten.

Ich nickte in Richtung Rezeption.

„Sie müssen das den beiden nicht übelnehmen, die haben immer einen flotten Spruch auf den Lippen", entschuldigte ich mich für meine Freunde, drehte mich um und ging in Richtung Treppe.

Pünktlich zum Abendessen war Yannis da.

„Na, bist du dem Bratenduft gefolgt?", begrüßte ihn Sören. „Du wirst ja immer dicker!"

Yannis schmollte. „Bin zu spät los, musste tanken und unterwegs einen Kaffee trinken."

Eine Steilvorlage für Sören.

„Sag ich doch: mit Torte!", tönte er.

„Ihr ödet euch sofort wieder an. Könnt ihr das bitte bleiben lassen?" Ich sah Sören scharf an, der die Augenbrauen hochzog, die Lippen spitzte und laut und vernehmlich einatmete. „Dann lasst uns essen."

Til flüsterte mir zu: „Was passiert, wenn ein Choleriker und ein Phlegmatiker zusammentreffen?“ Er sah mich fragend an und antwortete selbst: „Beide halten sich nach kurzer Zeit für Idioten!“

Sörens knarrendem „Was tuschelt ihr da?“ setzte Yannis ein mutloses „War doch gar nicht so schlimm“ entgegen.

„Idioten“, sagte ich, doch ich musste schmunzeln.

Max sah leicht gequält zur Seite, schüttelte den Kopf und schnaufte vernehmlich.

„Guten Appetit!“, wünschte er und begann seine Vorsuppe zu löffeln, als gäbe es an diesem Abend nichts anderes zu unternehmen.

Außer einigen zähen und schwermütigen Belanglosigkeiten hatten wir uns während der Mahlzeit nicht viel zu sagen.

„Wo bist du von der Autobahn abgefahren?“

„Bei dir alles okay?“

„Dein Rücken wieder in Ordnung?“

„Was macht die Praxis?“

„Bei mir im Zimmer streikt die Nachttischlampe.“

„Geht einer morgen mit in die Sauna?“

„Lecker, Fisch.“

Kein wirkliches Interesse, kein Gespräch ...

Anschließend zogen wir uns auf einen Cognac in das Raucherzimmer zurück, wobei Yannis und ich duldsam in Kauf nahmen, von den anderen vollgequarzt zu werden.

Ich kam schnell zur Sache, hob mein Glas, fixierte es und schwenkte es leicht in der Hand.

„Wie erwartet“, begann ich. „Das begann eben wie erwartet. Wollen wir so weitermachen? Dann können wir morgen alle abreisen. Auf diesen Schwachsinn habe ich keine Lust.“

Ich schüttelte den Kopf und stürzte den Schnaps mit einem Ruck herunter.

„Es war aber wirklich gar nicht so …", hauchte Yannis.

„Doch, war es", unterbrach Max ihn schroff. „Wir waren mal dicke Freunde, was läuft hier eigentlich falsch?"

„Wenn wir analysieren würden, wie das zustande kam …", hob Til an zu dozieren.

„… dann würden wir uns alle auf deine Couch legen und uns erklären lassen, dass wir unterdrückte sexuelle Leidenschaften haben, in der Kindheit geschlagen wurden, zu viele Drogen nahmen und auf unser Inneres mehr hören sollten", ergänzte Sören.

Ich hob die Hand. „Hört auf damit, so weit waren wir beim letzten Mal schon." Ich knallte meine Ledermappe energisch auf den Tisch. „Wenn das nicht funktioniert, können wir einpacken. Wollt ihr meine erste Geschichte hören und vielleicht ein bisschen mitspielen? Ich lese sie jetzt vor. Wer will, kann gehen."

Sörens knirschendes „Oh, er hat sich sogar schriftlich vorbereitet" ignorierte ich mit einem ironischen Blick. Statt etwas zu erwidern, begann ich zu lesen.

Elias Kronemann schob die Figuren auf seinem Intarsien-Schachbrett in die richtige Reihung.

„Die flache Burg, weiß oder schwarz, gehört auf ein beliebiges Feld in die jeweils letzte Reihe. Davor stehen die vier kleinen geduckten Arbeitsmänner immer im Wechsel mit den vier etwas breiteren Rittern. Das weißt du doch noch?"

Sein Enkel nickte. „Weiß ich, Opa. Der Turm muss geschützt werden. Dazu marschieren die Arbeiter nach links und rechts, und die Ritter dürfen springen, schieben und schlagen. Das hast du mir doch schon tausendmal erklärt.“

„Gut, fang an, und schütze deinen Turm.“

Der Elfjährige schob die ersten zwei Arbeitsmänner voran.

„Opa, kannst du mir dabei wieder eine Geschichte erzählen? Ich höre sie immer so gern.“

„Kann ich. Aber nur, wenn du dich trotzdem konzentrierst. Zieh die Steine zurück. Du weißt, wer in der Mitte beginnt, verliert meistens.“ Kronemann wies auf die schwarzen Lacksteine. „Auch wenn ich das Spiel selbst erfunden habe, an die Regeln müssen wir uns schon halten.“

Er schob seine ersten zwei weißen Lacksteine vor.

„Eine Geschichte, hm“, grübelte er. „Eigentlich wollte ich sie dir erst später erzählen, aber gut, es ist vielleicht besser, wenn ich dich jetzt schon einweihe. Dein Vater und dein Onkel kennen das alles, aber der eine hat nie richtig Zeit, darüber zu sprechen, und der andere ist immer so skeptisch. Bei ihm zählen nur Jahreszahlen, Fakten und Namen. Egal. Wo war ich stehen geblieben?“

„Erstens bist du dran, Opa, und zweitens wolltest du erzählen.“

„Gut.“ Der Alte schob zwei Steine nach. „Du weißt doch, dass sie in Stralsund im Museum den Hiddenseer Goldschmuck im Original ausstellen. Eine Scheibenfibel, einen goldenen Halsring, zehn kreuzförmige Anhänger und vier kleine Zwischenglieder. Siebzig Millionen sollen die sechzehn Gold-Klunker wert sein. Das Museum ist bestimmt geschützt wie Fort Knox. Ich hab's mir angesehen. Eindrucksvoll. Aber was die dazu aufgeschrieben haben, stimmt einfach so gar nicht.“

„Wie meinst du das?“

„Sicher, dass es ein tausend Jahre alter Wikinger-Schatz ist, wird belegbar sein. Und dass er König Harald Blauzahn oder König Olaf I. Tryggvason gehörte, mag auch angehen. Wer will das heute noch nachvollziehen? Was die allerdings über den Fund des Schatzes erzählen, ist alles erstunken und erlogen. Die haben keine Ahnung."

Kronemann rückte einen seiner mittelgroßen Spielsteine vor, um damit einen der kleinen Arbeitsmänner seines Gegners energisch vom Feld zu kicken.

Sein fröhliches Gegenüber grinste immer noch. „Harald Blauzahn, das hast du dir ja toll ausgedacht, Opa. Auf so einen Namen muss man erst mal kommen. Und meinst du wirklich, dass die bei einer so großen Sache im Museum nicht wissen, was sie tun?"

Der Großvater putzte umständlich seine Brille. „Na ja, sie schreiben, dass der Schatz stückchenweise nach der Sturmflut vom 13. November 1872 am Neuendorfer Strand auf der Insel Hiddensee freigespült worden sei und dass ein Segelmacher namens Linsen den Inselbehörden im Juni 1873 sieben goldene Schmucksachen offenbart und sie letztlich dem Stralsunder Museum für fünfhundert Mark verkauft habe. Bis 1874 seien dann ‚in mehreren Etappen' weitere Schmuckteile aus dem Meer geborgen und ebenfalls an das Museum verkauft worden."

„Ja, aber die haben sich das doch bestimmt nicht ausgedacht? Und der Schatz ist doch da?" Der Kleine hatte längst vergessen, seine Steine zu schieben. Die Geschichte zog ihn in den Bann. „Können wir uns den Schmuck mal ansehen gehen? Und was ist denn nun erstunken und erlogen? Ist der Schatz etwa nicht echt?"

Schmunzelnd erzählte Elias Kronemann weiter.

„Doch, der wird schon echt sein. Also, die Kenntnisse über die Umstände des Fundes gehen auf den damaligen Museumsleiter Rudolf Baier zurück, der die Stücke nach und nach ankaufte. In der Zeitung stand, dass eine Fischersfrau mit Namen Striesow gleich am Tag nach der Sturmflut ein erstes ‚blinkendes Metall' gefunden und es wochenlang im Haus gelagert habe, bis ein Sohn der Finderin es in Stralsund an einen Goldschmied veräußerte. Linsen, ein Schwiegersohn der Finderin, habe weitere Stücke auf Hiddensee ausfindig gemacht und dem Museum angeboten. So gut, so richtig. Andere Quellen sprechen davon, dass über einen Zeitraum von neunzehn Monaten immer mehr Stücke gefunden worden seien. Mal habe ein Stück im Sand gelegen, dann sei ein in Eis eingefrorenes Stück gefunden worden, eine Kuh habe ein Teil losgetreten, ein Knabe habe eins auf der Düne gefunden ... Alles Schwachsinn, wenn du mich fragst."

„Wieso Schwachsinn? Schließlich sind die Stücke doch alle im Museum gelandet. Was soll denn daran nicht stimmen?" Der Junge schob zur Abwechslung einen der mittelgroßen Spielsteine vor, um seinem Großvater den Weg zum Turm zu versperren.

Kronemann stand auf, um sich einen Köm einzugießen.

„Schwachsinn ist, dass selbst die beiden Museumsleute, Baier und sein Nachfolger Gummel, den Hiddenseern diese Geschichten abgenommen haben und dass sie bis heute weitererzählt werden. Beide haben an die Einzelfunde geglaubt – und daran, dass verschiedene Personen die Schmuckteile tatsächlich nach und nach lose im Sand gefunden hätten. Auch noch nach einem zweiten Sturm im Februar 1874. Nicht die Stecknadel im Heuhaufen, nein, noch exklusiver: das Goldstück im Sand."

Kronemann schüttelte heftig den Kopf.

„Dabei war Baier schon auf dem richtigen Weg, als er vermutete, dass der doppelt gebogene Halsring vermutlich gebogen worden war, damit er in ein Keramikgefäß passte."

„Opa, warum willst gerade du wissen, weshalb Baier mit dieser Annahme auf dem richtigen Weg war? Du warst doch nicht dabei! Und ich verstehe auch nicht, weshalb du dich darüber aufregst. Du kleckerst übrigens mit deinem Schnaps."

Kronemann ließ sich nicht beirren.

„Jedenfalls kamen die insgesamt sechzehn Teile nach und nach alle ins Museum. Und ja, wir werden uns den Schmuck demnächst ansehen, und dann wird dir eins auffallen: So, wie der Schmuck jetzt ausgestellt ist, vermittelt er den Eindruck eines geschlossenen Schatzes. Eine große Fibel, die den Mantel einer Wikingerin oder eines Wikingers zusammenhalten sollte, und ein Halsring, an dem die Schmuckteile gehangen haben können. Eine schöne Regelmäßigkeit der handwerklich fantastisch gearbeiteten Stücke, ein Gleichmaß der Zahl und ein Gewicht, das bei einem Schmuckstück gerade noch akzeptabel ist."

Elias Kronemann stibitzte dem Jungen mit vier aufeinanderfolgenden Zügen fast die Hälfte seiner Ritter und Arbeiter.

„Na, du bist wohl nicht mehr bei der Sache?", zog er den Kleinen auf. „Das beschäftigt dich, oder?"

„Das blöde Spiel", schnaubte der Junge. „Was soll denn aber bloß falsch sein?"

Kronemann zog seinen Stuhl wieder näher an den Tisch und setzte sich gerade auf.

„Ich werde es dir jetzt sagen. Vorher aber will ich, dass du mir etwas versprichst: Plaudere mit niemandem, wirklich niemandem, darüber, was ich dir jetzt erzähle. Es ist ein Familiengeheimnis, das außer uns keiner kennen darf. Versprochen?" Er funkelte seinen Mitspieler über die Brille hinweg an.

Das war jetzt etwas, was den Elfjährigen begeisterte. Ein mit seinem Großvater geteiltes Geheimnis in einer so wichtigen Angelegenheit! Er hätte alles versprochen.

„Ich verspreche ... also von mir soll nie jemand ... und wenn sie mich foltern! Also ich meine, keinem, wirklich! Das kannst du mir glauben!"

Kronemann drückte auf die Stimme, sodass sein Enkel lauschen musste.

„Du weißt doch, dass ich auf Hiddensee geboren bin? Hiddensee war und ist schon immer mein Lieblingsort. Schon die Überfahrt von Stralsund nach Hiddensee ist ein Erlebnis. So, wie sich die prächtige Silhouette Stralsunds mit Kirchen und Türmen und dem weiten, baumbestandenen Ufer den Blicken mehr und mehr entzieht, wächst vor dem Bug des Schiffes die Anhöhe mit dem Leuchtturm empor. Dann folgt das flache Land von Vitte und schließlich Neuendorf mit seinen fast im Wasser stehenden Fischerhäusern. Reusen und Boote zeigen, dass die Inselbewohner nach wie vor ihrer ursprünglichen Tätigkeit nachgehen. Es riecht nach Salz, Tang und Fisch."

„Großvater, der Schmuck?" Der Junge rutschte unruhig auf seinem Stuhl hin und her.

„Ach so, ja, der Schmuck. Na dann: Als ich so alt war wie du jetzt, nahm mich auch mein Großvater zur Seite, um mir etwas über den Schmuck zu erzählen. Zunächst begann er damit, dass die

alteingesessenen Hiddenseer ein Geheimnis hätten, von dem niemand wissen dürfe."

Während er erzählte, bedrohte Elias Kronemann mit seinen Rittern den schwarzen Turm des Jungen.

„Die Novembersturmflut von 1872 war für die Insulaner ein wichtiger Einschnitt", fuhr er fort. „Nicht nur, weil ihre Häuser und Ställe unter Wasser standen. Bereits Monate vorher hatte meine Urgroßtante, Mimi Kronemann, im Hühnerstall, der seit Urzeiten an derselben Stelle stand, einen großen Keramiktopf gefunden. Die Hühner hatten den Deckel frei gescharrt. Als sie den Topf in die Küche getragen hatte und ihn meinem Urgroßonkel zeigte, öffnete dieser die amphorenartige Keramik und zwängte seine Hand durch den engen Hals in das Gefäß."

Großvater Kronemann schaute sich im Halbdunkel des Zimmers um. Er bemerkte, dass ihn der Elfjährige mit großen Augen anstarrte.

„Als er die Faust auf dem Tisch öffnete, blinkte es nur so, und Goldstücke verschiedener Größe waren zu sehen. Irgendwie müssen die anderen Insulaner davon erfahren haben. Die Familien sind bis heute verwandt und verschwägert. Jedenfalls wurde der Schatz geteilt, viele Familien erhielten Anteile davon."

„Aber ich denke, der Schatz wurde bei der Sturmflut angespült? Ich meine, haben denn alle gelogen? Warum haben sie die Stücke denn abgeliefert?"

„Nun, auch die Linsens und Striesows hatten einige der Stücke erhalten. Sie waren mit den Kronemanns befreundet, die Männer ruderten mit einem gemeinsamen Kutter zum Fischfang. Der Sohn der alten Striesow war es dann wohl, der mit dem ersten kleinen Zwischenstück nach Stralsund fuhr und den Goldschmied Ahrens

danach befragte, was es damit auf sich habe. Dieser erkannte den Wert und stellte den hohen Reinheitsgrad des Goldes fest. Den Rest kennst du."

Er überlegte kurz.

„Ach ja, bevor du fragst", sprach er dann weiter. „Die Sturmflut nutzten die Fischerfamilien deshalb als Anlass, weil in den Siebzigerjahren des 19. Jahrhunderts das Strandrecht geändert werden sollte. Erste Lesungen des Gesetzes hatte es schon gegeben. Der Staat wollte künftig kräftig an Strandfunden mitverdienen. Außerdem kam das hohe Wasser wie gerufen, um die Schmuckteilchen unverdächtig nach und nach hervorzuzaubern. Vielleicht wären ja sonst auch irgendwelche anderen Bestimmungen geltend gemacht worden, um den Inselbewohnern den Schatz einfach ‚von Staats wegen' abzunehmen. Und mit Strandgut kannten die Alten sich aus. Sie durften gestrandete Schiffsladungen schon immer für sich behalten. Da kamen die Angebote von Museumsdirektor Baier gerade richtig. Das Gold wurde stückweise von den Familien zum reinen Goldwert verkauft. Sie konnten ihre Häuser und Kutter erneuern und für eine Zeit ein wenig besser leben. Wenn die Leute aus dem Museum genauer nachgefragt hätten ... Aber sie glauben bis heute, dass die kleinen Teilchen an dem kilometerlangen Strand von Hiddensee einfach so herumlagen. Schwachköpfe! Das war meine Geschichte, die unter uns bleiben muss. Übrigens kommt dein Turm gerade ins Wanken. Raus ist er."

„Der blöde Turm. Egal. Aber musst du nicht Bescheid sagen? Ich meine, ist es denn richtig, wenn das da falsch dransteht? Und ist denn alles abgegeben worden? Was ist denn, wenn andere Familien

noch etwas von dem Schmuck behalten haben? Vielleicht war der Schatz ja noch viel größer!"

Elias Kronemann reagierte erschrocken. „Dann ... das wäre ... wie kommst du ...?"

Er nahm den gerade zur Seite gelegten Turm in die Hand und schwenkte den scheibenrunden Lackstein spielerisch hin und her, als wäge er genau ab, was er jetzt sagen würde. Dann drehte er die glänzende Spielfigur um, legte sie mit der Oberseite zuunterst auf das Spielbrett, ging zum Fenster und zog mit einem kräftigen Ruck die Vorhänge so weit auseinander, dass die Nachmittagssonne auf den Tisch schien.

„Ich muss die Wachsschicht und die Farbe neu auftragen", sagte er mit belegter Stimme und strich über den schwarzen Stein. „Schau, er blinkt schon wieder golden."

Sebastian sackt in seinem Schreibstuhl vor dem Laptop zusammen.

Diese Halsschmerzen! Und sein Kopf dröhnt. Nun, vielleicht hat er einfach zu viel gearbeitet.

Er klappt die Lehne nach hinten, legt die Beine hoch und genießt wieder einmal seine fantastische Anschaffung eines Computerstuhls mit Liegefunktion. War teuer, das Ding, ist aber richtig praktisch.

Gar nicht so schlecht, meine Erzählung, lobt er sich selbst und schläft dann, leicht grinsend, ein.

So gegen fünf Uhr nachmittags klingelt Sebastians Handy, Stefanie steht vor der Haustür und benötigt Hilfe beim Hochtragen der Einkäufe. Sebastian bewaffnet sich mit Schal vor dem Mund und Lederhandschuhen und geht ihr bis zur Haustür entgegen.

Gemeinsam schleppen sie den Großeinkauf – ja, auch wieder eine Packung Toilettenpapier – nach oben.

Sogleich geht Sebastian ins Bad und wäscht sich die Hände.

„Hasi, komm, Hände waschen“, bittet er. „Sonst hinterlässt du in der Wohnung noch Viren.“

Während sie die Waren wegräumt, kocht Sebastian Tee, stellt ihn auf den Wohnzimmertisch und holt die Dose mit den Keksen. Er geht noch einmal, gefühlt schon das zwölfte Mal, ins Bad, um sich die Hände zu waschen.

Stefanie zieht sich um, kommt in bequemen Leggins und einem langen Shirt zurück.

„Im Supermarkt habe ich was erlebt!“, erzählt sie und trinkt einen Schluck Tee. „Ein Wachmann hat immer nur eine Person oder ein Paar hineingelassen, wenn jemand herauskam. Der Boden ist mit rot-weißen Streifen beklebt, so im Abstand von etwa zwei Metern. Vor so einer Linie wartet man, wenn ein anderer Kunde noch zu dicht ist. Während die Verkäuferinnen die Regale auffüllen, wird der Abschnitt gesperrt.“

„Hast du denn alles bekommen?“

„Ja, das schon, wenn auch nicht immer von der Marke, die wir sonst nehmen. Unsere Lieblingseiweißbrötchen waren nicht da, aber eine ähnliche Sorte.“ Sie zuckt gleichgültig mit den Schultern. „Die Kassiererinnen sind mit einer Plexiglasscheibe geschützt und tragen Handschuhe.“

„Das ist ja nur vernünftig!“

„Sicher, aber warte mal ab. Jetzt wird es richtig verrückt. An meiner Kasse stand ein Pärchen, etwa in unserem Alter, voller Einkaufswagen. Drei große Pakete Toilettenpapier, mindestens achtzehn Liter Wasser, vier Toastbrote, acht Dosen Eintopf, sechs Pizzen, viermal Gyros und Burger, mehrere Packungen Nudeln, Bratkartoffeln, Pommes, vier Päckchen Butter ... Das ist das, was ich sehen konnte, das war aber beileibe nicht alles. Ich dachte, die versorgen wohl ein Mehrfamilienhaus!"

Sie lacht kurz.

„Als die beiden begannen, die Sachen aufs Band zu legen, meinte die Kassiererin, dass sie diese Mengen nicht abgeben würden, und klingelte", fährt sie dann fort. „Der Filialleiter erschien mit einem leeren Wagen und forderte das Paar auf, alles, was mehr als doppelt vorhanden sei, in den Korb zu legen. Nun begann eine Diskussion. Der Kunde schimpfte mit immer lauterer Stimme, das verstoße gegen seine Freiheit. Er könne so viel kaufen, wie er wolle."

„Und der Filialleiter?"

„Der blieb ruhig, verwies auf sein Hausrecht und forderte nochmals, den Einkauf zu reduzieren. Der Mann wischte mit dem Arm über das Band, schmiss Waren herunter, griff nach dem Arm seiner Frau und schrie: ‚Wir sind auf diesen Saftladen nicht angewiesen. Wir können auch woanders einkaufen. Uns sehen Sie hier nie wieder!' ‚Das hoffe ich sehr!', hat der Filialleiter geantwortet und sich bei den wartenden Kunden für ihre Geduld bedankt. Dann hob er das Heruntergeworfene auf, räumte das Band ab und fragte, ob jemand Toilettenpapier brauche. So kamen wir zu unseren Rollen."

„Ist schon krass, wie manche Leute drauf sind", überlegt Sebastian.

„Das Beste kommt noch", kündigt Stefanie an. „Der Mann vor mir legte noch einen Tulpenstrauß in seinen Korb. Nach dem Bezahlen reichte er ihn der Kassiererin und schenkte ihn ihr. Die anderen Kunden und ich haben geklatscht."

„Eine nette Geste!", findet Sebastian. Dann wechselt er das Thema. „Aber jetzt sag mal, wie sieht es denn auf der Arbeit aus? Was macht euer Serum?"

Stefanie leert ihre Tasse und lehnt sich zurück.

„Die Unis sind ja zu. Die Studenten haben nicht nur Zeit, sondern viele brauchen auch Geld", beginnt sie ihren Bericht. „Sie müssen essen, ihre Miete zahlen, die Handyraten warten auch nicht. Vorher haben sie gekellnert oder sich auf Messen etwas dazuverdient. Das geht jetzt alles nicht. Unser Personalchef hatte daher keine Probleme, acht angehende Mediziner einzustellen. Sie übernehmen Routinetests und bleiben mindestens für sechs Wochen. Wir sind entlastet und können viel mehr Varianten der bisherigen Seren zusammenstellen. Die Ergebnisse der Tests kommen nun schneller. Manches läuft parallel. Aber ab sofort arbeiten wir nun in drei Schichten, auch samstags und sonntags. Es sieht so aus, als wären wir dicht dran. Stell dir vor, diejenigen, die mit einer Lungenentzündung kämpfen, könnten schnell geheilt werden, sodass keine bleibenden Schäden entstehen, vor allem aber auch keiner mehr sterben muss!"

„Das würde eurer Firma Ruhm und Geld bringen."

„Sicherlich", pflichtet Stefanie ihm bei, „vor allem aber für Betroffene die Heilung."

„Bist du auch vorsichtig, dass du dich nicht ansteckst?", fragt Sebastian besorgt.

„Na klar, wir arbeiten in Schutzanzügen und machen vermehrt Pausen, aber versetzt, nur kleine Gruppen. Alle sind ziemlich gestresst. Der Druck ist enorm."

„Ich bewundere dich. Mir fällt nur etwas ein, wenn ich in Ruhe nachdenken kann. Bei euch wäre ich an der völlig falschen Adresse."

Stefanie lacht. „Deshalb arbeite ich ja auch dort, nicht du!"

„Wollen wir zusammen das Abendbrot zubereiten?", schlägt Sebastian vor.

„Gut. Ich habe frischen Kabeljau, den dünste ich. Dazu gibt's Linsenpüree, und du machst Gurkensalat. Im Tiefkühlfach ist noch Dill."

Nachdem die beiden einträchtig gegessen haben, lehnt Stefanie sich entspannt zurück.

„Lass uns mal kurz mit Anne skypen", schlägt sie vor. „Sie hat die kleine Leni zu Hause und arbeitet im Homeoffice. Bin gespannt, wie sie das packt."

Stefanies Freundin Anne meldet sich schnell.

„Schön, dass ihr anruft!", freut sie sich. „Ich kann eine kleine Pause gebrauchen. Seid ihr gesund?"

Stefanie nickt, doch Sebastian schüttelt den Kopf. „Ich nicht. Ich bin bestimmt krank, aber Steffi glaubt mir nicht, so wie immer."

Anne grinst. „Ich hatte auch nicht erwartet, dass du gesund bist, Basti. Auch wie immer ..."

„Wie geht's? Kommst du mit dem Homeoffice klar?", wechselt Stefanie das Thema.

„Ach, hör bloß auf! Arbeiten und nebenbei ein Kind bespaßen, das ist so schwierig! Heute um neun hat mein Chef angerufen.

Leni sollte solange im Kinderzimmer bleiben. Sie hat mit ihren Puppen gespielt. Plötzlich ein Klirren in der Küche, ein Moment Stille, dann rief die Kleine: ‚Die Milch liegt auf dem Boden und ein Glas auch. Ich wisch es weg.' Im Aufspringen schrie ich schon: ‚Nein, lass sein. Du tust dir weh.' Nun wird der Chef nur noch E-Mails senden, das reicht auch."

„Ach herrje", meint Stefanie teilnahmsvoll. „Und deine Eltern, sind die von Teneriffa zurück?"

„Es müsste morgen so weit sein. Ihr Hotel ist immer noch gesperrt, aber die Deutschen werden ausgeflogen. Meine Eltern glauben, dass sie gesund sind."

„Und du glaubst es nicht?"

„Ich hoffe es. Leni freut sich auf Oma, denn mit mir ist es wohl laaangweilig. Ich muss ihr dann nur noch klarmachen, dass sie die Großeltern wegen der gegenseitigen Ansteckungsgefahr nicht sehen kann, auch wenn sie wieder hier sind. Plötzlich ist das Haus meiner Eltern fast so weit weg wie Teneriffa!" Anne verdreht genervt die Augen. „Und wann gibt's ein Medikament, Steffi?"

„Wir arbeiten mit Hochdruck daran. Wann der Durchbruch kommt, weiß man nie."

„Hoffentlich bald. Ich will zurück in mein Büro!"

„Wir entwickeln keinen Impfstoff gegen das Virus, das übernehmen andere. Wir wollen Infizierte heilen."

„Ist beides wichtig. Viel Erfolg. Ich muss noch mehrere Briefe schreiben, melde mich übermorgen Abend mal. Macht's gut!"

„Du auch!"

„Und tschüss, Basti, du armer, armer Kranker! CORONA!" Lachend beendet Anne das Video-Telefonat.

Sebastian schüttelt den Kopf. Er kann schwer mit dem lauten Humor von Anne umgehen. Weshalb ist sie nur immer so aufgedreht?

Stefanie ist während des Gespräches immer stiller geworden. Sebastian sieht ihr an, dass sie auch an diesem Abend ziemlich geschafft ist. Dennoch beginnt er, sie mit Fragen zu löchern.

„Stimmt es, dass Leute mit Blutgruppe 0 weniger gefährdet sind als Menschen mit anderen Blutgruppen? Was meinst du, sind meine Halsschmerzen nicht wirklich typisch für diese Scheißkrankheit?“

Stefanie winkt nur müde ab. „Niemand weiß Genaues, und ja, Halsschmerzen können dazugehören. Aber lass mich doch jetzt bitte in Ruhe, ich bin müde.“

Sie haucht ihrem Schatz einen Kuss auf die Stirn, krault einen Moment seinen Nacken und geht schnell ins Schlafzimmer.

Sebastian dreht den Kopf hin und her und achtet auf die Schmerzen in seinem Hals. Er hat, wie viele andere auch, die Fake-News aus Taiwan zur Kenntnis genommen und versucht sich in einer Selbstdiagnose. Dazu atmet er heftig ein und hält die Luft an. Dabei lauscht er in sich hinein. Was spürt er aus der Lunge? Da ist nichts, auch kein Hustenanfall, der auf die Krankheit hinweisen soll.

Er schüttelt den Kopf und atmet die Luft aus. Wohl doch alles nur völliger Blödsinn, der da durch das Netz schwappt. Obwohl es ihm doch nicht gut geht. Vielleicht kann man es wirklich so nicht spüren, und er hat trotzdem Corona.

Sebastian klappt seinen Laptop auf. Wo war er stehen geblieben?

Er scrollt und liest sich in die Geschichte aus dem alten Manuskript ein. Ja, so kann es weitergehen. Eine lange Nacht des Überarbeitens beginnt.

In der Raucherlounge war es still geworden. Dann schlürfte Max vernehmlich an seinem Cognac, und Sören griff sich eine dicke Zigarre, riss ein Streichholz energisch an und drehte die Spitze der Zigarre im Feuer, ohne sie sich in den Mund zu stecken. Vorher hatte er mit einem lauten Klicken die Mundseite der Montecristo angeschnitten und das gute Stück knisternd zwischen Zeigefinger und Daumen hin und her gedreht.

Yannis saß jetzt schon fast eine Minute kopfschüttelnd in seinem schweren Ledersessel. Tilman blickte immer wieder abwechselnd von einem zum anderen und musterte unverhohlen die Gesichter der anderen.

Sören sog geräuschvoll den Rauch ein.

„Interessant, du Schreiberling", sagte er hüstelnd beim Ausatmen in meine Richtung. „Und jetzt sollen wir dir abnehmen, dass die Museumsleute alle bescheuert sind und der alte Kronemann achtzehn Goldstücke auf seinem Schachbrett hin und her geschoben hat? ‚Arbeitsleute, Ritter und Turm.' Nette Geschichte. Fast was für den Staatsanwalt."

Er lachte laut auf und durchbrach damit die Stille im Raum gänzlich.

Jetzt begannen alle durcheinanderzureden.

„Das ist ja unglaublich! Stellt euch vor, siebzig Millionen, das ist ja nicht zu fassen!" Max griff zum wiederholten Male zu seinem Cognacschwenker, nur um festzustellen, dass nichts mehr drin war.

Er sah sich suchend um. Als die Kellnerin den Kopf durch die Tür steckte, hob er die Hand.

„Jetzt nicht!“, ging Sören lautstark dazwischen. Offensichtlich steckte die Neugier auch ihn an.

Til, typisch Psychologe, blieb wie immer leise.

„Neuendorf war am Arsch der Welt, fernab vom Schuss. Also, wenn die sich abgestimmt und alle Mitwisser bedacht haben, sodass kein Neid aufkommen konnte ... Nun, dann wäre es wohl möglich“, analysierte er strukturiert. „Aber Menschen sind nicht per se gut. Sie sind immer auf der Jagd, wollen instinktiv stets das Beste für sich und ihre Sprösslinge, also überleben, die Brut erhalten. Da entsteht fast zwangsläufig Neid. Ob das zu deckeln war über die vielen Jahre? Und hätte nicht irgendwann jemand von all diesen Generationen Kronemanns die Stücke verkauft? Ich weiß nicht ...“

Tilman fuhr damit fort, alle am Tisch aufmerksam zu mustern. Vor allem mich.

Ich hatte mich zurückgelehnt und musste mich sehr zurückhalten, um nicht süffisant zu grinsen.

Jetzt seid ihr wieder bei euch, so habe ich mir das vorgestellt, dachte ich bei mir. *Das war genau die Story, die wir jetzt gebraucht haben.*

Yannis hatte mich beobachtet und wertete mein verkniffenes Schmunzeln anders.

„Für mich könnte die Geschichte stimmen. Wenn Familien richtig zusammenhalten, könnte das schon so sein. Andere haben doch auch begriffen, dass Eigentum in der Familie bleiben muss. Immobilien und Vermögen werden von Generation zu Generation weitergegeben, für sich selbst wird kaum etwas entnommen. Da wird nichts einfach so verscheuert. Das ist dem Menschen eigen, so sichert er das Überleben der Sippe und des Blutes. Aber ich habe ein paar ganz einfache Fragen, Malte, vielleicht sind wir dann schlauer: Wie war der Nachname deiner Großmutter? Woher kommt eure Familie? Und könnte es sein, dass du der kleine Spieler bei seinem Großvater warst?"

Nicht schlecht, Yannis, dachte ich bei mir, doch selbstverständlich war ich auf die Fragen eingestellt.

„Meine Großmutter hieß Hertha Kronemann, und ja, die Familie stammt von der Insel. Und ob ich der Junge war? Hm. Ich antworte mal mit einem Rechenspiel: Ich wäre etwa elf gewesen, das war also vor fast dreißig Jahren. Mein Großvater vielleicht siebzig, fünfundsiebzig. Er hatte die Geschichte von seinem Großvater. 1872 war die Sturmflut, lasst die Kronemann-Finder-Familie etwa um die vierzig gewesen sein. Der Schatzfinder hätte vielleicht bis zur Jahrhundertwende gelebt und seinen Enkel eingeweiht, der wiederum vielleicht bis 1960 gelebt hätte. Von ihm hätte ich das also nicht erfahren können. Andererseits, die Geschichte wurde immer an die Jungs der Familie überliefert, an die Kronemanns. Was, wenn noch eine Generation dazwischen gewesen wäre? Dann würde es genau passen. Worauf zielt deine Frage ab?"

Yannis stockte. „Ich wollte es einfach nur wissen, aber eigentlich ist es ja auch egal. Aber die hießen wirklich Kronemann?"

„Ja, wirklich Kronemann! Und nun lasst es gut sein, Jungs. Aufgelöst wird am Donnerstag, bevor wir nach Hause fahren."

Jetzt machte sich Unmut breit.

„Das ist nicht fair. Vielleicht hast du den Jackpot zu Hause und lässt uns hier die Zeche selbst zahlen", stachelte Sören.

„Du mit deinen Zahlen, Malte! Ich dachte, du hättest dich geändert." Max seufzte. „Aber gut, wie sieht dein weiterer Plan aus? Du verrätst ja doch nichts mehr."

Ich lehnte mich zurück und grinste fröhlich.

„Richtig, mein Lieber, du kennst mich immer noch gut. Jetzt ordern wir Nachschub," ergänzte ich mit Blick auf Sören ketzerisch, „bleiben noch ein wenig hier in der Räucherkammer und hören, was einer von euch zu erzählen hat."

Yannis sah von einem zum anderen. „Wenn jetzt keiner ... ich könnte."

Ich merkte schon, es würde ein inspirierender Abend werden. Ausgerechnet der schüchterne Yannis drängte voran. Meine Erzählung schien ihn motiviert zu haben. Genüsslich lehnte ich mich zurück, um ihm zu lauschen.

„Jetzt hören wir etwas aus der Rubrik ‚Kunst ist Waffe' oder ‚Kunst, auch moderne Kunst, kann alle erreichen'", kommentierte Sören. „Na dann mal zu, ich bin ganz Ohr, du Museumsstaubwedel."

Max schüttelte missbilligend den Kopf, und Til prostete Yannis ermutigend zu.

„Amber ist eine Substanz aus dem Verdauungstrakt von Pottwalen", begann Yannis.

„Jetzt wird's eklig", hakte Sören sofort ein. „Na dann, prost!"

Yannis konzentrierte sich und würdigte Sören nicht eines Blickes.

„Amber ist eine Substanz aus dem Verdauungstrakt von Pottwalen", wiederholte er. „Doch früher glaubte man, Bernstein und Amber könnten gleichen Ursprungs sein und bezeichnete auch Bernstein als ‚Ambra'. Weit gefehlt, wie man längst weiß. Ich habe einen guten Freund, der als Bernsteindrechsler in einem kleinen Museum in Ribnitz-Damgarten gearbeitet hat. Er hat fantasievolle Schmuckstücke geschliffen, und von ihm habe ich mein Wissen über die goldfarbenen Harzsteine, wie ich sie gern nenne. Berni, wie er bei allen heißt, hat mir erklärt, was den Reiz und den Mythos der fossilen Harze ausmacht. Er hat anhand von Fakten und Karten belegt, wie sie entstanden sind und woher sie kommen. Dazu möchte ich euch gerne einiges erzählen."

„Mach hin, sonst wird's zu spannend", rief Sören, der offensichtlich dem Rotwein schon ganz schön zugesprochen hatte.

Yannis ließ sich nicht mehr beirren. „Succinit, so der Fachbegriff unseres hiesigen Bernsteins aus dem Baltikum, wie ihr wisst, ist ein fossiles Harz. Es gibt etwa achtzig verschiedene Bernsteinarten, wobei diese aber auch andere Namen tragen und aus unterschiedlichen Regionen der Erde stammen. Im Baltikum, so vermutet man, liegen noch weit über sechshunderttausend Tonnen des Succinit. Zwanzig bis fünfunddreißig Millionen Jahre alt sind die Erdschichten, in denen man den Bernstein, zum Beispiel beim Fördern von Braunkohle, findet. Unsere angeschwemmten Bernsteine sind wohl während der Eiszeit losgelöst und in das gesamte nördliche Mitteleuropa verteilt worden. So ganz genau lassen sich ihre Ursprünge nicht lokalisieren. Man weiß aber, dass sie sogenannten allochthonen Vorkommen entstammen."

Yannis blickte herausfordernd zu Sören, der leicht gelangweilt mit den Schultern zuckte.

„Allochthon heißt, dass das Gestein durch verschiedene Transportvorgänge vom Bildungsort in eine neue Umgebung befördert wurde." Yannis triumphierte leicht. „Bäume unterschiedlichster Arten könnten das Harz für die Versteinerungen geliefert haben.

Vermutlich über eine Million Jahre dauerte es, bis aus dem weichen Harz der feste, brennbare Stein wurde. Harzklumpen müssen schon direkt am Baum ausgehärtet sein, aber egal, das führt jetzt zu weit. Um den Bernstein ranken sich viele Geschichten. ‚Jurassic Park' ist eine davon, ‚Das Bernsteinzimmer' eine andere."

Yannis goss sich etwas Rotwein nach und blickte bedeutsam in die Runde. Vermutlich wollte er signalisieren, dass er jetzt zum spannenderen Teil seiner Rede käme.

„Eines Tages hat mich Berni mit an seinen Arbeitsplatz genommen. Er hat mir vielfältigste Arten sogenannter Inklusen - also Bernsteine, in denen verschiedenste Einschlüsse vorhanden sind - gezeigt. Wir sind in eine Jahrmillionen alte Welt eingetaucht. Berni hat mir erklärt, dass die Steine nur die Abdrücke der ehemaligen Lebewesen enthielten, nicht die Körper an sich. Dann hat er bedauernd mit den Schultern gezuckt. ‚Spielbergs Idee der Saurier-DNS im Bernstein war zwar genial, aber aus dem Abdruck hätte der Jurassic-Park nie entstehen können. Interessant ist aber, dass man in einem Bernstein gerade einen Saurierschwanzabdruck gefunden hat!' Berni hat die verschiedensten Bernsteine vor mich gelegt. Ich erkannte Fliegen und Mücken, Flöhe und Heuschrecken, Frösche und Federn. Er rückte näher an mich heran und begann flüsternd zu sprechen, dabei war niemand mehr im Museum ..."

Yannis machte eine Kunstpause.

„‚Spielbergs Idee war wirklich genial, glaub mir, auch wenn das nie hätte funktionieren können", zitierte er seinen Freund dann weiter. „Aber er war dicht dran, Yannis, ganz dicht dran. Nur - wie soll ich sagen? - in die falsche Richtung.'"

Yannis wirkte aufgeregt. Er hatte wiederholt an seinem Glas genippt und gönnte sich nun einen großen Schluck. Sein Blick in die Runde zeigte ihm, dass er die anderen mitgenommen hatte.

„Komm, mach's nicht so spannend! Komm zum Punkt“, forderte jetzt ein durchaus interessierter Staatsanwalt.

„Kommen Sie zur Sache, Angeklagter, oder ich werde die Todesstrafe für Sie fordern!“ Max gluckste. „Jetzt werden deine geheimen Wünsche wahr, Sören! ‚Ich beantrage die Todesstrafe! Der Angeklagte war renitent und hat sich seine Pointe bis zum Schluss aufgehoben.‘“ Er provozierte. „Sollten wir nicht schlafen gehen und uns morgen beim Frühstück den Rest der Geschichte anhören?“

Wie erwartet, reagierten alle einstimmig und forderten die sofortige Fortsetzung.

„Komm!“, „Erzähl schon!“, „Spann uns nicht auf die Folter!“

„Folter, das kommt ja noch vor der Todesstrafe“, provozierte Max weiter. „Foltert ihn doch vorher noch ein bisschen.“

Yannis aber hatte sich gefangen und unterbrach das Geflachse der anderen. Offensichtlich wollte er seine Geschichte zügig beenden.

„Wo war ich stehen geblieben?“, fragte er in die Runde.

„Du hattest von Spielberg gesprochen“, half ich aus.

Yannis schluckte vernehmlich.

„Berni zog einen weiteren Stein aus der Schublade“, erzählte er dann weiter. „‚Pass auf jetzt, pass gut auf‘, raunte er aufgeregt, nahm den Stein in die Hand und löschte mit einem Ruck seine Schreibtischlampe. Zunächst sah ich nichts. Ich musste mich an die völlige Dunkelheit gewöhnen. ‚Denk dran, der Bernstein ist zwanzig bis fünfunddreißig Millionen Jahre alt‘, hörte ich meinen Freund murmeln. Fast in der gleichen Sekunde erkannte ich, dass Berni den

Stein heftig hin und her schwenkte. Es war völlig dunkel, weshalb sah ich das? Dann bemerkte ich, dass ich die Bewegung wahrnahm, weil der Stein leicht bläulich zu leuchten begonnen hatte. Ich habe die Bewegung gesehen, weil der Stein fluoreszierte. Kurz darauf erhellte sein Leuchten sogar Bernis aufgeregtes Gesicht. Dann schaltete er, ganz plötzlich, seine Lampe wieder ein und hielt den Stein in den grellen Lichtkegel. Er sah mich hektisch an und sagte: ‚Sieh schnell und lausche!‘ Ich beugte mich vor ...“

„Und? Was hast du gehört?“, wollte ich wissen.

„Zunächst habe ich nichts gehört oder gesehen. Dann bemerkte ich im Stein ein Stückchen Irgendwas. Erst hielt ich es für einen Insektenflügel, aber es sah eher aus wie ein winziger grellblauer Mikrochip. Gleichzeitig hörte ich, ganz leise, vier aufeinanderfolgende Töne, die sofort wieder verstummten. ‚Begreifst du, was das heißt, Yannis?‘, flüsterte Berni mir hektisch zu. ‚Spielberg hatte recht! Nur eben nicht mit seinen Sauriern aus der Vergangenheit, sondern ... in die falsche Richtung, also in die Zukunft.‘ Er starrte mich an, um dann laut und vernehmlich zu sagen: ‚Zwanzig bis fünfunddreißig Millionen Jahre!‘ Er verdrehte die Augen und blickte in einen imaginären Himmel. ‚Sie sind schon hier gewesen, Yannis! Oh mein Gott!‘“

DRITTER TAG

Sebastian wird wach, weil die Nase läuft. Es ist halb neun.

Stefanie schläft noch. Zwar hat sie heute Nachtschicht, aber länger als bis sieben bleibt sie sonst nie im Bett. Sie ist ein Morgenmensch, ganz im Gegensatz zu ihm.

Im Moment muss sie wirklich fertig sein. Erstaunlicherweise ist er, trotz der nächtlichen Arbeit an seinem neu-alten Text, ausgeschlafen.

Nicht dass es ihm gut ginge. Sein Hals kratzt deutlich mehr, der Kopf schmerzt, die Augen tränen, und der allergische Schnupfen hat ihn voll im Griff. Aber da ist noch mehr. Er spürt es, das ist das Coronavirus!

Stefanie hat keinen Test mitgebracht. Sie meint, er *könne* sich nicht angesteckt haben, weil er nur zu Hause war. Vielleicht hat sie damit recht.

Sebastian steht auf, geht auf die Toilette und bekommt eine Niesattacke, die Stefanie weckt. Zusammen frühstücken sie.

„Was machen wir heute?“, fragt er und nimmt seine Tablette gegen die Allergie mit dem letzten Schluck Tee.

„Die Sonne scheint, ich muss unbedingt raus. Lass uns nach Stäbelow fahren und im Wald spazieren gehen“, schlägt Stefanie vor.

„Das kannst du nicht ernst meinen! Ich gehe keinen Schritt vor die Tür!“

„Es kann doch nichts passieren. Die Luft in der Natur ist doch nicht voller Viren.“

„Fahr alleine, ich mag nicht. Und ich kann auch nicht, mir geht es so dreckig.“

Stefanie schnappt sich Mantel und Handtasche, zuckt etwas schnippisch mit den Schultern und zieht die Wohnungstür mit einem Ruck hinter sich zu.

„Pass auf dich auf“, ruft Sebastian ihr nach.

Er kocht sich einen Kaffee und installiert ein neues Spiel auf seinem Tablet. Es geht um Ermittlungen an einem Tatort, Vernehmungen von Verdächtigen. Richtig spannend!

Plötzlich dreht sich ein Schlüssel in der Wohnungstür. Stefanie ist zurück.

„Das ging aber schnell“, ruft Sebastian, ehe er mit einem Blick auf die Uhr feststellt, dass zwei Stunden vergangen sind. „Denk ans Händewaschen!“

Kopfschüttelnd steht Stefanie vor ihrem Mann. „Du hast doch nicht die ganze Zeit hier rumgespielt?“

„Warum nicht?“ Sebastian klingt trotzig.

„Mach was Produktives, schreib weiter!“

„Zum Schreiben brauche ich Ideen!“

„Bei solchen Spielen kommen sie dir nicht!“

„Vielleicht doch!“ Sebastian schaltet das Tablet aus und schaut seine Frau an. „Die frische Luft hat dir gutgetan“, startet er ein Ablenkungsmanöver. „Du siehst besser aus als heute Morgen!“

„Sie hätte auch dir gutgetan, besser als die Spielerei.“

„Im Gegensatz zu dir, bin ich krank!“

„Wann bist du das mal nicht? Und immer ist es ganz schlimm. Wie viele Male hattest du im Herbst und Winter eine fürchterliche Grippe? Einmal im Monat? Doch es war, wenn überhaupt, nur eine Erkältung. So ist das jetzt auch. Eine leichte Erkältung, etwas

Halsschmerzen, nicht mal Fieber und dazu, weil es schon so warm ist, deine Pollenallergie. Hör auf zu jammern!“

„Du nimmst mich nicht ernst! Es ist anders als sonst. Ich fühle mich schlapp, ausgelaugt ...“

„Ausgelaugt? Wovon? Wenn ich das sagen würde, könnte es stimmen. Der Druck bei uns ist so hoch, der Stress enorm!“ Jetzt klingt Stefanie richtig wütend.

„Das scheint ja nicht zu reichen“, kontert Sebastian. „Noch habt ihr nichts vorzuweisen. Aber ich bin krank, diesmal wirklich.“

Er weiß, dass er unfair ist, aber seine Ängste brechen sich Bahn.

Stefanie lacht laut auf, es klingt ziemlich schrill. Dann verlässt sie das Wohnzimmer. Sebastian hört sie im Bad rumoren, wenig später läuft die Waschmaschine.

Er greift sich das Handy und ruft seine Eltern an.

„Hallo, Mutti, alles in Ordnung bei euch?“, erkundigt er sich.

„Ja. Und wie geht es dir, Basti?“

„Schnupfen ohne Ende, Halsschmerzen, Kopf und Brust tun weh.“

„Das hört sich nicht gut an. Meinst du, du hast dich angesteckt? Wo denn?“

„Ich weiß nicht. Vielleicht, als ich im Verlag war?“, überlegt er.

„Kann Stefanie dich nicht testen?“

„Sie meint, das sei nicht nötig, weil ich nicht krank sei.“

„Na, hoffentlich hat sie recht ...“

„Das hoffe ich auch“, kommentiert Sebastian seufzend. Dann schweigen die beiden einen Moment.

„Ich muss dir was erzählen. Stell dir vor, als ich heute Klopapier kaufen wollte, hatten die hier gar keins mehr“, wechselt seine

Mutter dann das Thema. „Da, wo sich sonst auf mehreren Paletten die Pakete so hoch stapeln, dass ich gar nicht drankomme, standen nur ein paar kleine Kartons mit Feuchttüchern!“

„Habt ihr denn kein Papier mehr?“

„Doch, doch, zwei Pakete sind noch da. Zwanzig Rollen. Aber wenn man sieht, dass das ausverkauft ist, dann bekommt man schon Angst, dass es nicht reicht. Man weiß ja wirklich nicht, wie lange alles noch so gehen wird. Im September wollten wir wieder nach Österreich mit dieser Busfirma ...“

„Mann, Mutti, September? Vielleicht leben wir dann schon alle nicht mehr.“

„Hör auf, Basti, du machst mir Angst.“

„Schon gut, sollte ein Scherz sein. Grüße Vati von mir, und bleibt gesund.“

„Ja, ja, ihr auch.“

Stefanie ist in der Küche, das Radio läuft. Sebastian geht zu ihr. Soll er sich entschuldigen?

Ehe er etwas sagen kann, hört er den Radiomoderator:

„Heute Morgen wurde ich mit ‚Happy Birthday‘ geweckt. Ich lausche meiner singenden Familie, kuschele mich noch mal in meine Decke ein. Wie schön. Doch plötzlich kommt da ein Gedanke: Wieso Geburtstag? Habe ich heute doch nicht und auch kein anderer in der Familie. Ich stehe also auf und frage: ‚Für wen singt ihr?‘ Und wissen Sie, wie die Antwort lautete? Meine Kinder und meine Frau halten sich an die Regel, sich so lange die Hände zu waschen, bis sie zweimal ‚Happy Birthday‘ gesungen haben.“

Sebastian und Stefanie lachen.

„Scheint gar nicht so einfach zu sein, den Kindern all die Vorschriften beizubringen", meint Sebastian und ergänzt: „Entschuldige. Ich habe es nicht so gemeint."

„Schon gut. Wir sind beide genervt. Gibt's was Neues bei deinen Eltern?"

„Nein, nichts. Im Laden um die Ecke haben sie kein Klopapier mehr."

„Ich weiß, wer es hat. An der Kreuzung beim neuen Friedhof stand rechts neben mir ein Auto, so ein Mini. Die Rückbank war mit diesen großen Taschen vollgepackt, sah aus wie ein Umzug. Der Fahrer war gar nicht zu sehen, auf dem Beifahrersitz stapelte sich bis zur Decke Klopapier. Das hat er bestimmt in Kritzmow deiner Mutter vor der Nase weggekauft. Davon, dass Corona auf den Darm wirkt, habe ich noch nichts gehört."

„Da fällt mir ein, dass ich einen großartigen Comic gesehen habe. Ein Mann stellt zwei Rollen im Restaurant zum Bezahlen auf den Tisch und legt dem Kellner noch ein Blatt als Trinkgeld dazu."

„Das ist nett." Stefanie grinst, dann wird ihr Gesicht auf einmal sehr ernst. „Aber es gibt auch viele sehr unschöne Kommentare. Ein Kollege von mir meinte, vielleicht hätte die Krankheit auch was Gutes: Sie träfe die Alten, die heutzutage viel zu alt würden. So löse Corona das Rentenproblem."

„Ach herrje! Wie hast du reagiert?"

„Ich bin völlig ausgerastet. Das sei doch nur ein Scherz gewesen, hat er sich verteidigt. Aber ernsthaft, bei uns wird diskutiert, ob es nicht besser wäre, alle Alten in Quarantäne zu schicken und dann das wirtschaftliche und soziale Leben wieder anlaufen zu lassen. Zwar würden unter diesen Umständen auch mehr junge

Menschen krank, aber die meisten von ihnen hätten es schnell und ohne große Probleme hinter sich, wären erst mal immun und könnten wieder arbeiten gehen. So eine Durchseuchung der Gesellschaft kommt sowieso."

„Darüber wird überall gestritten. Da war so ein Chat, mal sehen, ob ich ihn finde ... Hier ist er."

Sebastian zeigt ihn seiner Frau.

- *Immer auf die Alten! Sie haben den Staat über Jahrzehnte am Laufen gehalten, unter schwierigeren Bedingungen.*
- *Die verstehen die Welt eh nicht mehr und bringen keinen Fortschritt, sollten einen schönen Lebensabend haben - auf einer Senioreninsel.*
- *Willst du das für dich auch, später mal?*
- *Die Jungen von heute sind die Alten von morgen.*
- *Wir müssen wieder lernen und arbeiten, sonst wird Deutschland arm und schwach.*
- *Wer sagt denn, dass es nur die Alten trifft? Frankreich zeigt, dass auch junge Männer sterben.*
- *Junge Männer sterben immer. Rasen, saufen, Ski fahren ohne Helm, Extremsportarten usw. Da braucht es kein Corona-Virus.*
- *Nach Ostern machen Schulen und Kitas wieder auf, da bin ich sicher.*
- *Die Kneipen auch?*
- *Eher nicht. Die produzierende Industrie: ja. Kultur, Kunst, Gaststätten, Tourismus: nein.*
- *Dann sterben die aus.*
- *Vermutlich ja, wird später neue geben. Hält die Politik für nicht systemrelevant.*

- *Waren Verkäuferinnen, Schwestern, Pfleger bisher auch nicht, jetzt schon!*
- *Ab wann zählt man zu den Alten? Fünfzig? Fünfundfünfzig?*
- *Dann muss fast die gesamte Bundesregierung aufs Altenteil.*
- *Viele Alte werden noch gebraucht.*
- *Man kann nicht einen Teil der Gesellschaft einsperren, das widerspricht dem Grundgesetz und ist menschenverachtend.*
- *Hat ja keiner was dagegen, wenn die rausgehen. Ist halt ihr Risiko.*
- *Nicht Alte gegen Junge, sondern gemeinsam.*

„Es geht dabei vor allem um die unbedingt wieder hochzufahrende Produktion“, meint Stefanie. „So ein Vizegouverneur von einem US-Staat sagte, der Stillstand dürfe nicht Monate anhalten. Für Kinder und Enkel müsse Amerika stark bleiben und die Produktion schnell wiederaufnehmen. Wenn das den Alten schade, würden die sich sicher gern opfern.“

„Was für ein Idiot! Aber die Wirtschaft macht auch mir Sorgen. Es wird jede Menge Pleiten geben. Nur die Großen und Starken werden überleben und den Markt noch mehr beherrschen. Wir einfachen Leute werden das wieder alles ausbaden! Und die Freiberufler ganz besonders“, entgegnet Sebastian.

„Die Bundesregierung will doch helfen. Immer mehr Geld wird auch von der EU zur Verfügung gestellt. Du bist wieder mal so pessimistisch!“

„Dich trifft es ja auch nicht! Kultur und Künste werden die Letzten sein, die sich erholen. Deine Firma aber wird zu den Gewinnern gehören, genau wie Supermärkte, Lieferdienste, Firmen für Fertiggerichte, Klopapierhersteller ... Das ist schon unmoralisch, an solch einer Katastrophe zu verdienen. Denkst du bitte mal daran, dass bei mir nichts reinkommt? Kein Honorar, keine Tantiemen, nichts! Und ihr forschelt da vor euch hin ...“

„Ist das dein Ernst?“

Sebastian nickt, anstelle der Versöhnung gibt es neuen Krach.

„Ich sagte dir schon, wir arbeiten hart!“, verteidigt sich Stefanie. „Das kannst du dir gar nicht vorstellen.“

„Ja, ja. Und jetzt kommt wieder, dass ich faulenze, rumspiele und auf deine Kosten lebe. Du warst einverstanden, dass ich Bücher schreibe! Du hast wohl gedacht, das würden Bestseller und ich Millionär? Da hast du dich leider getäuscht, ich bin nur einer unter vielen. Am besten, ich rufe gleich mal meinen ehemaligen Schuldirektor an und frage, ob er mich wiedereinstellt.“

„Du weißt, dass ... Ach, was soll's! Du willst bemitleidet werden. Aber nicht von mir!“

Stefanie holt die Bratpfanne aus dem Schrank und brät sich zwei Eier zum Mittagessen, legt sich danach schlafen.

Sebastian geht ins Arbeitszimmer, fährt den Laptop hoch und öffnet seine Geschichten. Mit Wut im Bauch schreibt er weiter.

Gegen fünf erwacht Stefanie. Sebastian kocht Tee, reicht seiner Frau einen Becher.

„Es tut mir leid“, entschuldigt er sich. „Was ich gesagt habe, war gemein. Ich fühle mich nur so verunsichert und krank.“

Ehe Stefanie antworten kann, klingelt ihr Handy. Ihr Chef hat eine wichtige Mitteilung.

Stefanie soll sich in eine Videokonferenz einschalten. Sie geht ins Arbeitszimmer und nutzt Sebastians Laptop. Auf dem Bildschirm sieht sie zwei weitere Teamleiter, den Chef und den Rechtsbeistand der Firma.

„Wir haben bereits des Öfteren über die Frage der vorzeitigen klinischen Erprobung unseres Serums gesprochen", eröffnet Dr. Martin Roth, der Direktor der PierstockMed GmbH, das Gespräch. „Unsere guten Beziehungen haben dazu geführt, dass wir eine Sondergenehmigung beantragen können. Ihre Arbeiten zur guten Wirksamkeit unseres Serums haben die Prüfer überzeugt. Ich will nun nur noch Ihren Standpunkt zu den Tests erfahren. - Bitte, Tim, beginnen Sie."

„Die Erfolge der letzten Tage sind enorm", bestätigt Stefanies Kollege aus einer alternierenden Schicht. „Aber auch wenn es sich nur um die Kombination von bereits zugelassenen Arzneien handelt, gibt es dazu ebenfalls Vorschriften, aus gutem Grund. Zwar wird das Serum dringend gebraucht, mir scheinen die Risiken dennoch hoch zu sein. Es fehlt der Langzeittest. Und wenn etwas schiefgeht, ein Patient stirbt, wie steht unser Unternehmen dann da?"

„Zu dem letzten Problem anschließend. Was sagen Sie zu den Tests, Stefanie?"

Stefanie holt tief Luft. Seit Tagen grübelt sie über das Für und Wider nach, hat sich eine Meinung gebildet.

„Es ist viel schlimmer, die Leute sterben zu sehen und zu wissen, dass man sie vielleicht hätte retten können, als nichts zu wagen", meint sie daher. „Ich bin dafür, dass wir bei fast hoffnungslosen Fällen unser Serum anbieten sollten. Ist es erfolgreich, wovon ich ausgehe, retten wir viele Leben."

„Danke. Wie sehen Sie das, René?"

„Ich stimme Stefanie zu. Handeln ist besser als zusehen."

„Wie sieht es mit den Risiken für uns aus, Doktor Brückner?"

Der Rechtsbeistand räuspert sich, ehe er antwortet: „Wir werden Patientinnen und Patienten, beziehungsweise ihre Angehörigen, eine Einverständniserklärung unterschreiben lassen, die die Haftung von PierstockMed in allen Bereichen ausschließt."

„Bei Todesfall oder Schädigungen von Organen können dann keine Entschädigungen eingeklagt werden. Dennoch entstünde uns ein vielleicht irreparabler Imageschaden", gibt Tim zu bedenken.

„Unternehmen bedeutet auch Wagnis!", widerspricht René.

„Wenn es um die Abwägung zwischen eventuellen Problemen für die Firma und der Rettung von Menschenleben geht, ziehe ich die Menschenleben vor", wirft Stefanie in die Diskussion.

„Gibt es weitere wichtige Argumente dafür oder dagegen?", fragt Dr. Roth.

Niemand sagt etwas.

„Gut, dann ist die Mehrheit für die Erprobung", stellt er fest. „Ich danke Ihnen. Einen schönen Abend."

Stefanie schließt die Videoschaltung und lässt Sebastians Laptop so stehen, wie sie ihn vorgefunden hat.

Sebastian hat sich mit seinem Tablet ins Wohnzimmer verzogen und liest die Nachrichten. Es erstaunt ihn, wie unterschiedlich die Menschen auf Corona reagieren.

Einerseits machen Leute Musik auf Balkonen und erfreuen damit die Nachbarn. Andere nehmen Lieder auf und verbreiten sie in den sozialen Netzwerken. Andererseits soll es immer noch Leute geben, vor allem junge, die Corona-Partys feiern.

Das könnte das Unwort des Jahres werden, denkt Sebastian. *In solch extremen Situationen zeigt sich der Charakter eines Menschen eben deutlich.*

Und was heißt das für ihn und seine Frau? Dass sie zu unterschiedlich sind? Er wünscht sich doch nur etwas mehr Mitgefühl!

Schweigend sitzen Sebastian und Stefanie kurz darauf beim Abendbrot.

„Warum musste dein Chef dich denn stören? Du gehst doch ohnehin gleich zur Arbeit?"

„Dann ist er aber nicht mehr da. Es war eine Videokonferenz zu der Frage, ob das Serum schon jetzt Kranken zur Verfügung gestellt werden soll. Ich bin dafür. Wir wollen ja schnell ein Heilmittel, ganz besonders für dich." Der Sarkasmus ist nicht zu überhören. „Kümmere dich auch mal um so einen Antrag für finanzielle Hilfe. Für Freiberufler gibt es die auch."

Stefanie erhebt sich, räumt die Küche auf und verlässt mit einem „Gute Nacht" die Wohnung. Von der Tür aus ruft sie über die Schulter: „Und schreib mal was Witziges! Du warst doch immer so lustig."

Sebastian geht zu seinem Laptop zurück, der hat sich heruntergefahren. Der Neustart gelingt nicht.

Sebastian wird unruhig. Ist der Computer kaputt? Vielleicht ist auch nur der Akku leer und er muss das Netzteil einstecken.

Mit dem Stromanschluss startet das Gerät. Doch wo sind seine Dateien? Er hatte vorhin drei geöffnet, nur zwei sind nun gespeichert. Der neue Text ist weg!

Sebastian sucht ... nichts zu finden. Ausgerechnet das, was er am Nachmittag geschrieben hat, wurde nicht gespeichert? Aber das Programm speichert doch automatisch. Irgendwo muss was sein!

Nichts. Sebastian schlägt mit der Faust auf den Tisch! Der Laptop wackelt. Das ist Stefanies Schuld. Die musste ihm mit ihrer dienstlichen Videokonferenz dazwischen pfuschen!

Er steht auf, kocht sich einen Tee. Sein Hals ist trocken, sein Herz hämmert. Ihm ist schlecht.

In solchen Situationen war Stefanie früher immer freundlich, hat ihm die Brust eingerieben, heiße Zitrone aufgebrüht, seine Stirn gestreichelt. Aber heute?

Offenbar liebt sie ihn nicht mehr. Wahrscheinlich ist er für seine erfolgreiche Frau bloß ein Versager!

Mit dem Tee kehrt Sebastian ins Arbeitszimmer zurück. Muss er alles noch einmal schreiben?

Plötzlich fällt ihm Fabian ein, sein Cousin. Der Zweiundzwanzigjährige studiert Informatik, der kann ihm helfen.

Fabian meldet sich nach dem ersten Klingelzeichen. „Hallo Sebastian, wo drückt der Schuh? Oder besser, wo klemmt der Computer?“

„Du hast es erfasst. Mir ist eine Datei abgeschmiert. Ich hatte drei geöffnet, aber der Computer ist runtergefahren, kein Strom mehr. Zwei Dateien wurden gespeichert, die eine wichtige nicht.“

„Dann starte den Laptop noch einmal neu.

„Moment. Ja, da ist die Datei. Danke. Und was macht so ein beurlaubter Student denn eigentlich den ganzen Tag?“, erkundigt sich Sebastian bei seinem Cousin.

„Ich lese Fachartikel und gucke Videos.“

„Porno oder Katzen?“, witzelt Sebastian.

„Weder noch. Es gibt so viele tolle Tutorials zu den verschiedensten Programmen. Da lernt man was. Ansonsten tote Hose. Am Sonntag war ich bei Oma, das muss ich dir erzählen. Ich stellte mich unter ihr Fenster, rief sie an und sagte ihr, sie solle mal hinausschauen, dann könne sie mich sehen und wir könnten dabei telefonisch miteinander sprechen. Sie kam ans Fenster, winkte erfreut und fragte mich, ob ich denn immer am Handy hängen müsse? ‚Ich telefoniere doch mit dir, Oma,‘ habe ich gesagt. ‚Ach ja, na klar‘, kam ihre Antwort. ‚Schade, dass du mich nicht besuchen kannst, ich könnte dir da was erzählen ...‘ Ich liebe meine Oma!“

„Ja, sie ist klasse. Und die Alten haben es nicht leicht, im Moment schon gar nicht. Also nochmals danke und bleib gesund!“

„Du auch! Tschüss!“

Sebastian schmunzelt, als er über das Gehörte nachdenkt. Das Gespräch mit Fabian hat ihm gutgetan, die Dateirettung erst recht.

Er wäscht sich noch einmal ausdauernd die Hände und muss grinsen. Ihm fällt der Radiomoderator von morgens ein. Trotz kratzigem Hals summt er „Happy Birthday“.

Stefanie hat eigentlich recht, er sollte mal wieder etwas Lustiges schreiben. Mit diesem Gedanken setzt er sich vor den Rechner und beginnt für seine fünf Protagonisten eine Geschichte zu schreiben, die ihn schon lange umtreibt:

Yannis, der inzwischen aufgestanden war, um beim letzten Teil seiner Begebenheit armwedelnd durch den Raum zu laufen, blickte jetzt triumphierend auf die Männer vor sich. Er war offensichtlich mit seiner Schlusspointe einverstanden und stand selbst unter dem Eindruck seiner Erzählung.

Als sein Blick in meine Richtung schwenkte, bemerkte ich ein leichtes Zwinkern seines rechten Auges. Oder täuschte ich mich? Wollte er mir signalisieren, dass er den anderen mit seiner Amber-Geschichte gut Stoff zum Nachdenken gegeben hatte? Oder war es ein Signal, dass alles erstunken und erlogen war? Die anderen jedenfalls schienen unseren kurzen Blickwechsel nicht bemerkt zu haben.

Max begann so, wie man es von ihm erwartet hätte. Er stellte investigative Fragen.

„Hast du die Geschehnisse selbst so miterlebt?", wollte er wissen. Die Skepsis war ihm deutlich anzuhören. „Oder berichtest du von etwas, das du irgendwo aufgeschnappt hast? Und könnte es nicht sein, dass jemand nachträglich so eine Technik implantiert hat? Soviel ich weiß, werden doch auch schon synthetische Bernsteine hergestellt. Ein bisschen Licht und Musik, das ist doch heute kein großes Ding mehr."

Er schüttelte den Kopf, um anzudeuten, dass er Yannis' Story für eine Finte hielt, und um zu signalisieren, dass er lediglich rhetorisch gefragt hatte.

Til wiederum näherte sich dem Problem, das uns Yannis servierte, anders.

„Klarer Erregungszustand: weit aufgerissene Augen, ein ungewohnt roter Kopf ...", beschrieb er, was er beobachtet hatte. „Yannis, was hat dich gerade so angetörnt? Hat dich deine eigene Geschichte so mitgerissen, oder was ist das hier? Hören wir nur Lügenmärchen heute Abend? Aber interessant ist der Gedanke schon. Was wäre, wenn? Und selbst den lieben Gott hat er nicht ausgelassen!" Der Psychologe schüttelte den Kopf.

„Ein Millionen Jahre alter Chip mit Energiereservoire, das ist doch Quatsch, oder? Mann, das hätte doch schon längst die Runde gemacht! Wie ist denn dein Draht zu ‚Berni' heute?"

„Berni hat kurz nach diesem Gespräch den Job gewechselt, noch einmal ein Studium begonnen und sich diesmal für Philosophie entschieden", behauptete Yannis. „Seine Masterarbeit vor zwei Jahren trug den Titel: *Transzendente Erscheinungen im Alltagsleben und ihre Auswirkungen in Vergangenheit und Gegenwart.*"

Yannis grinste zu mir herüber.

„Und ansonsten halte ich mich an den Brief von Malte. Ob die Geschichte wahr ist oder nicht, erfahrt ihr am Donnerstag", schloss er triumphierend.

Sören, der in der letzten Viertelstunde in seinen Sessel versunken war, knurrte ein leises, fast kaum verständliches „Na, das war ja zu erwarten". Dann zog er sich noch ein wenig weiter zurück, indem er die Schuhe auf die Erde poltern ließ und seine Füße auf den Sessel hob. Für ihn schien Yannis' Episode keine Diskussion wert zu sein. Oder irrte ich mich?

Ich wandte mich den anderen zu. „Schaffen wir noch eine Geschichte? Oder seid ihr müde?"

„Ich würde gern noch etwas von Max hören", erwiderte Sören ungewohnt milde. „Der recherchiert doch als Journalist immer gründlich und kann gut erzählen. Wie sieht es aus, gibst du jetzt einen zum Besten?"

Max ließ sich das nicht zweimal sagen. Er zog ein paar zerknitterte Blätter aus der Tasche seines Jacketts, das er leger über einen Flipchart in der Ecke der Lounge gehängt hatte.

„Ich erzähle nichts groß Dramatisches“, kündigte er seine Geschichte locker an. „Ich hatte die Idee, euch einen Brief vorzulesen, den ich schon vor geraumer Zeit erhalten habe. In unserer Leserpost stecken immer wieder überraschende Anregungen für Ereignisse, über die wir berichten sollten. Damals habe ich noch in der Lokalredaktion meiner Zeitung in Stralsund gearbeitet. Meine Kollegen und ich haben tatsächlich überlegt, ob wir in dem Fall Nachforschungen anstellen sollten. Dass wir es nicht getan haben, lag daran, dass wir damals viel anderes auf dem Tisch hatten, und auch daran, dass ich nach Berlin gewechselt bin. Interessiert hat mich die Story aber weiterhin. Vielleicht bestärkt ihr mich ja, dass ich dem doch einmal nachgehen sollte. Ich lese euch den Brief ungekürzt vor. Er ist ein wenig langatmig und ein bisschen schrullig, aber hört selbst.“

Max begann zu lesen.

„Hochverehrte Damen und Herren der Lokalredaktion zu Stralsund, mein Name ist Weber, Paul Weber. Ich habe einen kleinen Bauernhof vor den Toren von Stralsund, und ich bin ein Tiernarr. Aber auch meine Frau Inge hat mich ermuntert, Ihnen zu schreiben, weil sie meint, dass diese Geschichte vielleicht sogar lehrreich ist. Und Inge, das muss ich voranstellen, war früher Kindergärtnerin, die weiß schon, was eine gute und was eine schlechte Geschichte ist. Das nur einmal vorneweg, damit Sie erfahren, dass ich mich damit beschäftigt habe, ob ich Ihnen schreibe oder nicht. Schließlich machen Sie eine Zeitung für eine große Leserschaft, da muss man sich so etwas schon genau überlegen.

Aber zurück zu dem Storch. Oder nein, davon habe ich ja noch gar nichts geschrieben. Also zurück zum Anfang.

Sie glauben gar nicht, was bei mir auf dem Hof alles kreucht und fleucht. Ich biete Ihnen eine interessante Geschichte an, die bestimmt etwas für Ihre Zeitung ist, weil sie alle Tierfreunde berühren wird.

Seit Jahren haben wir einen Storch auf unserem Hof, der nach dem Winter immer wieder zu uns zurückkommt und den großen Reifen bezieht, den ich dort vor Jahren auf dem ungenutzten Scheunendach befestigt habe.

Bevor ich Ihnen meine Geschichte schreibe, die Sie dann abdrucken können, will ich Ihnen gleich noch das Recherchematerial liefern, das Sie für einen Artikel benötigen, wie Inge sagt.

Ein kluger Professor aus Rostock hat etwas über einen Pfeilstorch aufgeschrieben, das Sie wissen müssen, bevor Sie meine Geschichte drucken. Also, so ungefähr hat er geschrieben, dass der Reichsgraf Christian Ludwig von Bothmer am 21. Mai 1822 in der Nähe seines Schlosses bei Klütz einen Weißstorch abschoss. Stellen Sie sich vor, dem Storch steckte in seinem schönen langen Hals ein Pfeil. Ein langer Pfeil, achtzig Zentimeter lang. Und der Pfeil war aus Afrika. Dieser Storch zeigte dem schlauen Professor, dass die Vögel wirklich nach Afrika fliegen. Ist doch klar: Der afrikanische Pfeil im Hals des Storches belegte, dass der Vogel da war und dann sogar den Weg zurück nach Mecklenburg geschafft hat. Ich habe mir den Pfeil angesehen und auch den Storch, und zwar in der Zoologischen Sammlung der Rostocker Universität. Mittlerweile gibt es schon fünfundzwanzig solcher Pfeilstörche.

Der Biowissenschaftler aus Rostock hat ein ganzes Buch über den Storch geschrieben, das ich gelesen habe.

Der Professor hat den Stein ins Rollen gebracht, indem er eine Geschichte über den Heidelberger Juristen Justin Göbler schrieb, die sich im 16. Jahrhundert zugetragen haben soll. Dieser Justin kam wohl auf die Idee, einer im Herbst fortziehenden Schwalbe einen Zettel an den Fuß zu heften mit der lateinischen Aufschrift ‚Wo hast du überwintert?‘ *Auf dem Rückzettel stand angeblich:* ‚In Indien, im Haus eines Schusters.‘ *Wobei ich nicht wirklich sicher bin, ob der indische Schuster wirklich auf Latein antworten konnte und wie die Schwalbe wieder eingefangen worden sein soll. Aber egal.*

Unser Storch kam also jedes Jahr wieder auf den Hof, regelmäßig wie ein Uhrwerk. Und dann haben wir nach unserem Besuch in Rostock den Storch einfach im Herbst eingefangen und haben ihm ein Röhrchen mit einem Zettel an das Bein gebunden. Drauf stand: ‚Ich bin auf dem Hof von Bauer Paul Weber und seiner Frau Inge bei Stralsund im Herbst losgeflogen, als noch schönes Wetter war. Wo bin ich angekommen? Und wo habe ich überwintert?‘. *Wenig später machte sich unser Storch mit seiner Familie auf die Reise.*

Vor wenigen Tagen nun kam er zurück. Wir fingen ihn wieder ein, lösten das Röhrchen von seinem Bein und bemerkten gleich, dass es mit neuen Bändern befestig war, was hieß, dass es jemand abgenommen haben musste. Wir freuten uns, ließen das Langbein, wie Inge immer sagt, wieder fliegen und nahmen das Röhrchen mit ins Haus, um den Zettel beim Abendbrot in Ruhe zu lesen.

Abends setzten wir uns dann nach dem Essen hin, um den Zettel zu lesen. Wir hatten uns ein Kirschlikörchen geöffnet, rollten den Zettel auseinander und lasen – auf Deutsch!: ‚Sehr geehrte Familie Weber, unser gemeinsamer Storch hat uns Ihren netten kleinen Brief überbracht, und wir waren doch sehr überrascht, weil das

Tier ein derartiger Schlawiner ist. Immer wenn der Storch bei Ihnen im Herbst abgeflogen ist, landete er nur fünfunddreißig Kilometer weiter südwestlich bei uns im Vogelpark Marlow, um sich nach der Quarantäne über den Winter in der Voliere durchfüttern zu lassen. Im Frühjahr machte er sich dann wieder auf den Weg – zu Ihnen, wie wir heute wissen. Ein interessanter Vogelzug! Wir legen unsere Kontonummer bei. Vielleicht können Sie sich mit einer kleinen Spende an den Fütterungskosten Ihres Vogels beteiligen. Freundliche Grüße, Ihr Vogelpark.‘

Sie können sich sicherlich vorstellen, dass uns dieser Brief überrascht hat! Und wir hatten daran angezweifelt, ob sich der Storch an uns erinnern würde, weil schon ein halbes Jahr vergangen war! Aber wie man merkt, können Störche lange etwas für sich behalten und sind sogar in der Lage, kluge Entscheidungen zu treffen. Denn auf dem Weg nach Marlow hätte ihn kein Pfeil afrikanischer Jäger treffen können.

Nun denken wir, dass das eine Geschichte für die Zeitung ist, denn Sie haben schon über andere Dinge berichtet, die viel weniger interessant und vor allem weniger positiv sind.“

VIERTER TAG

Sebastian hat bis vier Uhr morgens geschrieben und gelesen. Mit Nackenschmerzen und kalten Füßen – und trotzdem leicht grinsend – geht er schlafen.

Nach einer Stunde wacht er, von Husten gequält, auf. Sein Mund ist trocken, die Zunge klebt am Gaumen, der Hals fühlt sich wie zugewachsen an.

Er muss etwas trinken. Und waren da nicht noch Tabletten gegen Reizhusten von der Erkältung im Januar übrig?

Im Medizinschränkchen findet Sebastian das Gesuchte. Er geht wieder ins Bett, kann allerdings nicht gleich wieder einschlafen. Er schaut zur Seite, zu Stefanies noch leerem Bett. Es ist ungewohnt, dass sie nicht dort liegt. Geradezu unheimlich.

Wie wäre sein Leben ohne sie?

Sebastian wird es heiß. Unruhig wälzt er sich umher. Er steht noch einmal auf und nimmt eine Schlaftablette.

Als er erneut die Augen öffnet, ist es kurz nach zehn. Stefanie schläft neben ihm.

Sebastian schwitzt, fühlt sich matt, unausgeruht. Leise steht er auf, schließt die Schlafzimmertür hinter sich. Die warme Dusche tut gut.

Nach dem Frühstück setzt er sich an den Laptop, liest den Text von der Nacht, beginnt, ihn zu korrigieren, schreibt weiter.

Es ist Mittagszeit. Als Sebastian Kühl- und Küchenschränke nach einem Snack durchsucht, kommt Stefanie in die Küche, blass im Gesicht, verwuschelte Haare, kleine Augen.

Sie sieht so verloren aus, denkt Sebastian und nimmt seine Frau wortlos in die Arme.

Stefanie kuschelt sich an ihn. „Nachtschicht ist so was von furchtbar, nichts für mich. Ich kann nicht denken nach zehn Uhr abends."

„Dann sollte ich für dich gehen. Ich habe bis vier Uhr geschrieben. Und wie von der Dame gewünscht, etwas Lustiges ..."

„Das ist schön. Ich freue mich für dich, Schatz."

Sebastian setzt Wasser auf. „Ich mache mir eine Tomatensuppe, willst du auch?"

„Nein, ich trinke nur ein Glas Wasser, ich muss mich noch mal hinlegen." Seine Frau verschwindet ins Schlafzimmer.

Sebastian geht mit der Suppe und einem Brötchen ins Wohnzimmer und liest die Nachrichten. Der Wirtschaftsminister verspricht, dass Anträge auf finanzielle Unterstützung, besonders kleiner Unternehmen, nun einfacher zu stellen seien.

Trifft für mich bestimmt nicht zu und muss sicher auch wieder zurückgezahlt werden, denkt Sebastian.

Was gibt's noch? Nordrhein-Westfalen erlässt einen Bußgeldkatalog für Verstöße gegen das Kontaktverbot. Wird auch Zeit!

Was ist denn zu blechen? Sebastian schaut nach.

Bei Treffen von mehr als zwei Personen in der Öffentlichkeit, die nicht direkt miteinander verwandt sind, werden zweihundert Euro pro Person fällig, Picknicken und Grillen kosten zweihundertfünfzig Euro pro Teilnehmer, verbotene Sportveranstaltungen tausend Euro, illegale Restaurant-, Bar- oder Caféöffnungen viertausend Euro.

Hätte das einer vor drei Monaten erzählt, wäre er ausgelacht worden. Unvorstellbar damals. Und jetzt? Sind die meisten damit einverstanden.

Die neueste Statistik zeigt: In Deutschland sind nun über dreiunddreißigtausend Menschen mit dem Coronavirus – der Begriff ist so neu, dass das Schreibprogramm ihn nicht kennt und als falsch markiert – infiziert. Hundertsiebzig Menschen sind bisher verstorben.

Hier in Mecklenburg-Vorpommern wütet die Pandemie nicht so stark. Aber das Land wird sicherlich Jahre brauchen, bis es sich vom Einbruch des Tourismus in diesem Frühjahr und vermutlich auch im Sommer erholen wird.

Bestimmt werden nicht alle gleich wieder genug Geld haben, um Urlaub zu machen. Außerdem werden die Preise steigen, sinniert Sebastian. An ein eigenes Haus mit Garten ist dann gar nicht mehr zu denken. Und ein Kind? Ebenfalls zu teuer!

Das Handy klingelt. Sebastians Mutter fragt nach, wie es ihrem Sohn geht.

„Nicht besser." Er seufzt. „Ich habe jetzt auch Husten."

„Stefanie sollte dich unbedingt testen!", sagt seine Mutter besorgt.

„Ich erinnere sie noch mal daran. Sie schläft. Im Labor wird in Schichten gearbeitet, die haben zusätzlich Studenten eingestellt."

„Ich habe gehört, dass das andere Firmen auch machen, die Belegschaft so aufteilen, dass nicht alle gleichzeitig da sind. Die können sich dann nicht nur besser aus dem Weg gehen, sondern müssen auch nicht alle zu Hause bleiben, sollte sich mal einer anstecken. Die andere Gruppe kann dann weiterarbeiten."

„Ganz schön clever!", findet Sebastian.

„Ist für die Firma und die Mitarbeiter gut. Ach, eigentlich wollte ich dir von Laura und Lisa erzählen."

„Die kenne ich nicht."

„Das sind die Zwillinge von nebenan", erklärt seine Mutter. „Du hast die Mädchen schon mal gesehen, als du hier warst."

„Ja, stimmt. Die gehen aufs Gymnasium am Goetheplatz, nicht wahr?"

„Genau, sie sind in der elften Klasse. Jedenfalls haben die beiden in der Nachbarschaft Zettel in die Briefkästen von alten Leuten geworfen und ihnen angeboten, für sie einzukaufen. Wer Interesse hat, kann die beiden anrufen. Lisa und Laura holen, was gebraucht wird, stellen den Einkauf vor die Tür, klingeln und warten ein Stück abseits. Die Leute nehmen die Taschen ins Haus. Der Kassenzettel liegt dabei. Das Geld steckt man in einen Umschlag und platziert ihn, zusammen mit den leeren Taschen, vor der Tür. Niemand kommt sich zu nahe. Die Alten brauchen sich nicht um den Einkauf zu sorgen, und ein bisschen Taschengeld fällt für die Mädchen dabei bestimmt auch ab."

„Eine gute Idee! Solltet ihr auch nutzen."

„Ich war noch selbst einkaufen", gesteht seine Mutter. „Schließlich muss ich mich mal ein bisschen bewegen. Aber es macht mich glücklich, wenn ich von solchen guten Einfällen höre, mit denen die Menschen sich in dieser Krise beistehen. Man darf auch nicht vergessen, wer alles arbeiten muss. Die Leute haben bestimmt Angst, sich anzustecken, und wagen sich doch jeden Tag hinaus."

„Bleibt ihr nur ja vorsichtig!", bittet Sebastian.

„Ihr auch!"

„Machen wir. Bis bald!“, beendet Sebastian das Telefonat.

Eine neue E-Mail wird angezeigt. Sie kommt vom Verlagsleiter des Meiersen-Verlags.

„Trotz der das ganze Land umfassenden Krise halten wir die Stellung. Wir arbeiten intensiv, damit der Buchversand nicht ins Stocken gerät. Doch durch die von der Regierung verordnete Schließung der Buchläden, die bisher das Rückgrat unseres Verkaufs darstellten, bricht unser Umsatz massiv ein. Daher mussten wir einschneidende, uns sehr schmerzende Entscheidungen fällen, von denen nicht nur unsere Mitarbeiter, sondern auch unsere Autoren betroffen sind.

Ihr Roman ‚Die Schnickmanns‘ wird in diesem Jahr nicht mehr erscheinen können. Wir wissen, welch eine Enttäuschung das für Sie sein muss, und versichern Ihnen, diese Änderung unseres Verlagsprogramms erst nach langer, gründlicher Überlegung und Diskussion vorgenommen zu haben. Unsere Mittel konzentrieren wir derzeit auf Fotobücher und Kalender, die für uns ein akzeptables Weihnachtsgeschäft versprechen.

Wir rechnen mit Ihrem Verständnis für unsere Maßnahmen, sichern sie doch aus heutiger Sicht das Überleben unseres Verlages, was unserem gemeinsamen Interesse entspricht.“

Sebastian schnappt nach Luft. Sein Herz scheint die Brust sprengen zu wollen. So ein Mist! Diese vielen geschraubten Sätze, nur um ihm den Todesstoß zu versetzen? Die werden sich ihre Gehälter weiterzahlen, aber er? Er verdient kein Geld dieses Jahr, gar keins.

Wofür schreibt er eigentlich noch? Er muss zurück in den Schuldienst!

Die E-Mail-Adresse von seinem ehemaligen Direktor hat er noch irgendwo. Der war zwar ein arroganter Blödmann und nur darauf bedacht, dass man seinen Doktortitel vor dem Namen nicht vergisst, aber was bleibt Sebastian anderes?

Hektisch durchsucht er seinen Computer. Er findet die Adresse und schreibt sofort eine freundliche Anfrage. Dann liest er seine Erzählung noch einmal.

Die ist gut! Ich schreibe erst einmal weiter, macht er sich selbst Mut.

Es klingelt an der Wohnungstür. Sebastian war so vertieft, dass er erschrickt.

Er öffnet und bleibt weit hinten im Flur stehen. Ein Paket.

„Das ist eine Bestellung per Nachnahme", erklärt der Postbote. „Ich bekomme vierundsechzig Euro siebzig."

„Moment." Sebastian sucht sein Portemonnaie, schaut hinein, legt es beiseite und kramt nach seinen Lederhandschuhen in der Flurschublade. Erst als er sie angezogen hat, fasst er das Geld an.

„Gehen Sie ein Stück zurück", fordert er den Briefträger auf, platziert das Geld auf dem Paket und zieht sich in den Korridor zurück.

Der Postbote steckt das Geld ein, legt die Quittung auf das Paket, wünscht einen schönen Tag und steigt die Treppe hinab.

Mit den handschuhgeschützten Händen holt Sebastian das Paket in die Wohnung, trägt die Handschuhe auf den Balkon und wäscht sich ausgiebig die Hände.

Man kann nicht vorsichtig genug sein, denkt er.

In dem Paket ist bestimmt das neue Hemd, dass er sich für die Buchpremiere bestellte. Was soll er nun damit? Er hätte gleich die Annahme verweigern sollen.

Inzwischen ist eine E-Mail vom Schuldirektor da. Sebastian liest: *„Nach wie vor fehlt es in Mecklenburg-Vorpommern an Lehrkräften. In der derzeitigen Situation allerdings, das verstehen Sie sicher, werden keine Einstellungsgespräche geführt. Frühestens zum kommenden Schuljahr ist damit zu rechnen. Wenden Sie sich dazu bitte an das zuständige Schulamt. An meiner Schule sind die Stellen in Ihren Fächern jedoch zurzeit besetzt. Ich wünsche Ihnen alles Gute, und bleiben Sie gesund!"*

Sebastian erschrickt. Er hat damit gerechnet, dass sie ihn mit Kusshand nehmen, Schulschließungen hin oder her. Was soll er nun tun?

Er legt sich auf die Couch, starrt an die Decke. Nun ist er vollständig von Steffi abhängig. Was, wenn sie ihn verlässt? Vielleicht hat sie schon einen anderen und gar keine Überstunden gemacht? Wollte sie deshalb, dass er finanzielle Hilfe beantragt?

Sebastian greift sich das Tablet. Unter *„Finanzielle Unterstützung für Freiberufler"* findet er gleich mehrere Hinweise. Den ersten öffnet er und überfliegt den Text. So viele unterschiedliche Hilfen!

Fällt er unter die Kleinunternehmer? Ja, da sind die Freiberufler angeführt. Was wollen die denn alles wissen?

Ausweis? Kein Problem.

Handelsregisternummer? Hat er nicht.

Zuständiges Amtsgericht?

Er hasst diesen Behördenkram! Aus gutem Grund füllt Stefanie ihre jährliche Steuererklärung aus.

„Du hast den Doktortitel!“, sagt er jedes Mal, und sie antwortet: „Aber nicht in Wirtschaftswissenschaften.“

Die Kopfschmerzen nehmen zu. Sebastian schluckt wieder eine Tablette, zieht eine Kuscheldecke über sich und schläft ein.

Wenig später erwacht Stefanie und steht auf. Auf dem Weg ins Bad stolpert sie fast über das Paket. Das Hemd. Sebastian hat es sich noch nicht einmal angesehen! Sie schaut nach ihrem Mann, der im Wohnzimmer schläft.

Das ist eigentlich gar nicht seine Zeit zum Ausruhen. Jetzt zur Kaffeezeit wurde er sonst immer erst richtig munter. Er scheint sich tatsächlich nicht wohlzufühlen, hat sich vermutlich eine Erkältung eingefangen. Dennoch muss er sich nicht wie ein Idiot aufführen! Ein bisschen mehr Rücksicht könnte er schon auf sie nehmen.

Stefanie beißt in einen saftigen Apfel und überlegt. Wenn sie vor der Nachtschicht noch Abendessen machen will, muss sie einkaufen.

Normalerweise besucht Stefanie zweimal in der Woche die Verkaufsstände auf dem Neuen Markt. Dort gibt es stets frisches Obst, Gemüse, Kräuter, Eier und Käse aus der Region. Doch so weit will sie heute nicht laufen. Der Discounter an der übernächsten Ecke muss reichen.

Nur wenige Leute sind im Laden. Alle halten Abstand voneinander.

Das Angebot ist gar nicht so schlecht. Stefanie kauft Pilze und Eier, eine Tiefkühlbeerenmischung, drei Bananen, Äpfel, Apfelsinen, Kiwis und eine Mango. Auch an der Kasse kommt Stefanie niemandem zu nah.

Die meisten haben es begriffen und vor allem Angst um die eigene Gesundheit, denkt sie. *Sollte man auch!*

Wieder zu Hause angekommen, stellt Stefanie fest, dass Sebastian immer noch fest schläft. Das schadet ihm nicht. Wenn er krank ist, liegt er meistens tagelang im Bett oder auf der Couch. Nur so werde er gesund, behauptet er.

Stefanie legt Wäsche zusammen, bügelt ein paar Hemden und Blusen. Staub gesaugt werden müsste auch, doch das kann Sebastian machen, wenn sie arbeiten ist. Dass Männer das nie von allein sehen! Immer muss man ihnen alles sagen und dazu auch noch ganz eindeutig, sonst machen sie nur die Hälfte.

Stefanie bereitet das Abendessen zu, Pilzomelette und Obstsalat. Dann weckt sie Sebastian.

„Ich habe keinen Hunger", nuschelt der und dreht sich auf die Seite.

Stefanie ist sauer. Da macht sie sich so viel Arbeit, und er will es nicht. Bevor sie zur Arbeit geht, schreibt sie einen Zettel: *„Im Kühlschrank ist Abendbrot. Mach es in der Mikrowelle warm. Iss auch von dem Obstsalat. Räum mal das Wohnzimmer auf, und sauge bitte."*

Es ist bereits dunkel, einundzwanzig Uhr, als Sebastian aufwacht. Er mag nicht aufstehen.

Langsam tut er es dann doch. Ihm ist ein wenig schwindelig. Die Beine schmerzen wie nach einer langen Joggingrunde.

In der Küche liest er Stefanies Nachricht. Kein „Schatz", kein „Kuss".

Er soll saugen? Dazu ist es zu spät, das muss er auf morgen verschieben.

Er nimmt einen Stift und kritzelt seine Bemerkung auf die Rückseite.

Im Kühlschrank findet er das Pilzomelette. Will er nicht. Da war doch noch so ein Pudding für die Tasse, mit heißem Wasser anzurühren. Stefanie findet ihn eklig, Sebastian mag ihn. Dazu den Obstsalat.

Beim Essen überfliegt er auf seinem Tablet die Nachrichten. Es gibt eine Anleitung zum Herstellen von Atemschutzmasken mithilfe von Slipeinlagen. Sebastian schüttelt den Kopf.

Als er auf die Toilette muss, nimmt er aus Stefanies Schublade so ein Hygieneteil, zieht die rückseitige Folie ab und klebt es sich grinsend über Mund und Nase. Wer geht mit so was raus?

Dennoch ist dieser Schutz immer noch besser als bei dem Ministerpräsidenten, der seinen Mundschutz bei einem Pressetermin nur über den Mund gezogen hat. Seine große Nase atmete munter darüber hinweg, und die anwesenden Mediziner waren zu feige, ihn zu korrigieren.

Sebastian kocht sich noch eine Kanne Tee und geht mit Becher und Getränk ins Arbeitszimmer. Er liest seinen letzten Text erneut und ist zufrieden damit.

Er wird es allen zeigen! Die werden staunen und können ihn dann nicht mehr ignorieren. Vielleicht sucht er sich einen anderen Verlag, der sein Talent zu schätzen weiß.

Ohne große Unterbrechung schreibt Sebastian, vergisst die Zeit, seinen heißen Kopf, die schmerzenden Glieder, den stärker werdenden Husten.

Ich zeige es allen, sagt er sich immer wieder. *Die werden staunen. Und Stefanie auch!*

Als Max geendet hatte, klatschte Yannis fröhlich in die Hände. „Eine gute Storchen-Geschichte mit einem positiven Ausgang. Dem solltest du tatsächlich mal mit einer Reportage nachgehen, Maxi, das macht richtig gute Laune. Es wäre interessant zu erfahren, ob das Tier auch heute noch diese Kurzreise unternimmt. Hast du von dem Weber mal wieder was gehört? Ich frage mich, wo denn die Kinder von diesem Storch hinfliegen. Ob es die wirklich bis nach Afrika oder bis nach Indien verschlägt?"

Yannis glaubte offenbar, dass Max einen echten Brief vorgelesen hatte. Ich war da skeptischer.

„Könnte es sein, Max, dass du dich hier mal an Märchen probierst?", fragte ich ihn geradeheraus.

Max schüttelte energisch den Kopf, und seine Augen blitzten.

„Ihr kennt doch alle die Story von unserem legendären Pfeilstorch. Sagt bloß, ihr hättet den noch nie gesehen?" Scheinbar empört machte er drei abschließende Schnalzlaute und verkündete: „Also, wenn jetzt keiner mehr etwas wirklich Wichtiges beizusteuern hat, würde ich es vorziehen, in die Falle zu gehen. Oder hat noch jemand etwas auf Lager, was nicht bis morgen warten kann?"

Das sollte wohl den abendlichen Schlusspunkt setzen. Til, Yannis und ich nickten zustimmend, hatten aber die Rechnung ohne Sören gemacht.

„Gleiches Recht für alle!", forderte er. „Ich will auch noch ein Geschichtchen loswerden. Vielleicht bleibt dann ja zumindest einer aus der Runde auf dem Boden der Tatsachen? Ihr alle mit euren Märchen! Ich bin immerhin Staatsanwalt, da habe ich tagtäglich mit echten Skurrilitäten und menschlichen Abgründen zu tun. Da muss ich mir nichts einfallen lassen, um meine Freunde für mich einzunehmen. Allerdings bin ich mir nicht ganz sicher, ob ihr meinen Humor auch mögen werdet.“

Sören ließ uns keine Chance. Er griff sich die Rotweinflasche und schenkte uns allen nach, obwohl Max und Til signalisierten, dass ihr Bedarf gedeckt sei. Dann entzündete er seine ausgegangene Montecristo neu, stellte sich hinter seinen schweren Ledersessel und stützte sich darauf ab. Er begann zu sprechen - rational, zielführend, ein wenig sarkastisch, genau so, wie man sich das Plädoyer eines Staatsanwaltes vorstellte.

„Ich will gleich zur Sache kommen. Meine Episoden entstammen meinem Berufsalltag. Da es sich um noch laufende Verfahren handelt, muss ich euch dringend bitten, dass das unter uns bleibt.“

Sören ging sofort in die Vollen.

„Wir verhandeln gerade einen Fall, dem ich als Staatsanwalt von Amts wegen nachgehen muss. Die Sachlage hat eine menschliche Komponente, die sogar mir nahegeht, auch wenn ihr euch das vermutlich kaum vorstellen könnt. Ich denke, dass das Verfahren eingestellt werden wird. Also, kurz und knapp die Situation.

Bei uns in Berlin wohnt ein achtundsechzigjähriger, schwerbehinderter Rentner seit einigen Jahren in einer Einrichtung des betreuten Wohnens. Nennen wir ihn Udo.

Unser Udo sitzt im Rollstuhl. Er ist ziemlich lädiert und von der Hüfte an nach einem Unfall gelähmt. Erschwerend kommt hinzu, dass ein Schlaganfall ihm auch das halbe Gesicht ausgeschaltet hat. Außerdem kann er den linken Arm kaum bewegen. Wenn ihr mich fragt, ein armes Schwein.

Aus Versicherungen hat er einiges Geld, aber was fängt man damit an, wenn man sich kaum bewegen kann?

Udo annoncierte in der Zeitung und suchte sich von Zeit zu Zeit junge Mädels, die bei ihm sauber machten. Das hätte er durchaus billiger haben können. Der alte Knabe hatte aber Interessen, von denen niemand erfahren sollte. Auch wenn ich skeptisch bleiben muss, finde ich, dass der arme Udo sein Geld gar nicht so schlecht angelegt hat.

Immer wenn die Mädels schon einige Zeit bei ihm gearbeitet hatten, bat er sie darum, mit freiem Oberkörper für ihn zu putzen. Niemand sollte davon erfahren. Für ihn sei es die Freude seines Alters, wenn er sie dabei beobachten dürfe. Nicht mehr und nicht weniger. Er versprach, sie nicht zu berühren. Fotografieren und filmen war mit seinen Behinderungen, ebenso wie alles andere – ihr wisst schon –, nicht möglich. Für die ‚kleine Gefälligkeit', wie er sich ausdrückte, werde er ihnen in Zukunft das Doppelte zahlen.

Manche der Damen lehnten schroff ab, wenige gingen auf den Deal ein und kamen dann nie wieder. Andere jedoch spielten Udos ausschweifende Dienstleistungswünsche für eine Zeit mit. Manche kündigten später, Udo feuerte andere. So hatte er Abwechslung. Immer nur mit freiem Oberkörper, nie mit mehr Verpflichtungen.

Ich habe inzwischen zwei der ‚Putzhilfen' befragt, sie haben das alles so bestätigt.

Und dann hatte Udo Pech, als Irina bei ihm anfing. Udo stellte ihr nach einiger Zeit seine Frage, die sie empört zurückwies. Sie sei schließlich verheiratet!

Einen Tag später ging sie dann doch auf das kleine intime Geschäft ein, und unser Udo hatte wieder seinen Spaß. Als Irina dann aber von der Küchenspüle rutschte, auf die sie geklettert war, um die Oberschränke abzuwischen, war das Dilemma riesig.

Irina stürzte mit dem Auge unglücklich in den Stiel einer Schöpfkelle und verstarb an Ort und Stelle. Armes Hascherl!

Und Udo hatte ein Problem. Er alarmierte das Pflegepersonal mit seinem Notsignalsender. Was hätte er auch sonst tun sollen?

Nun hatte er die Bescherung. Irina war gefallen, weil sie an der oberseitig angebrachten Steckdose des Kühlschrankes einen Stromschlag bekommen hatte.

Inzwischen sitzt der Ehemann als Nebenkläger mit im Saal. Der bullige Witwer beschuldigt Udo des Mordes. Die Steckdose sei manipuliert gewesen.

Selbst ich habe vor Gericht schon die Vermutung geäußert, dass es sich wohl um einen bedauerlichen Unfall gehandelt hat. Udo ist verzweifelt. Neben diesem vielen Pech ist er bei sich im Haus geliefert. ‚Lüstling' und ‚Schwein' genannt zu werden, ist dabei noch sein geringstes Problem.

Der Vermieter hat ihm gekündigt, und die Kinder und Enkel wollen nichts mehr von ihm wissen. Der Ehemann des Opfers hat offen gedroht, dass er nur hoffen könne, dass Udo eingesperrt würde, sonst müsse er ihm ‚die Batterien auswechseln lassen'. Er kenne Fachleute, die das gern übernehmen würden ..."

Sören brach ab.

„Richtig oder falsch? Sagt ihr es mir! Ich muss jetzt schlafen gehen, das war ein langer Tag. Übrigens nicht der schlechteste. Aber macht morgen ein bisschen weniger auf Drama, das Leben ist auch so bunt genug."

Mit diesem zweifelhaften Kompliment erhob sich Sören, drückte seine Zigarre aus und schlenderte in Richtung Ausgang.

„Morgen Strandwanderung ab neun Uhr, dann erzähle ich euch einen zweiten Fall. Gute Nacht!“

Wir Verbliebenen saßen zunächst einfach still da. Dass Sören dramatisch seinen Absprung gesucht hatte, war zu erwarten gewesen. Wir alle verharrten gedanklich bei dem armen Udo, und wohl niemand zweifelte daran, dass Sören diesen Fall zurzeit tatsächlich auf dem Tisch hatte.

„Der kann einem ja wirklich leidtun“, fasste Til zusammen, was alle dachten. „Einfach nur menschlich, und Pech gehabt.“

Max nickte bestätigend.

„Was muss die auch auf die Spüle klettern?“, fragte Yannis seufzend. „Die meisten Unfälle passieren im Haushalt. Das hätte doch auch dieser Udo wissen müssen.“

Langsam regte sich auch Max.

„Daran trägt ja wohl diese Irina die Schuld! Sie hat sich auf das Spielchen eingelassen. Obwohl, vielleicht hatte Udo ja darum gebeten, dass sie oben auf dem Schrank putzt, und er hat sich an der Aussicht erfreut?“ Max hatte den sarkastischen Tonfall von Sören angenommen. „Nein, ist es nicht sogar so, dass sich das Putzmäuschen mit schuldig gemacht hat? Schließlich war das eine Art von Prostitution, ein Geschäft, auf das sie sich nicht einlassen musste. Hoffentlich hatte sie eine gute Berufsunfallversicherung.“

Irritiert blickte Max zu uns.

„Entschuldigt, war wohl zu viel Alkohol im Spiel heute Abend. Ist gar nicht meine Art, so zu sprechen“, fügte er dann zerknirscht hinzu. „Wenn das meine Holde gehört hätte! Das macht wohl der Kontakt mit Sören. Findet ihr nicht auch, dass der unerträglich geworden ist? Mich nervt er jedenfalls total. Ich frage mich echt, wodurch der so einen Knacks bekommen hat, dass er direkt aufbraust, wenn etwas nicht nach seiner Nase geht.“

Ich war mir nicht ganz sicher, ob ich Max so vorbehaltlos folgen sollte.

„Das war doch bei Sören angelegt“, argumentierte ich. „Und wir kennen das seit Kindertagen. Klar, er ist zynisch und arrogant, aber so war er doch schon immer. Und, wenn ich dich erinnern darf, wir haben sein Temperament und seine körperliche Präsenz als Jugendliche so manches Mal ausgenutzt. Allerdings hatte er ja vor unserer Jugendweihe auch den Vorteil, dass er einen Kopf größer war als wir alle. Ich kann mich noch ganz gut erinnern, dass er uns mal ziemlich aus der Patsche geholfen hat, als uns die Bengels aus der C in einer Freistunde verprügeln wollten. Erinnert ihr euch? Als Sören auftauchte, waren wir dankbar und nicht genervt, Max. Er hat die Idioten der Reihe nach verprügelt. Derart aufgebracht habe ich ihn nie wieder gesehen, aber schon eine halbe Stunde später hat Sören tiefenentspannt ein Bio-Referat gehalten. Das ist wohl in ihm drin, damit müssen wir leben, wenn wir uns in Zukunft wieder regelmäßig treffen.“

Ich stand auf und streckte mich, um anzudeuten, dass es auch mir für den Abend reichte.

„Wenn man ihn braucht, den Herrn Staatsanwalt, dann ist er zur Stelle. Mir hat er mal mit zehntausend Euro aus der Klemme geholfen. Und als ich ihm die Kohle wiedergeben wollte, hat er mir fünf erlassen. So ist Sören auch.“

„Du hast dir Geld geborgt, und Sören hat es dir geliehen?“, fragte Til sofort nach. „Hätte ich nie versucht.“

„Es war ein toller Tag!“, erwiderte ich nur. „Gute Nacht und bis morgen um neun.“

Die Nacht war kurz gewesen. Beim Frühstück saß ich mit Max und Til am Tisch, alle mit wenig Appetit. Wir begannen den Morgen zunächst schweigend und dann, auf Anraten der Kellnerin, mit einem Prosecco.

Es sollte sich als guter Rat erweisen. Nach ein paar Minuten verschwanden meine Kopfschmerzen, und wenige Augenblicke später hatte ich sogar Lust auf ein frisches Rührei mit Schinken.

Ähnlich ging es meinen Tischpartnern. Auch sie griffen nun herzhaft zu, als wollten sie sich für die bevorstehende Wanderung stärken.

Langsam kam das Gespräch wieder in Gang, und wir ließen den vorangegangenen Tag Revue passieren.

„Wir haben uns getroffen in der gemeinsamen Sorge, dass uns das Wiedersehen um die Ohren fliegen wird. Der Start war mau, aber dann, Malte, griff dein Plan. Selbst Sören hat sich vorbereitet und letztlich zugegeben, dass du eine gute Idee hattest“, fasste Max unser Treffen zusammen. „Er kann das zwar immer nicht so ausdrücken, aber ...“.

„... er will heute Morgen sogar weitermachen“, vervollständigte Til. „Soll er doch, wir werden ihn nicht abhalten.“ Er gluckste leise. „Mit der Fantasie hat er es allerdings nicht so. Mit dem Storch konnte er schon mal gar nichts anfangen, und für die Bernsteinstory und den Goldschmuck ist der Staatsanwalt zu abgebrüht.“

„Weshalb sollte er auch? Ich fand die Bernsteingeschichte allerdings schlüssig.“ Empört streckte ich beide Handflächen nach oben.

„Mein Goldschatz existiert, und dass ein Storch fünfunddreißig Kilometer weit fliegen kann, ist auch logisch."

„Klar, dein Schmuck existiert - im Museum, du Hochstapler. Aber erzählen kannst du. Und Malte: alle Achtung für deine Vorbereitung. Ich denke, es werden noch anderthalb schöne und spannende Tage. Das haben wir dir zu verdanken." Max hob sein Prosecco-Glas und prostete mir zu.

Mit Appetit genossen wir das Frühstück, als plötzlich Sören die Tür aufriss und auf die Uhr zeigte.

„Fünf vor neun, jetzt macht mal hinne", forderte er uns auf. „Wir sind verabredet."

„Dir auch einen guten Morgen. Wir kommen sofort und haben unsere Wandersachen schon hier unten. Außerdem haben wir Urlaub ..." Ich konnte meinen Unmut über die harsche Art nicht ganz verbergen und warf meinen Frühstückspartnern einen Blick zu, der bedeutete: *Da haben wir's schon wieder.*

Im Foyer des Hotels stießen wir auf Yannis, der „gestiefelt und gespornt" angetreten war, wie Sören betonte: die Trinkflasche am Gürtel, Nordic Walking-Stöcke in der Hand, Stirnband um den Kopf.

„Hast du gar keinen Helm dabei?", fragte Max, um Yannis ein wenig zu necken.

„Wieso, brauchen wir den denn?", fragte der und schob gleich hinterher: „Ach, so meinst du das."

Der Tag fing gut an.

Als wir am Strand standen und uns orientierten, ergriff Sören sofort das Kommando.

„Wir sollten westlich loslaufen, dann haben wir die Sonne im Rücken. Ich habe keine Brille dabei."

Wir setzten uns langsam in Bewegung.

Sören schob uns in eine Reihe vor sich, weil er so angeblich besser erzählen konnte.

Seiner heutigen Episode liege eine anonyme briefliche Selbstbezichtigung eines vermutlichen Totschlägers mit Berliner Ortsstempel zu Grunde. Er hätte den Fall, einen dicken Umschlag mit akribisch bedrucktem Briefpapier, schon vor geraumer Zeit auf den Schreibtisch bekommen, neige aber fast dazu, den Sachverhalt zu den Akten zu legen, weil sämtliche Anhaltspunkte fehlten, und auch, weil es keine passende Vermisstenmeldung gäbe. Man wisse gar nicht so ganz genau, wie man damit umgehen solle.

FÜNFTER TAG

Sebastian hat die Nacht durchgearbeitet. Kurz vor Stefanies Rückkehr legt er sich schlafen, wieder mit einer Tablette und dem restlichen Schluck aus der Flasche mit dem Erkältungsmittel.

Stefanie ist aufgekratzt. Sie hat sich an die Nachtschichten gewöhnt, fällt ihr auf. Und sie sind ein ganzes Stück vorangekommen.

Nach dem gründlichen Händewaschen geht sie leise durch die Wohnung ... und ärgert sich schon im Wohnzimmer, dass Sebastian nichts getan hat. Zerknautscht liegt die Decke auf der Couch, ein Becher steht auf dem Tisch, gesaugt hat ihr Mann auch nicht.

In der Küche sieht sie Sebastians Bemerkung auf ihrem Zettel und beruhigt sich wegen des Staubsaugens. Aber den Tisch und die Arbeitsplatte hätte er abwischen und den Boden zumindest fegen können!

Stefanie setzt sich mit ihrem Handy und einem großen Glas Wasser in den Sessel und überfliegt ihre E-Mails sowie die Nachrichten. Überall wichtige Mitteilungen zu Corona: *„Trump hält Sicherheitsabstand zu Mitarbeitern nicht ein!“*, *„Große Sorge um Daniel von Schweden ...“* Das Glas ist leer. Stefanie legt sich schlafen.

Sebastian wird nach vier Stunden Schlaf wach. Er hat Fieber, ganz sicher. Trotzdem wird er aufstehen. Er muss schreiben.

Bereits beim Frühstück liest er den Text der letzten Nacht, merzt ein paar Fehler aus und hämmert auf die Tastatur ein. Nachmittags um drei kann er nicht mehr, wirft zwei Ibuprofen-Tabletten ein, schleppt sich auf die Wohnzimmercouch und schläft erschöpft ein.

Ob was dran ist, dass Ibuprofen die Corona-Symptome verstärkt? Dann wäre er geliefert ...

Zur Kaffeezeit steht Stefanie auf. Vorsichtig berührt sie Sebastians Stirn. Sie ist wärmer, als sie sein sollte, aber nicht beunruhigend heiß.

Still streicht sie die spärlichen Haare aus seiner Stirn. Der Arme hat es nicht leicht in diesen Tagen. Sie guckt ihn liebevoll an. Dann macht sich Stefanie etwas zu essen und geht an den Laptop im Arbeitszimmer.

Sie klingelt Anne an. Es dauert, bis die Freundin mit einem fröhlichen Lachen auf dem Bildschirm erscheint.

„Hallo, Steffi! Schön, dass du dich meldest. Ich wollte dich auch schon anrufen, hatte aber so viel zu tun."

„Hallo, Anne, ging mir genauso. Wir arbeiten jetzt in drei Gruppen. Ich habe Nachtschicht. Das ist vielleicht anstrengend!"

„Nachtschicht? Und das dir? Kannst du nach zehn überhaupt die Augen aufhalten?"

„Kaum", gibt Stefanie zu. „Allerdings wird es mit jedem Tag besser. Was macht dein Homeoffice? Und wer sind die vielen Kinder, die ich da höre?"

„Homeoffice ist nicht mehr. Die Werftleitung hat alle Mitarbeiter in Betriebsferien geschickt. Im Arbeitsprozess können die geforderten gesundheitlichen Standards nicht eingehalten werden. Ich habe mich mit einigen Müttern aus Lenis Kitagruppe verständigt. Nun sind zwei Mädchen und ein Junge jeden Tag bei mir, und die Mütter können wieder arbeiten gehen. In einer Stunde sind alle zu Hause, lass uns dann reden." Sie seufzt. „Ja, ich weiß, man soll sich so nicht mehr zusammenfinden, aber was sollen wir denn tun?"

„Na klar. Bis dann, Annchen!“

Stefanie nimmt sich das Tablet und sucht nach Mitteilungen zu Impfungen und Medikamenten gegen Covid-19. Natürlich gibt keine Firma Geheimnisse preis, aber wer sich auskennt, kann zwischen den Zeilen das eine oder andere herauslesen.

Außerdem erinnert sich Stefanie an eine Fachtagung vom vergangenen Jahr. Die Redebeiträge dürften inzwischen auf dem Uniserver hochgeladen sein. Da war etwas dabei, was jetzt helfen könnte ... Sie muss das unbedingt lesen!

Nach fast einer Stunde senkt Stefanie das Tablet.

Hilft doch nicht, denkt sie. Sie geht an den Laptop im Arbeitszimmer zurück und klingelt Anne erneut an.

„Ich habe es vorhin ganz vergessen: Wie geht es Basti?“, fragt die Freundin als Erstes.

„Nicht so gut. Er hat Fieber, schläft gerade. Morgen mache ich einen Test.“

„Wenn er infiziert ist, musst du auch zu Hause bleiben.“

„Ja, richtig. Hoffen wir mal, dass es nur eine Erkältung ist. Wird so sein, du kennst doch meinen kleinen Hypochonder. Aber nun sag mal, machen dich vier Kinder nicht verrückt?“

„Am ersten Tag ja. Da waren wir alle noch verunsichert. Inzwischen sehen die Kinder unser Haus als ihrs an, und es ist viel einfacher mit den vieren als mit Leni allein. Morgens so gegen acht werden sie gebracht. Wir sitzen dann zusammen, und die Kinder erzählen, was sie von den Eltern oder Geschwistern gehört haben, wir spielen oder singen. Es gibt gute Tipps im Internet, Videos, was man so alles anstellen kann. Die Kinder bringen auch ihr Lieblingsspielzeug mit. Meine Mutter erklärt mir Spiele, mit denen sie sich früher beschäftigt haben. Sie wäre am liebsten hier, aber das geht natürlich nicht. Um zehn essen wir etwas Obst, dann geht's nach draußen. Leni hat ja zwei Schaukeln, eine Rutsche und einen Sandkasten. Wir spielen auch Fangen und Fußball. Das Mittagessen bereite ich so weit wie möglich abends vor. Es gibt immer was Einfaches: Möhren und Ei, Milchreis und Obst, Nudeln mit Tomatensoße. Die Kinder decken den Tisch. Anschließend ist eine Verschnaufpause. Ich lese vor, wir hören ein Hörspiel oder so was. Dann geht's wieder raus. Solange das Wetter so schön bleibt, ist alles gut. Gestern haben wir Osterplätzchen gebacken und heute Eier bemalt. Alle haben fleißig geholfen, die Küche anschließend sauber zu machen. Wir drehen Videos, damit Eltern und Großeltern sehen, was wir hier zusammen treiben."

„Das hört sich richtig großartig an. Und du scheinst das gut zu können."

„Ja, habe ich auch nicht gewusst. Vielleicht sollte ich auf Tagesmutter umschulen, ist jedenfalls interessanter als die ewigen Tabellen und Listen im Büro."

„Warum nicht?"

„Wäre auch insofern gut, als wir ja noch ein Geschwisterchen für Leni wollen."

„Hallo, Anne!", grüßt Sebastian. Er ist wach geworden und setzt sich zu Stefanie vor den Laptop.

„Hallo, Basti. Du siehst beschissen aus! Entschuldige, ist aber die Wahrheit."

„Ich glaube, es geht mir noch schlechter, als ich aussehe. Corona hat mich voll erwischt."

Stefanie schüttelt den Kopf. „Wie soll das Corona sein? Du bist seit gefühlt einer Ewigkeit nicht mehr unter Menschen gewesen."

„Hast du vielleicht aus dem Labor mitgebracht!", entgegnet Sebastian mit einem leichten Vorwurf in der Stimme.

„Das kann nicht sein", kontert Stefanie bestimmt. „Seit Wochen schon arbeiten wir bei PierstockMed alle in Vollschutz, weil wir ja ständig mit dem Virus in Berührung kommen könnten. Wir haben Einzelkabinen. Durch unser intelligentes Schleusensystem kommen wir einander nie zu nahe. Es gibt einen Pausenplan, so trifft man sich auch nicht in den Teeküchen. Corona kann dich nicht gefunden haben, Sebastian."

Anne stimmt der Freundin zu. „Erinnere dich, Basti, jedes Jahr im Frühling liegst du mit einer Erkältung oder Grippe flach. Das ist dieses Mal bestimmt auch so."

„Mag ja sein, aber Steffi ignoriert mich."

„Ja, ich weiß, an dem Punkt sind wir jedes Jahr: ‚Reib mir die Brust ein, gib mir Zwiebelsaft, mir geht's nicht gut'", äfft Stefanie ihren leidenden Mann nach.

Der verzieht beleidigt das Gesicht.

„Wenn ich an Corona sterbe, wird es dir leidtun", presst er hervor.

„Basti, du bist jung, hast keine Risikofaktoren, du stirbst nicht an Corona. Habt ihr gehört, die ersten, die sich die Krankheit im Skiurlaub geholt haben, sind geheilt, hatten alle nur leichte Krankheitsverläufe. Sie sollen jetzt vermutlich ein bis zwei Jahre, vielleicht sogar länger, immun sein. Das macht doch Hoffnung!"

„Ja, klar, Anne. Es ist super, dass ich das jetzt habe. Dann bin ich der Erste von uns, der auf dem richtigen Weg ist." Sebastian steht ruckartig auf und dreht sich demonstrativ von der Kamera weg.

Stefanie ignoriert das. „Anne, ich muss Abendbrot machen und arbeiten gehen“, erklärt sie.

„Dann macht's gut ihr beiden. Und vertragt euch!“

Sebastian ist sauer. Warum muss Stefanie ihn vor Anne lächerlich machen? Als seine Ehefrau sollte sie zu ihm stehen, vor allem vor anderen.

Er zieht sich ins Wohnzimmer zurück und schaltet den Fernseher ein.

Stefanie bereitet in der Küche aus Tomaten, Gurke, Möhren und Rucola einen Salat zu und brät zwei Hähnchenbrüste. Anschließend trägt sie das Essen ins Wohnzimmer und setzt sich zu ihrem Mann auf die Couch.

„Danke“, murmelt Sebastian, ohne Stefanie anzuschauen.

In den Regionalnachrichten kommt eine Meldung über PierstockMed: „Diese für unser Land so bedeutende Firma hat dem Coronavirus den Kampf angesagt. In drei Schichten arbeiten die Medizinforscherinnen und -forscher unermüdlich an einem wirksamen Medikament gegen die Krankheit. Das sind die wahren Helden der Stunde ...“

Erstaunt schaut Sebastian zu seiner Frau hinüber. Stefanie weint.

Verstehe einer die Frauen! Sie wird gelobt, und es fließen Tränen.

Sebastian rutscht zu ihr hinüber und nimmt sie in den Arm.

„Es ist doch gut, wenn man den Leuten sagt, dass an Impfungen und Medikamenten geforscht wir. Das gibt ihnen doch neuen Mut.“ Nach einem Augenblick setzt er hinzu: „Mir auch, Hasi!“

Sebastian macht erneut die Nacht zum Tag und schreibt. Am Morgen – draußen schlagen die Vögel an, sie sind in diesem Jahr schon seit Mitte März im Frühjahrsmodus - schleppt er sich ins Bett.

Vorher druckt er alle bisher geschriebenen Seiten aus und legt sie Stefanie auf den Küchentisch.

Sie war gestern Abend doch noch echt lieb, denkt er. So hat sie vielleicht auch eine Freude, wenn sie die Geschichten der fünf Freunde lesen kann und merkt, dass er sich wirklich abrackert.

Er legt einen Zettel dazu.

„Guten Morgen, Hasi.

Hier mal etwas zum Lesen für dich. Du sagst immer, ich soll was Lustiges schreiben - vielleicht gefällt dir meine Storchengeschichte? Irgendwann wollten wir ja ohnehin über den Storch reden. Vielleicht ist das der richtige Moment?

Ich liebe dich!“

Sebastian wälzt sich von einer Seite auf die andere. Wie so oft lassen ihn seine Romanfiguren nicht in Ruhe. Er träumt seine Geschichten stets voran und kann dann am folgenden Abend aus dem Vollen schöpfen.

Das ist auch heute so.

SECHSTER TAG

Sebastian schläft, als Stefanie früh am Morgen nach Hause kommt. Auf dem Küchentisch liegen ein Zettel und ein Stapel Papier.

Neugierig schaut die junge Frau darauf und bleibt gleich am Text hängen. Mit den Blättern in der Hand gießt sie sich ein Glas Wasser ein und setzt sich. Sie mag die historischen Geschichten ihres Mannes auch, aber das hier ist besser, packender, direkter.

Stefanie ist so vertieft in die Lektüre, dass sie erschrickt, als Sebastian plötzlich vor ihr steht.

„Guten Morgen, schöne Frau!"

„Von Schönheit ist nicht viel geblieben", entgegnet Stefanie lächelnd. „Ich bräuchte unbedingt eine Kosmetikbehandlung."

„Ich koche uns einen Ingwertee, der muss erst mal reichen", schlägt Sebastian vor, der sich trotz der sehr kurzen Nacht gut fühlt. Die Zweifel bezüglich seines Schreibens sind verblasst.

Der Tee ist fertig, und Stefanie hat schon etliche Seiten gelesen.

„Gefällt mir, was du im Moment schreibst. Es ist mal etwas ganz anderes, und man fragt sich, wie es weitergeht. Waren das deine Freunde in der Kindheit, oder wart ihr Kommilitonen?"

„Das ist Literatur. Bei den historischen Büchern hast du mich nicht gefragt, ob ich eine der Personen kenne."

„Nun, ich bin nicht davon ausgegangen, dass du achthundert Jahre alt bist."

„In meinen Geschichten steckt immer eigenes Erleben. Aber es gibt nicht den einen, der Sören ist oder Yannis. Natürlich kenne ich Männer, die die eine oder andere Charaktereigenschaft haben, doch wer kennt die nicht? Und ich bin erstaunlicherweise selbst zufrieden. Wie war's bei dir?"

„Oh, wir hatten eine gute Nacht, sind vorsichtig optimistisch."

„Es wird auch Zeit! Inzwischen gibt es in Deutschland schon sechsunddreißigtausend Infizierte, und um die zweihundert Menschen sind qualvoll gestorben. Ich habe im Internet gelesen, was bei einem schlimmen Verlauf passiert, wenn die Krankheit auf die Lunge schlägt. Die Menschen müssen an die Maschine und regelmäßig gewendet werden. Die Lunge wächst sozusagen immer weiter zu. Die Lungenbläschen sterben ab, die Lunge tut ihren Dienst nicht mehr. Der Tod ist wie ein Ertrinken, nur an Land. Wie vielen von den Angesteckten das wohl noch bevorsteht? Und wie viele die Krankheit haben, ohne es zu wissen? Eigentlich müsste mehr getestet werden."

„Es gibt nicht genügend Tests, deshalb haben wir einen eigenen entwickelt."

„Die sagen im Fernsehen, diese privaten Tests sind nicht genau."

„So ein Quatsch! Wir haben insgesamt schon zweitausendfünfhundert Leute getestet, einige Infizierte darunter. Unser Test ist zu achtundneunzig Prozent sicher, und wir machen das freiwillig und kostenlos. Was soll solch eine schwachsinnige Diskussion? Wegen eines Zertifikates, das wir noch nicht erteilt bekommen haben."

„Zweitausendfünfhundert, na, dann mach mal den zweitausendfünfhundertersten Test!" Grinsend öffnet Sebastian den Mund.

Stefanie zuckt zusammen. „Ich ... na ja, ich habe den Test vergessen."

„Du hast *was*?" Sebastian klappt die Kinnlade herunter. „Vergessen? Wie kannst du das vergessen?"

In ihm kocht die Wut hoch, Stefanie ist selbst entsetzt.

„Ich ... Es war so viel zu tun, so viel Wichtiges“, versucht sie eine Rechtfertigung.

„Ach ja, die Gesundheit deines Mannes ist natürlich nicht wichtig!“

„Doch, ja, aber ...“

„Ich werde an der Beatmungsmaschine hängen und elendig zugrunde gehen. Du hast den Test bestimmt extra vergessen, weil du Angst hast, dass ich dann offiziell infiziert bin. Dann müsstest du zu Hause bleiben und könntest nicht mehr zu deiner geliebten Arbeit gehen.“

„Nein, Schatz, so ist das nicht. Es war bloß so viel zu tun.“

„Sag ich ja, immer ist deine Arbeit viel wichtiger als ich.“

„Das stimmt doch gar nicht. Du bist mir wichtig.“

„Davon merke ich nichts. Nie nimmst du mich ernst, machst dich immer nur lustig über mich.“

„Und dir geht es stets nur um dich! Wie erschöpft ich bin, egal. Alles muss ich hier allein machen. Du räumst nicht mal das benutzte Geschirr weg, von Staub wischen oder saugen ganz zu schweigen!“

„Ich bin krank. Krank! Verstehst du?“

„Arbeitsscheu und faul, das trifft es wohl eher! Nicht mal diesen Antrag auf finanzielle Unterstützung vom Staat konntest du ausfüllen. Dabei sagen alle, dass die Bürokraten gute Arbeit geleistet haben, das Ausfüllen sei kinderleicht!“

„Meine Mutter hatte recht, du verstehst und liebst mich nicht.“

„Deine Mutter hat dich verwöhnt und verzogen. Ihr kleiner Sebastian darf sich nicht überanstrengen, muss behütet werden.“

„Du bist ein herzloses Biest!“, wirft er ihr vor.

„Du elender Egoist!“, kontert sie. „Geh doch zurück zu deiner Mutter!“

„Zu meiner Mutter? Damit ich sie anstecke?“

„Das habe ich nicht gemeint.“

„Nein? ... Ach, du meintest: für immer? Kannst du haben ...“

Stefanie starrt ihren Mann voller Wut an. Wenn sie nicht sofort geht, rastet sie aus. Sie rennt aus der Küche, schnappt sich ihren Cityrucksack und ihren Mantel.

„Das wird dir noch leidtun!“, ruft sie, während hinter ihr die Wohnungstür zuknallt.

Sebastian steht unbeweglich an den Kühlschrank gelehnt, die Zähne aufeinandergebissen, die Hände zu Fäusten geballt.

Der wird er es zeigen!

Sebastian löst sich aus seiner Starre. Voller unbändiger Erregung setzt er sich an seinen Laptop. Jetzt schlottert er, dennoch hämmert er in die Tasten. Er wird vierundzwanzig Stunden durcharbeiten.

Sören rannte beinah.

„Das, was in diesem Schriftstück zur Sprache kam, war das detaillierte Geständnis einer dramatischen Tötung“, begann er, fast grimmig, zu deklamieren. „Namen, Orte, nachvollziehbare Umstände waren ausgespart, sodass man keine Spuren finden würde. Der Geständige wusste, was er tat. Wir konnten uns das Schreiben nur damit erklären, dass er sein Gewissen erleichtern wollte. Andererseits wünschte er sich vielleicht sogar insgeheim, dass man ihm dadurch auf die Schliche kommen und ihn überführen würde. Deine

Einschätzung dazu würde mich nachher mal interessieren, Tilman. Du kennst dich mit der menschlichen Psyche besser aus als wir."

Sören wirkte jetzt konzentriert und hatte wiederum den gleichen entschlossenen Gesichtsausdruck wie bei seiner „Irina-Geschichte".

„Der Brief kam vor einem halben Jahr. Ich kann den Wortlaut nicht exakt und in jedem Detail wiedergeben. Ich habe ihn aber so oft gelesen, dass ich ziemlich gut beschreiben kann, wie es zu der kriminellen Handlung kam."

Sören begann mit den Armen zu rudern. Offenbar wollte er uns ein Zeichen geben, dass wir genau in die entgegengesetzte Richtung zurückmarschieren sollten, Warnemünde zu.

„Zu viel Wind von vorne beim Sprechen, dann lieber Sonne ins Gesicht", erklärte er knapp. „Und jetzt zu der Geschichte. Ich spüre ja förmlich, wie ihr euch an den menschlichen Abgründen abarbeiten wollt ..."

Marie und Lars fuhren auf den Parkplatz unweit des Strandweges. Sie hatten sich, so wie am Abend zuvor beschlossen, aufgemacht, um den Sonnenaufgang am Ufer mitzuerleben.

„Wenn man schon nicht schlafen kann wegen der andauernden Streitereien ..."

Anschließend wollten sie den Markt besuchen und sich mit frischem Fisch versorgen.

Lars sprang aus dem Auto, um Marie auf der anderen Seite aus dem Fahrzeug zu helfen. Das machte er sonst nie.

Marie stutzte. „Da will aber jetzt einer Eindruck schinden. Sind doch gar keine Menschen hier, vor denen du dich profilieren könntest."

Lars schleuderte die Tür ins Schloss und bot Marie den Arm.

„Komm und halt wenigstens heute Morgen mal deine spitze und schnelle Zunge im Zaum“, forderte er sie auf, was Marie bissig kommentierte: „Sonst kann sie dir doch gar nicht spitz und schnell genug sein.“

Lars entzog ihr den Arm und stapfte voran.

Marie überholte ihn und küsste ihn auf die Nase. „Entschuldige, war nicht so gemeint.“

Dann setzten sie ihren Weg gemeinsam fort.

„Und?“, fragte Marie. „Nimmt der Stress bei dir schon ein wenig ab, oder triezen sie dich immer noch?“ Sie ahmte einen Vorgesetzten nach: „Sie haben ja immer noch den Aktenberg vor sich. Weshalb sind Sie nicht schneller? Ich glaube, ich muss mir was einfallen lassen!“

Marie lachte kurz auf und knuffte Lars, der ein grimmiges Gesicht machte, in die Seite.

„Du hast es aber auch schwer, Liebling“, zog sie ihn auf.

Eine Antwort erwartete sie nicht. Sie wusste zu gut um die beruflichen Probleme ihres Liebsten.

„Ich finde übrigens, dass du diesen Stress ruhig einmal ins Feld führen solltest, um eine Gehaltserhöhung auszuhandeln“, plapperte sie weiter. „Mit deinem Geld geht nicht einmal eine von meinen Kolleginnen vom Hof.“

Marie lachte hysterisch auf.

„Kleingeld, immer nur Kleingeld, da macht einen das Zählen ja mürbe.“

Dann rannte sie voraus zum Ufer und begann, Steine über die flachen Wellen springen zu lassen.

„Hast du gesehen?“, fragte sie. „Siebenmal, erst dann ist er untergegangen.“

Sie blickte den schmollenden Lars kritisch von der Seite an und reichte ihm einen flachen, handtellergroßen Stein.

„Jetzt du", forderte sie ihn auf.

Lustlos übernahm er den Stein und schleuderte ihn viel zu kräftig über das Wasser. Der Stein schlug nur einmal auf und ging unter.

„Versuch es noch mal!" Marie reichte ihm ein weiteres Wurfgeschoss.

Lars nahm Anlauf und schleuderte den Stein wieder so Richtung Horizont, dass er gut dreißig Meter weiter ins Wasser plumpste. Er hatte nicht einmal versucht, ihn springen zu lassen.

„Spielverderber!"

Marie nahm erneut einen Stein auf. Sie holte Schwung und schmiss den faustgroßen Kiesel mit Absicht genau zwischen eine Gruppe von Schwänen, die in den Wellen auf und ab schaukelten.

Ein getroffenes Tier schrie auf. Der Laut klang fast menschlich.

Lars reagierte sofort. Er schrie Marie an, wie sie dazu käme, ob sie noch ganz dicht sei!

Dann drehte er sich stehenden Fußes um und strebte dem Dünenweg zu. Ihm war die Lust am Strandspaziergang gründlich vergangen.

Marie sprintete an ihm vorbei.

„Das habe ich nicht gewollt", versicherte sie. „Das war ein Versehen, bitte glaub mir!"

Sie schlang die Arme um Lars.

„Echt, das war ein Ausrutscher, ich wollte viel weiter nach links werfen. Es tut mir leid, der arme Schwan! Aber sieh, ihm ist nichts passiert." Marie zog Lars an den Armen herum und wieder Richtung

Ufer. „Ich bin jetzt ganz lieb und freu mich auch schon auf den Mittagsschlaf."

Sie blinzelte Lars verschwörerisch zu – und hatte Erfolg damit. Lars kehrte zurück, um mit ihr den Strandspaziergang fortzusetzen. Das Gespräch kam mühsam wieder in Gang.

Sören blieb an dieser Stelle stehen und nestelte einen Flachmann aus der Manteltasche.

„Hat einer Lust auf einen guten Schluck? Keiner? Na, war zu erwarten."

Er setzte die Flasche an und ließ sich das offensichtlich ziemlich scharfe Getränk in die Kehle gluckern.

„Na, weiß einer, was kommt?", fragte er dann in die Runde. „Keiner. Sag ich doch, ihr seid langweilig-friedfertige Seelen."

Völlig emotionslos und sachlich setzte er seine Erzählung fort.

Die beiden gingen über einen Kilometer schweigend nebeneinander her, als hätten sie sich nichts zu sagen. Marie hatte Lars an der Hand gefasst.

„Gestern beim Essen haben wir in der Kantine ein eigenartiges Gespräch geführt. Jemand hatte ein Buch gelesen, in dem darüber sinniert wurde, dass sich ein Paar nach zehn Jahren Ehe und einer Trennung fünf Jahre später wieder zusammenfand und dann gemeinsam alt wurde. Wir haben darüber diskutiert. Fast alle meine Kolleginnen waren eindeutig der Meinung, dass nur noch Langeweile vorherrscht und man sich nichts mehr zu sagen hat, wenn die Liebe vorbei ist." Sie zog Lars an der Hand. „Was meinst du?"

Lars zuckte mit den Schultern. „Deine Kolleginnen müssen es ja wissen. Und was haben deine beiden ledigen Kollegen gesagt?"

„Die haben das ganz anders gesehen. ‚Ich wüsste schon gar nicht, wie man zehn Jahre durchhalten soll ...', hat der eine gesagt, der andere: ‚Mein Gott, was seid ihr bloß für Beziehungsklemmen?'."

„Ja, und was meinst du?", entgegnete Lars.

Marie antwortete vorsichtig. Sie bemerkte, dass sie sich auf Glatteis befand.

„Also, wir sind ja nun auch schon lange zusammen ..." Sie brach ab.

„Genau, das habe ich vermutet", hakte Lars ein. „Da sind wir ja wirklich an einem tollen Punkt angekommen. Nach unserem Betriebsfest vor ein paar Wochen hat mich die Heidi aus dem Nachbarbüro schon gefragt, ob mit dir und mir alles in Ordnung ist."

Marie schlug Lars' Hand weg. „Die mit den großen Titten, die Schlampe? Das war klar! Die wedelt ja immer, wenn sie kann, mit ihrem kurzen Rock vor deiner Nase rum."

Inzwischen war die Sonne aufgegangen, was die beiden überhaupt nicht beachtet hatten.

Marie setzte sich auf einen Findling und warf Feuersteine in die gegenüberliegende, etwa fünfzehn Meter hohe Steilwand. Dann stand sie plötzlich auf und zerrte an der Wurzel eines Baumes, der oben auf der überhängenden Böschung stand.

„Das ist doch die Kuh, die dir zu Weihnachten das stinkende Rasierwasser geschenkt hat, das du seitdem täglich benutzt. Ich könnte jedes Mal kotzen, wenn ich es rieche. Mit solchem Dreckszeug enden Beziehungen auch früher als nach zehn Jahren. Vor allem, wenn im Bett tote Hose herrscht." Sie riss weiter an der Wurzel.

Lars, der sich abgewandt hatte, hörte es plötzlich laut krachen. Er sah aus dem Augenwinkel, dass der Baum von der Kante verschwand und eine riesige Sandlawine, samt Baum, auf den Strand niederstürzte.

Hektisch drehte er sich um. Von Marie war nichts mehr zu hören, geschweige denn zu sehen.

Der Abbruch nahm keine große Fläche ein. Geröll und Sand waren etwa zweieinhalb Meter hoch aufgeschüttet, der Baum bedeckte die Abbruchstelle.

Lars rannte auf den Sandberg zu.

„Marie, Marie, wo bist du? Antworte doch!“

Er begann heftig zu graben und sah sich um. Keine Menschenseele würde helfen. Lars war auf sich allein gestellt.

Tausende Gedanken schossen ihm durch den Kopf. Wie war das noch? Erst retten und bergen, dann Polizei, Feuerwehr, Notarzt?

Er grub so schnell, wie er konnte. Als ihm die Fingernägel abbrachen, fiel ihm das Multifunktionsmesser ein, das Marie ihm geschenkt hatte. Hastig klappte er das Tool mit seiner feststehenden Klinge auf und grub rasend weiter.

„Marie! Was mache ich nur? Marie, oh Gott, Marie …“

Nach etwa zehn Minuten hatte Lars Erfolg. Sein Messer ratschte über den Ärmel von Maries Regenjacke. Lars grub mit den Händen weiter.

„Was machst du bloß mit mir?“, begann Lars zu schimpfen. „Ich kann hier graben wie ein Idiot, und was ist der Dank dafür?“

Lars grub weiter. Nun war von Marie schon mehr als nur der Arm zu sehen. Genau über den Kopf ragte aber nach wie vor der Baum über einem hohen Sandberg in beide Richtungen.

Jetzt heulte er. „Hast du denn gar kein Mitgefühl, Marie? Du quälst den Schwan, du quälst mich, was soll die Scheiße?“ Lars schmiss sich erschöpft auf den Rücken. Er murmelte: „Wie soll ich dich da nur rausbekommen?“

Plötzlich erstarrte er. Dann drehte er sich von ihr weg und schleuderte das Messer mit einer weit ausholenden Bewegung in die Ostsee.

„Jetzt spring schon, du blödes Ding.“

Lars blickte sich um und begann, Sand und Geröll über Marie wieder aufzuhäufen, erst langsam, dann immer schneller. Als fast der Ausgangszustand wiederhergestellt war, holte sich Lars abgebrochene Äste des Baums heran und verstreute sie locker über der Sandstelle.

Er trat fünf Meter zurück und begutachtete sein Werk. Ringsherum herrschte Totenstille. Die noch niedrige Sonne schien lautlos.

Lars trat weiter zurück. Aus fünfzehn Metern Entfernung war noch die Feuchte des Erdabbruches zu ahnen, nach dreißig Metern sah die Stelle aus wie der gesamte Saum der Steilwand.

Lars wandte sich um und lief los, Richtung Parkplatz. Erst lief, dann rannte er.

Er drehte sich ein letztes Mal um, dann ging er, scheinbar gelassen und ruhig, in Richtung Parkplatz.

Lars zuckte mit den Schultern.

„Marie?“

SIEBTER TAG

Zitternd vor Kälte, Erschöpfung und Verzweiflung kehrt Stefanie am Morgen nach Hause zurück. Sie hat jetzt fast vierundzwanzig Stunden, mit nur wenigen Pausen, hintereinander gearbeitet.

Über den bedeutenden Erfolg, den sie in der letzten Nacht erzielten, kann sie sich aber nicht freuen. Ihr Herz klopft laut und hart in der Brust.

Was würde sie erwarten? Dieser blöde Streit! Am besten, sie verkriecht sich sofort in ihr Bett. Ein weiteres Wortgefecht steht sie nicht durch.

Wie es Sebastian wohl geht? Vielleicht hat er sich wirklich angesteckt.

Der Sturkopf! Hoffentlich hat er nur eine Grippe.

Sebastian liegt nicht im Schlafzimmer und ist auch nicht auf der Couch im Wohnzimmer. Der Schreck durchzuckt Stefanies Körper. Ist ihm etwas passiert?

Erleichtert atmet sie auf, als sie ihn im Arbeitszimmer in seinem Sessel entdeckt. Sein Kopf glüht rot.

Sanft berührt Stefanie die Stirn. Heiß! Viel zu heiß!

„Sebastian“, flüstert sie. „Komm, leg dich ins Bett. Ich habe einen Test hier.“

Er öffnet ein wenig die Augen und blickt seine Frau irritiert an.

„Steh auf, komm ins Schlafzimmer.“

Mühsam erhebt sich Sebastian, stützt sich mit einer Hand auf der Armlehne ab. Er wankt einige Schritte, und Stefanie greift nach seinem Arm, um ihn zu stützen.

Sebastian stöhnt auf. „Au, das tut weh.“

Ängstlich zieht Stefanie ihre Hand zurück. Angezogen legt Sebastian sich auf das Bett. Stefanie gibt ihm ein Fieberthermometer.

„Was ich gestern gesagt habe, war dumm und falsch", entschuldigt sich Sebastian beim Messen mit angeschlagener Stimme.

„Ich war nicht besser. Der Stress ... Es tut mir leid. Ich liebe dich doch!"

„Das tue ich auch." Sebastian reicht seiner Frau das Thermometer.

„39,2 Grad. Mein Gott, das ist hoch! Lass uns den Test machen."

„Zeig mal, wie das geht!"

Stefanie öffnet das Röhrchen und nimmt im eigenen oberen Rachen einen Abstrich. Sie öffnet das zweite Röhrchen.

„Soll ich, oder willst du selbst?", fragt sie ihn.

„Mach du es, bitte."

Ganz behutsam streift Stefanie über Sebastians Gaumen und Zunge, dennoch zuckt er zusammen.

„Ich rufe jetzt im Labor an. Ein Bote holt die Tests ab. Wahrscheinlich wissen wir heute Abend Bescheid. Ich hab Brötchen mitgebracht, willst du was essen?"

„Nein."

„Wann hast du das letzte Mal etwas gegessen?", erkundigt sie sich.

„Ich weiß nicht. Ist schon länger her."

„Das ist nicht gut. Willst du was trinken? Tee, eine Brühe?"

„Tee."

Stefanie kommt mit einem Ingwertee zurück und fragt: „Willst du dich ausziehen und erst einmal schlafen?"

„Ja."

„Soll ich dir helfen?“

„Nein, ich mache das selbst.“ Ganz langsam und stöhnend legt Sebastian seine Sachen ab und ist dann schnell eingeschlafen.

Stefanie will wach bleiben, bis der Firmenbote da gewesen ist. Sie geht durch die Wohnung und findet im Arbeitszimmer Sebastians neueste Geschichte. Sie setzt sich und liest.

Ihr stockt der Atem. Welch eine Wut! Was für ein Frust! Diesen Sebastian kannte sie noch nicht, und er macht ihr Angst.

Aber ich bin ja selbst schuld, denkt sie. Hätte ich ihm doch nur geglaubt!

Nachdem der Test zu ihrem Labor unterwegs ist, legt sich auch Stefanie schlafen. Sie hofft, dass sie aufwacht, wenn Sebastian sie braucht.

Nach gut zwei Stunden versucht Sebastian aufzustehen, und Stefanie wird wach.

„Ich muss ins Bad. Meine Beine schmerzen höllisch. Noch nie, wirklich noch nie, ging es mir derart schlecht“, stöhnt er. „Es ist, als würde der ganze Körper versagen.“

„Lass uns das Testergebnis abwarten“, schlägt Stefanie vor. „Aber unabhängig davon musst du sicherlich ins Krankenhaus.“

Während Sebastian im Badezimmer ist, gießt Stefanie Tee ein. Sie hält ihm den Becher hin.

„Trinken ist nun besonders wichtig. Aber nichts verschütten!“

Sebastian lacht und bekommt einen Hustenanfall. „Erinnerst du dich noch? Damals, in der Mensa? So fing alles an ...“

„Das ist lange her, vierzehn Jahre schon. Ich hatte gerade mein Studium begonnen...“

„... und ich eine Lehrerfortbildung.“

„Du sahst auch wie ein Lehrer aus: hellgraue Stoffhose mit Bügelfalte und ein blaues Hemd." Stefanie grinst.

„Meine Mutter hat immer gesagt, ein Lehrer müsse sich in der Kleidung unbedingt von den Schülern abheben, sonst würden sie ihn nicht respektieren."

„Sie musste es ja wissen", meint Stefanie und verdreht die Augen. „Schließlich war sie selbst Lehrerin."

„In der Mensa bist du dann ganz plötzlich stehen geblieben."

„Ich habe nach einem freien Platz gesucht", rechtfertigt sie sich.

„Mein Tablett rammte dein Rückgrat ..."

„... deine Schale mit der Tomatensuppe kippte ..."

„... du drehtest dich mit empörtem Gesicht um, sahst mich an und lachtest schallend."

„Die dicke Suppe rann an deiner hellen Lehrerhose abwärts. Sah aus wie ein Unterleibsschuss. Am komischsten aber war dein entsetzter Gesichtsausdruck. Ich dachte, du stirbst gleich wirklich!"

„Inzwischen starrte mich gefühlt die ganze Mensa an!"

„Ich hab dir aus der Klemme geholfen."

„Du hattest den Schlamassel ja auch angerichtet", erinnert Sebastian seine Frau empört.

„Ich nahm dich mit in meine Studenten-WG zu Anne und Burghard gleich um die Ecke. Und Burghard war genauso mager wie du damals. Ich meinte, eine seiner Hosen würde passen."

„Ihr habt beide im Zimmer gestanden und mir dabei zugeschaut, wie ich mich in diese enge Jeans quetschte."

„Du sahst toll aus", sagt Stefanie, „und zwei Tage später brachtest du Burkhard die Jeans zurück."

„Der war nicht da. Wir gingen in dein Zimmer“, erinnert sich Sebastian.

„... saßen noch Stunden zusammen und quatschten.“

„Ja, und bevor ich ging, hast du mich gefragt, ob wir uns nicht wiedersehen wollen.“

„Zwei Tage später lag eine Karte im Briefkasten. Du hast mich zu einem Auftritt des ‚Rohrstocks‘ eingeladen. Das Programm des Unikabaretts war super, und du kamst in einer schicken Jeans.“

„Das erste Kleidungsstück, das ich mir ohne meine Mutter gekauft hatte. In eine Kneipe wolltest du allerdings danach nicht mit mir“, wendet Sebastian ein.

„Ich fürchtete um deine neue Hose.“ Stefanie lacht. „Deshalb habe ich dir vorgeschlagen, bei mir einen Schluck Wein zu trinken.“

„Ich glaube, du wolltest etwas ganz anderes“, kommentiert Sebastian augenzwinkernd.

„Na ja. Jedenfalls sind wir noch nicht im Bett gelandet. Aber einen unvergesslichen Gute-Nacht-Kuss hast du mir gegeben“, schwärmt Stefanie. „Bis heute weiß ich nicht, wer dir das Küssen beigebracht hat.“

„Und nun fürchtest du, ich nehme das Geheimnis mit ins Grab“, stellt Sebastian fest.

Stefanie ist erschrocken. „Nein, nein, du wirst nicht sterben, du wirst gesund.“

„Ich habe dennoch vorgesorgt. Kannst du mal den Laptop aus dem Arbeitszimmer holen? Ich würde selbst gehen, schaffe es aber wahrscheinlich nicht bis dorthin.“

Stefanie setzt sich mit dem Laptop neben ihren Mann.

„In der letzten Nacht habe ich mein neues Buch fertiggestellt“, verrät er. „Sollte mir etwas passieren, musst du einen Verlag finden, der das druckt. Der Ordner heißt ‚Mördervirus‘. In den dazugehörigen Dateien findest du den fertigen Text und Hinweise für den Verlag. Alles ist auch in der Cloud gespeichert. Unser Passwort kennst du. In der Schreibtischschublade ist eine Vollmacht für dich.“

Sebastian verschweigt, dass er dort auch ein Testament hinterlegt hat.

„Du wirst das bald alles selbst erledigen können“, sagt Stefanie aufbauend. „Schlaf jetzt noch etwas, das wird dir guttun.“

„Du solltest auch schlafen, bist doch bestimmt ebenfalls erschöpft.“

„Ja.“

„Oder möchtest du noch weiterlesen?“

„Gern, ich kann kaum glauben, dass du schon fertig bist!“

Sebastian zeigt auf den Laptop. „Alles dort drin.“

„Schlaf gut, mein Schatz.“ Steffi küsst ihn auf die Stirn. Dann öffnet sie den Ordner und beginnt zu lesen:

Yannis blieb ruckartig stehen und blickte sich um. „So wie hier!“ Es schüttelte ihn.

Sören sah ebenfalls zurück.

„Ja, hier könnte es gewesen sein“, bestätigte er.

Max legte den Kopf schief und sah Sören an. „Einen Scheißjob hast du“, stellte er fest. „So viel Elend. Die vielen Toten reichen jetzt auch langsam. Dann lieber singende Bernsteine und goldige Spielfiguren. Wie kannst du abends überhaupt einschlafen?“

„Ich schlafe gut." Sören klopfte auf die Tasche mit seinem Flachmann. „Es gibt weit Schlimmeres." Damit drehte er sich wieder der Sonne zu und marschierte weiter. „Übrigens sage ich jetzt nichts mehr zu dem Fall."

Til reagierte eingeschnappt. „Erst fragst du mich, was ich davon halte, und dann hörst du nicht mal mehr zu?" Er hielt Sören am Arm fest. „Also, ich denke, dass das eine sehr reale Geschichte gewesen sein kann. Die Gefühle können mit einem durchgehen, und Beziehungstaten zählen zu den häufigsten Tötungsdelikten. Du solltest dem nachgehen. Gekränkte Eitelkeit, Eifersucht, jahrelang aufgebauter Frust ... hier ist alles angelegt, was einen ausrasten lassen kann. Ob das allerdings Mord war oder eine Affektreaktion, sei dahingestellt. Dennoch, tot ist tot."

„Genau, tot ist tot." Sören blickte dem Psychologen in die Augen. „Und manchmal verfluche ich es, dass ich diese menschlichen Abgründe durchleben muss. Ich kann den Typen sogar irgendwie verstehen. Ihr etwa nicht? Die Frau hat ihn dermaßen genervt, dass er einen Aussetzer hatte. Natürlich darf man das nicht. Aber Frauen können Männer zur Weißglut treiben."

„Mein lieber Staatsanwalt, das war jetzt aber wohl inoffiziell und außerdem ziemlich frauenfeindlich", schaltete ich mich ein. „Da musst du wohl deine private Meinung und deinen Job ganz schön voneinander trennen. Oder?"

Wir nahmen langsam unsere Wanderung wieder auf.

„Der hat die umgebracht", empörte sich Yannis. „Egal, was war. Man kann doch nicht jeden totschlagen, der einen nervt."

Max lachte spontan auf. „Da magst du wohl recht haben. Hast du noch mehr solcher Lebensweisheiten?"

„Klar, ich würde jedem Vergewaltiger und Kinderschänder die Eier abschneiden!“, ereiferte sich Yannis. „Wie im Mittelalter. Klauen: Arm ab. Morden: aufhängen. Lügen: Zunge ab. Ehebruch: steinigen!“

Er war sehr aufgeregt.

„Du gibst dem Typen auch noch recht? Tut mir leid, du ... du ... Staatsanwalt!“ Yannis gebrauchte den Begriff wie ein Schimpfwort. „Was der wohl für eine schwere Kindheit hatte? Er wird im Job ungerecht behandelt? Der Arme! Wenn du mich fragst: Todesstrafe! Punkt.“

Er schoss mit seinem Fuß eine Sandfontäne auf und strebte zügig Richtung Warnemünde voran.

„Todesstrafe!“, murmelte Sören, dann schloss er auf.

Für einige Zeit sprach niemand mehr. Dann wollte Max die Stimmung wieder heben.

„Hattest du gesagt, dass auf Lügen ‚Zunge ab!‘ steht? Dann sieh mal zu, dass du für deine Bernsteingeschichte von deinen Freunden keine gelbe Armbinde mit drei schwarzen Punkten erhältst.“

Anschließend zog sich die Wandergruppe auseinander. Jeder hing den eigenen Gedanken nach. Erst unmittelbar vor dem *Teepott*, der originellen Hyparschale von Bauingenieur Ulrich Müther am Leuchtturm, fanden wir uns wieder zusammen.

„Wollen wir hier essen gehen?“ Ich sah die anderen an. „Früher hätte ja das Salär nicht gereicht, aber heute könnt ihr euch wohl alle ein Dreigängemenü leisten?“

Alle nickten und waren dankbar, ihre Aufmerksamkeit etwas anderem zuzuwenden als Sörens trüber Geschichte.

„Wenn ich schon mal hier bin, möchte ich aber unbedingt Fisch essen. Ich wäre dann auch bereit, mich mit meiner ersten Geschichte anzuschließen. Ist euch aufgefallen, dass ich noch gar nicht dran war?" Til blickte von einem zum anderen. „Oder wollt ihr schweigend essen?"

Max studierte die Speisekarte vor dem Eingang.

„Sieht gut aus, Til", stellte er fest. „Zander, Petersfisch, Dorsch, Seezunge, Scholle, Heringe, Dorade, Knurrhahn. Ist da was für dich dabei?"

„Haben die auch Fleisch?", knurrte Sören.

„Kalbsrücken, Lammkotelett, Wiener Schnitzel oder Tournedos vom Rinderfilet mit Schalotten-Rotwein-Sauce, sautiertem Gemüse und Rosmarinkartoffeln", las Max weiter. „Das klingt nach deinem Geschmack, Sören. Was meint ihr?"

Sören nahm uns die Antwort ab, indem er die Tür aufriss.

„Klingt gut", lautete sein Urteil.

Als wir Platz genommen hatten, gab es zunächst einen Lacher von Til, Max und mir, weil Yannis noch sein Stirnband trug.

„Jetzt benötigst du deinen Helm", zischte Max ihm leise zu.

Yannis verstand den Spaß nicht, deshalb reagierte er auch nicht darauf.

„Wie willst du denn jetzt mit deinem Geständnis-Brief weitermachen?", kam er auf Sörens Geschichte zurück. „Hast du schon eine Idee?"

Sören reagierte gelassen. „Wenn du weiter auf meiner Story rumhackst, bekommen die drei recht!"

„Inwiefern?"

„Weil du dann in der Tat einen Helm benötigst." Sören griff mit beiden Händen nach Yannis' Stirnband und zog es ihm genüsslich und langsam über die Augen bis zum Hals. Dann drehte er den Stoff des Bandes zusammen. „Wenn du jetzt weiterfragst, gibt es im *Teepott* Tartar. Verstanden?"

Wir bestellten alle ein üppiges Menü und leckere Weine. Til nutzte die Wartezeit auf das Essen, um uns einzustimmen.

„Max, du hast eine traurige Opa-Geschichte aus deinem Journalisten-Alltag zum Besten gegeben. Da würde ich mich anschließen wollen. Ich habe ebenfalls so eine Großvater-Story, nur ganz anders. Leider hat sie ebenfalls ein trauriges Ende. Was mich daran aber fesselt, ist, was hier bei uns in Deutschland so möglich ist. Ich hätte das selbst nicht vermutet und bin schon auf den Gedanken gekommen, das auch mal auszuprobieren. Wer weiß, was es bringt? Übrigens, meine Erzählungen sind allesamt nicht erfunden. Das könnt ihr gern überprüfen. Sicher kennt ihr die körperlichen Anzeichen für Lügerei: Mimik, Gestik, Stimme, Körperhaltung? Verzögerungstaktiken beim Antworten, lange umständliche Einführungen in Lügengeschichten ... und Lügner bauen sich Rückzugsmöglichkeiten ein. ‚Meines Wissens nach ...' und ‚Wenn ich das richtig verstanden habe ...' sind typische Formulierungen. Da war schon Aufschlussreiches dabei gestern Abend. Ich habe jedenfalls meine Lügner-Favoriten."

Inzwischen hatte die Kellnerin die Vorspeisen aufgetragen. Mit einem „Guten Appetit allerseits!" ließ sie uns genießen, und Til begann mit seiner ersten Geschichte.

„Habt ihr schon einmal darüber nachgedacht, dass Glück anscheinend immer wieder die Gleichen trifft und oftmals die Falschen? Das Glück des Tüchtigen? Dass ich nicht lache! Stimmt wohl eher, dass der Teufel immer wieder auf den gleichen Haufen scheißt!

‚Gib dem Glück eine Chance!' Noch so ein Spruch! Das macht mancher sein Leben lang, und nichts passiert.

‚Jeder ist seines Glückes Schmied.‘

‚Glück verdoppelt sich, wenn man es teilt.‘

‚Menschen versäumen das kleine Glück, nur um auf das große zu warten.‘

‚Wer gütig ist, kann nie unglücklich sein.‘

Sprüche, alles nur Sprüche! Da halte ich mich doch eher an George Bernhard Shaw, der sinngemäß meinte, dass ein ganzes Leben voller Glück die Hölle auf Erden sein müsse.

Allerdings gestehe ich ein, dass ein guter Teil der Menschen, die in meine Praxis kommen, dem Glück nachjagen, es aber an der falschen Stelle suchen. Wenn ihr mich fragt, muss ich euch sagen, dass Glück vergänglich ist. Etwas, dem man nie nachjagen sollte, etwas, das man nicht festhalten kann. Wer Glück hat, hat einfach nur Glück, fertig!

Eines Tages wurde ich zu einem Siebzigjährigen gerufen, der mir seine Lebensgeschichte erzählte …“

Nach einer unsäglich harten Kindheit und Jugendzeit fand Berthold endlich seinen Frieden, „das Glück des Tüchtigen“. Er hatte einen befriedigenden Job, eine liebe Frau und süße Kinder.

Aber er konnte diese gute Zeit nicht festhalten. Bertholds Frau starb an Krebs, da waren die Kinder gerade aus dem Gröbsten heraus. Berthold machte aus ihnen gute Menschen. Er saß bei Krankheiten an ihrem Bett, er löste ihre Differentialgleichungen, las mit ihnen Heines Wintermärchen. Der Mann rackerte sich für seine Kinder ab. Als sie aus dem Haus waren, lebte er sein ruhiges und bescheidenes Leben weiter.

Zu seinem fünfundfünfzigsten Geburtstag luden ihn sein Sohn und seine Tochter mit Familien zu einer Busreise nach Österreich ein. Für Berthold waren es unvergessliche Tage voller Freude.

Til unterbrach seine Rede, weil der Hauptgang serviert wurde. Sören bekam sein riesengroßes gegrilltes Filet, wir anderen Fisch und Yannis ein Wiener Schnitzel von der Größe einer „Motorabdeckung“, wie Max kommentierte.

Sören rief die Kellnerin mit der Bemerkung zurück, ob sie für den „Schnitzelfresser“ einen Beistellteller bringen könne. Er sei auf Diät und wolle sich die Mahlzeit einteilen, weil hastiges und unkontrolliertes Essen dick mache.

Dieses Mal musste ich Yannis beispringen. Ich grinste in die Runde, um leise zu sagen, dass es sich bei einem Tournedos „um das knochenlose Filet eines Rinderpenis“ handle – wohl wissend, dass es ein stinknormales Filetstück war.

„Guten Appetit, Sören!“, schob ich dann hinterher.

Sören kommentierte bissig, dass es schade sei, dass kein Hirn mehr serviert werde. Es würde mir gewiss nicht schaden.

Als wir uns fröhlich ausgekabbelt hatten, setzte Til seine Erzählung fort: Auf der Rückfahrt nach Deutschland überschlug sich der Reisebus. Von vierzig Insassen starben sieben, Bertholds gesamte Familie. Berthold selbst fiel für Monate ins Koma.

Als er erwachte, war er nicht mehr derselbe. Er konnte nie wieder arbeiten.

Berthold lebte allein in seiner kleinen Wohnung und mit seinem äußerst bescheidenen Frührentenbescheid. Freunde hatte er nicht, dafür war nie Zeit gewesen.

„Das Leben verging einfach, ich hatte kein Glück." So beschrieb Berthold die folgenden Jahre. Höhepunkte gab es nicht, er verließ kaum die Wohnung. Der Rentner las und guckte Fernsehen.

Nach einem „kleinen Schlaganfall", wie es die Ärzte nannten, musste Berthold gehbehindert in ein Pflegeheim. Ihm blieb ein Taschengeld von wenigen Euro die Woche. Besuch hatte er nie.

Irgendwann fiel ihm eine Zeitschrift in die Hand, in der er einen Artikel über eine Frau las, die zu einer Spende für eine Freundin aufrief, deren Haus ausgebrannt war. Irgendwie kam Berthold von dieser Geschichte nicht los. Er nahm sich ein Blatt Papier und schrieb die Redaktion der Zeitschrift an, schilderte sein Leben und seine Situation. Dann legte er ein Passbild von sich bei und schickte den Brief ab.

Mehrere Wochen geschah nichts. Eines Tages dann aber zeigte ihm eine Pflegeschwester die Illustrierte. Bertholds Brief war im vollen Wortlaut abgedruckt und das Foto ziemlich groß gezogen. Es wurde um Hilfe für Berthold gebeten, jegliche materielle Unterstützung sei für ihn ein Segen.

Einen Tag später meldeten sich bei Berthold verschiedene große überregionale Zeitschriften, vier Redakteurinnen und Fotografen kamen, und sogar ein Fernsehsender nahm sich des Themas an.

Til lehnte sich zurück. Er hatte den letzten Bissen seiner Dorade genossen und prostete den anderen zu.

„Könnt ihr euch vorstellen, wie die Geschichte weitergeht?"

Yannis nickte. Mit vollem Mund proklamierte er, dass jetzt alles gut werden würde und Berthold sicher jede Menge Geld bekäme.

„Dein Gemüt möchte ich haben!" Max sah Yannis strafend an. „Ist doch Blödsinn. Die Zeitungen sind voll von derartigen Geschichten.

Sicher ist gar nichts passiert. Das ist jedenfalls meine Meinung, und ich bin nun schon wirklich lange genug dabei, um das einschätzen zu können."

„Entschuldigung, Til würde die Geschichte nicht erzählen, wenn es nicht eine interessante Pointe gäbe", tat auch Sören seine Meinung kund. „Also, die viele Presse wirkte, und Berthold wurde steinreich. Aber Til, da sieht man, dass deine Story nicht durchdacht ist. Seine viele Kohle müsste der arme Mann mit seinem Heim schön teilen, und futsch wären die Mäuse! Nix mit Happy End für Berthold."

„Ihr liegt alle daneben." Til blickte in die Runde. Dann nickte er Sören zu. „Na ja, du hast schon irgendwie recht. Es kamen über vierhunderttausend Euro zusammen."

Sören kaute genüsslich weiter.

„Berthold erreichte diese tolle Nachricht allerdings auf der Intensivstation einer Krebsklinik, wohin er mich gerufen hatte, weil er meine Mutter von früher kannte. Er übertrug mir die Verantwortung, dieses Geld zu verwalten und sinnvoll, am besten für Kinder, einzusetzen. Das ist Bertholds Geschichte, die ich euch nicht vorenthalten wollte. Und sorry, falls ich euch jetzt den Nachtisch verdorben habe. Aber schließlich hat Berthold doch ‚Glück' gehabt. Übrigens, er ist in der vergangenen Woche gestorben, zum Glück hatte er wenig Schmerzen."

Sebastian wälzt sich auf die andere Seite. Er stöhnt und ist völlig durchgeschwitzt.

Stefanie steht auf und holt ihm einen neuen Schlafanzug. Sie muss ihm helfen sich umzuziehen.

Sebastian trinkt wie ein Verdurstender zwei Gläser Leitungswasser, dreht sich schwach auf den Rücken und schläft sofort, laut schnarchend, weiter.

Stefanie legt ihm die Hand auf die Schulter, setzt sich aufrecht, zieht sich den Laptop heran und liest weiter.

„Du hast ein gutes Timing, ich hatte mich gerade auf den Nachtisch gefreut.“ Sören schmiss seine Serviette auf den Teller. „Manche biegen eben falsch ab und haben dann einfach Pech gehabt.“

„Mann, spinnst du?“, rief Yannis entsetzt. „Was ist denn nur mit dir passiert, dass dir solche Geschichten am Arsch vorbeigehen? Manchmal kommst du mir vor, wie ... wie ... wie ein Metzgermeister ohne jegliches Gefühl. Wie kannst du nur Staatsanwalt sein?“

Er zog sein elastisches Stirnband, das er unter der Serviette auf dem Schoß hatte, hervor, spannte es mit den Daumen stramm und schoss es Sören an den Kopf.

Der blieb erstaunlich ruhig.

„Du hast ja keine Ahnung, Dicker“, sagte er und legte es Yannis behutsam auf die Schulter.

Ich wollte die Situation nicht eskalieren lassen, hatte aber auch keine Lust, diese traurige Geschichte weiter zu vertiefen. Deshalb griff ich das Glücksthema wieder auf.

„Ich folge dir nicht ganz, mein lieber Til. Dein ‚Wer Glück hat, hat einfach nur Glück‘ sehe ich nicht ganz so. Meine Meinung ist, dass man es schon ein wenig in der Hand hält, was mit einem passiert. Und ich kann euch ein gutes Beispiel dafür geben. Ich habe mir angewöhnt, dass ich, wenn ich mit dem Auto startbereit bin, einen kleinen Moment bewusst die Abfahrt verzögere. Das mache ich schon lange so. Ich lehne mich zurück, lege die Hände auf das Lenkrad und zähle von zehn rückwärts. Erst dann starte ich den Motor und fahre los."

Max sah mich skeptisch an. „Und was bezweckst du damit? Ich verstehe nicht ..."

„Liegt doch auf der Hand. Ich fordere das Pech einfach nicht heraus."

„Versteh ich nicht, was hat dein Abwarten mit Pech zu tun?", erwiderte Max.

„Denk doch mal nach! Wie oft hört man den Satz ‚Er war zur falschen Zeit am falschen Ort'? Begreifst du? Wenn ich abwarte, habe ich diese Klippe umschifft. Ich bin zu einer späteren Zeit an diesem Ort. Mir kann nichts passieren. Ergo, ich habe für mein Glück etwas getan und habe mögliches Pech abgewendet. Der, der kein Pech gehabt hat, hat doch auch schon Glück gehabt. Oder?"

Die Reaktionen auf meine Worte fielen völlig unterschiedlich aus. Sören sah mich ziemlich irritiert an und zog die Augenbrauen hoch. Max und Til schmunzelten und nickten sich zu, als wollten sie sagen: *Na, der hat sie auch nicht mehr alle!*

Nur Yannis strahlte mich an. Er konnte meiner, sicherlich etwas verschrobenen, Logik offenbar folgen und war froh darüber, dass ich von der traurigen Geschichte abgelenkt hatte und ein anderes Thema aufgriff.

Er sah sich herausfordernd um und fragte in die Runde, wer sich denn mit einer neuen Story anschließen würde, wir hätten ja auch noch den Nachtisch zu erwarten. Dabei schob er seinen Teller neben sich zur Seite und drapierte seine Kuchengabel und den Teelöffel näher an der Tischkante, als wolle er sie für das Dessert schnell einsatzbereit haben.

„Also, wie geht's weiter?"

Max nahm den Ball auf, nicht ohne anzumerken, dass er jetzt eine Situation ganz anderer Art zum Besten geben würde, weil ihm die „ganzen Toten langsam doch auf den Sack gingen".

„Mag ja sein, dass ihr meine Ticks belächelt", meldete ich mich noch mal zu Wort. „Manches hilft mir aber auch im Leben. So Glück und Pech und die Toten betreffend."

Til merkte auf. „Ach so? Erzähl mal."

„Da ist gar nicht so viel zu erzählen. Vorweg, ich bin nicht im eigentlichen Sinne religiös und auch kein Esoteriker. Doch vor einigen Jahren ist meine Mutter gestorben, und seitdem habe ich mir etwas angewöhnt. Oft, wenn es Probleme zu lösen oder Entscheidungen zu treffen gilt, blicke ich zu ihr gen Himmel. Ich bete nicht oder so etwas, aber ich bitte um Unterstützung. Und ich bekomme Antwort."

„Du bekommst Antwort?" Yannis sah mich irritiert und skeptisch an. „Wie meinst du das?"

„Nun, ganz einfach. Ich sage mir, dass ich, wenn es eine Veränderung, möglichst etwas Schönes, am Himmel zu sehen gibt, für mein Problem eine Lösung finde. Und ich beobachte immer solche Signale: Manchmal bricht die Sonne durch, meine liebste Unterstützung. Wolkenformationen zeichnen Bilder, ja, manchmal meine ich sogar das Gesicht meiner Mutter zu erahnen. Dann bedanke ich mich still und mache alles so, wie ich es sonst auch getan hätte."

Sören musterte mich ernst. Seine Antwort hatte ich vorhergesehen.

„Ich kenne da einen befreundeten Psychologen. Frag ihn mal, ob er einen Termin für dich hat." Er wies mit dem Zeigefinger auf Til.

Darauf musste ich nicht antworten. Ich lächelte still in mich hinein und war Yannis dankbar, der mich heimlich mit dem Fuß anstieß.

Max bestellte sich zu seinem Eis einen Cappuccino und einen Grappa. Dann erzählte er seine zweite Geschichte. Das heißt, nein, er las sie vor und berührte uns alle damit. Er las eine Episode, die wir nur zu gut kannten, aber zum Teil schon völlig vergessen hatten. Was wollte uns Max sagen?

„Ein Frosch ist geplatzt, nichts Dramatisches. Hört auf, so ein Gewese zu machen!"

Der zwölfjährige Sören stand auf der Brüstung der Aussichtsplattform des über hundert Meter hohen Kirchturmes und hielt sich lässig mit einer Hand an einer der Stützstreben fest, die den gotischen Turmhelm trugen. Er beugte sich leicht vor, um über die Kante in die Tiefe zu blicken.

„Jetzt krieg dich wieder ein." Sein Blick richtete sich auf Yannis, der an der Backsteinwand zum Turminneren kauerte und heulte. „Der Frosch hat fliegen gelernt. Er ist geplatzt, weil er die Bodenhaftung verloren hat. Und da knallt es dann manchmal ..."

Sören sprang. Er landete genau neben Yannis und riss seinen Freund auf die Füße.

„Jetzt stell dich mal nicht so an, Dicker, das wird dir im Leben noch öfter passieren", schrie er ihn an. „Frösche platzen, wenn sie ein Problem mit der Höhenluft bekommen."

Dann schlenderte Sören bewusst gelassen an Til, Max und mir vorbei und verschwand in der Aufstiegsluke. Den restlichen Tag würdigte er uns keines Blickes mehr.

Dabei hatte unser Ausflug so gut begonnen! Wir fünf hatten uns am Seiteneingang der Kirche getroffen, um die dreihundertsechsundsechzig Stufen gemeinsam hinaufzurennen. Wir hatten testen wollen, wer schneller wäre, dann hatte eine Mutprobe folgen sollen: die Beine hundertvier Meter über den Abgrund zu hängen, sich rückseitig festzuhalten und mit geschlossenen Augen nach vorne zu neigen.

Sören hatte uns dazu angestiftet und dabei getönt, er werde eine Bombe platzen lassen, an die wir uns noch lange erinnern würden.

Max hatte leise gemosert, was das denn solle, und Yannis von einem zum anderen geblickt, um auszuloten, wer sich weigerte. Til hatte behauptet, er sei absolut schwindelfrei, und ich selbst hatte das alles für großen Blödsinn gehalten.

Aber wir waren Freunde, und Mutproben gehörten bei uns Jungs dazu ...

Schon saßen wir außer Puste auf der bescheuerten Balustrade und klammerten uns fest. Minutenlang, kreidebleich mit knallrot angelaufenen, verkrampften Händen an der Brüstung. Auf Kommando von Sören schlossen wir die Augen und beugten uns vor.

Dann löste der seine Hände, stand langsam auf und griff mit dem Arm um die Säule, an der er saß. Er klemmte sich mit der Ellenbeuge um den Stein. Dann fingerte er aus seinem über dem Abgrund hängenden Rucksack eine dicke Kröte heraus, die in seiner Hand die Beine weit ausstreckte.

„Genau, Arsch ist ein gutes Stichwort", triumphierte er, den Blick auf uns gerichtet.

Er schob dem Tier einen Strohhalm in den After und begann, den Frosch aufzublasen. Yannis schrie entsetzt auf.

Sören schleuderte die Kröte über unsere Köpfe in die Höhe. Sie wirkte wie ein gelbgrüner Tennisball mit Beinen. Das dick aufgeblasene Tier stieg in die Luft, dann fiel es, um genau vor Yannis' Gesicht mit einem lauten Knall zu platzen. Yannis ließ sich rückwärts in den Innenraum des Turmumganges fallen und heulte los.

Aus dem Turminnern hörten wir Sören Minuten später laut rufen: „Aufgeblasene Frösche können nicht fliegen, ihr Weicheier!"

Am späten Nachmittag weckt das Telefon Stefanie. Ihr Chef, Dr. Martin Roth, ruft an.

„Leider habe ich schlechte Nachrichten für Sie, Stefanie. Beide Tests sind positiv", teilt er ihr mit. „Wie fühlen Sie sich?"

„Mir geht es gut, ich bin nur erschöpft. Aber meinen Mann hat es schlimm erwischt."

„Die Virenkonzentration bei ihm ist auch extrem hoch. Sie müssen beide in Quarantäne, Ihr Mann vermutlich sogar in ein Krankenhaus. Sie haben in den letzten Wochen Übermenschliches geleistet. Vielen Dank dafür. Ich habe eben mit Frau Doktor Jana Berndt, der Oberärztin der neueingerichteten Corona-Station der Rostocker Universitätsklinik, gesprochen. Sie ist bereit, unsere Tests mit Patienten zu unterstützen."

„Jana Berndt ist eine Freundin aus Schul- und Studienzeiten. Ich werde sie gleich anrufen und bitten, meinen Mann und mich aufzunehmen. Dann kann ich vor Ort mit den Patienten die Tests besprechen und durchführen. Das ist doch ideal."

„Wenn Sie sich dazu in der Lage fühlen, wäre das für alle ein Gewinn. Aber denken Sie in erster Linie an Ihre Gesundheit. Unterschätzen Sie die Krankheit nicht."

„Es geht mir gut, und die Ärztin wird auf mich aufpassen. Ich melde mich morgen bei Ihnen, damit wir alles besprechen können. Ist Ihnen das recht?“

„Sehr sogar, Stefanie. Ruhen Sie sich aus. Bis morgen.“

„Bis morgen.“

Sofort telefoniert Stefanie mit Jana. Es dauert eine Weile, bis die Freundin an den Apparat geht. Stefanie berichtet von ihrer und Sebastians Erkrankung, schildert die Symptome ihres Mannes und bittet Jana darum, sie beide aufzunehmen.

„Magst du Sebastian nicht allein lassen?“

„Das auch, aber vor allem könnte ich vor Ort die klinische Erprobung unseres Serums durchführen. Doktor Roth sagte mir, er habe mit dir gesprochen.“

„Hat er“, bestätigt Jana. „Wenn es dir so gut geht, dass du uns hier helfen kannst, wäre das eine großartige Entlastung für uns.“

„Ich bin ziemlich beschwerdefrei.“

„Gut, dann schicke ich euch einen Krankenwagen. Der ist so in einer halben Stunde da.“

Hektisch schmeißt Stefanie Kleidung, Waschzeug und Schlafanzüge in eine Reisetasche. Dann weckt sie ihren Mann.

„Wir fahren gleich in die Uniklinik zu Jana. Wir sind beide positiv. Du hattest recht, und ich habe dich hängen lassen. Tut mir leid. Ich bleibe bei dir, gehe mit auf Station. PierstockMed hat ein Serum, das Covid-19 heilen kann. Wir werden es an Janas Patienten testen. Wir reden noch in Ruhe darüber. Jetzt sag mir bitte, was von dir unbedingt mit ins Krankenhaus muss. Zahnbürste und Rasierapparat habe ich schon.“

„Tablet.“

„Hier."

„Netzteil?"

„Ja, richtig, hätte ich vergessen, auch die Aufladekabel für die Handys."

Stefanie stellt sich mitten auf den Flur und schaut sich um. Ist in der Wohnung noch etwas zu tun? Sie wird mindestens zwei Wochen nicht nach Hause kommen.

Hastig gießt sie die Pflanzen, schaut in den Kühlschrank und legt einiges in die Tiefkühltruhe. Frisches Obst, Gemüse, Brot und Brötchen kommen in eine Tüte, die stellt Stefanie auf den Flur und ruft ihre Nachbarin an. Ihr erklärt sie die Situation und bietet ihr die Lebensmittel an.

„Auch wenn wir infiziert sind, eine Ansteckung auf diese Weise ist ziemlich unwahrscheinlich."

„Würde nichts ausmachen, wir sind auch in Quarantäne. Mein Mann hat sich nicht wohlgefühlt und wurde getestet. Positiv."

„Gute Besserung!"

„Euch auch!", wünscht die Nachbarin.

Sebastian ist aufgestanden und hat sich ächzend angezogen.

„Ich will nicht im Schlafanzug in die Klinik gefahren werden", erklärt er der erstaunten Stefanie.

Wenig später klingelt es. Männer in Schutzanzügen und mit Trage stehen vor der Tür. Sie helfen Sebastian, sich hinzulegen, und schnallen ihn an.

Stefanie nimmt Reisetasche und ihren Stadtrucksack, wirft ihren Mantel über. Mit dem Schlüssel in der Hand schaut sie in die Wohnung zurück.

Plötzlich bekommt sie Angst, und Tränen schießen in ihre Augen, die sie schnell wegwischt. Sie verschließt die Tür und folgt den Sanitätern die Treppe hinab in den Krankenwagen.

In der Uniklinik werden sie sofort auf die Corona-Station gebracht. Alle Ärzte, Schwestern und Pfleger laufen in Schutzanzügen, mit Gesichtsmasken und Schutzbrillen umher.

„Wie in einem Katastrophenfilm", meint Sebastian.

„Das ist leider kein Film", entgegnet Jana, die zu ihnen getreten ist. Sie öffnet die Tür zu einem Krankenzimmer, lässt Sebastian hineinfahren und weist einen Pfleger an, ein zweites Bett zu bringen. „Du legst dich sofort hin, Sebastian, ich bin gleich zurück und untersuche dich."

Eine Schwester kommt und reicht Sebastian ein Fieberthermometer. Jana horcht Sebastians Lunge ab und ordnet einen Rachenabstrich sowie Blutproben bei beiden an.

„Hast du bereits irgendwelche Medikamente genommen?", fragt sie dann.

„Ja, Paracetamol, Ibuprofen, etwas gegen Reizhusten, Schlaftabletten und Erkältungssaft", antwortet er wahrheitsgemäß.

„Deine Lunge ist bereits angegriffen", stellt Jana fest. „Wir werden deine Atmung unterstützen, dafür bekommst du eine Nasenbrille. Das ist eine Sauerstoffbeatmung über die Nase."

Jana geht, und Stefanie setzt sich zu Sebastian.

„Rufst du meine Mutter an und sagst ihr Bescheid?", bittet er sie.

„Natürlich. Jetzt entspann dich und schlaf. Du bist hier in den allerbesten Händen."

Sanft streichelt Stefanie die Stirn ihres Mannes. Der schließt die Augen und ist wenig später eingeschlafen.

Seine Frau startet das Tablet und lädt sich Sebastians Erzählung mittels Übertragung mit zwischengekoppeltem Handy herunter. Sie scrollt und liest dort weiter, wo sie zu Hause geendet hat.

Die Geschichte lenkt sie ein wenig von ihrem schlechten Gewissen ab. Wie konnte sie den Test für ihren Mann nur so lange hinauszögern?

Max sah zu Sören hinüber. Der begann sich aufzublasen. Ihm schwoll der Kamm! Das Gehörte hatte ihn stark getroffen, und er wollte sich Luft machen.

Die anderen - das sah Max aus den Augenwinkeln - grinsten. Nur Yannis hatte etwas beschämt die Augen niedergeschlagen und erlebte die für ihn peinliche Szene in Gedanken erneut.

Noch bevor aber einer der Männer überhaupt reagieren konnte, sprach Max weiter. Sörens bevorstehenden Wutausbruch stoppte er mit einem starren Blick, zusammengezogenen Augenbrauen und einer ausgestreckten Hand. Es sah aus, als wolle er einen auflaufenden Bullen bremsen. Er begann sofort zu reden:

„Das war nur eine kurze Zwischengeschichte. Lasst sie sacken und denkt mal drüber nach." Und dann beschwörend: „Bitte nicht diskutieren!"

Er räusperte sich kurz.

„Undank ist der Welten Lohn! So sagt man doch wohl? Und ich kann das nur bestätigen. Seit Jahren bin ich im Umweltschutz aktiv und begleite journalistisch verschiedenste Aktionen in ganz Deutschland, die mir am Herzen liegen. Kreuzottern haben es mir dabei ganz besonders angetan. Das sind zwar keine Kuscheltiere, aber sie sind bei weitem nicht so schlecht wie ihr Ruf. Vor allem gibt es viel weniger Todesfälle nach Kreuzotterbissen als gemeinhin vermutet.

Ich jedenfalls liebe es, diesen tagaktiven Kameraden mit der Kamera nachzujagen und sie vor allem dann zu fotografieren, wenn sie, dank ihrer abgespreizten Rippen, ihre Körperfläche vergrößern, um so viel Wärme durch die Sonne aufzunehmen wie irgend möglich."

Während Max sprach, hatte er sein Smartphone aus der Hosentasche gezogen und sich durch das Menü gescrollt, um eine Fotoserie der Schlange in die Runde zu geben.

Yannis nahm ihm das Gerät mit spitzen Fingern ab, als erwarte er, eine der Schlangen werde ihn aus dem Display heraus beißen.

„Die ovoviviparen Reptilien werden in unseren Breiten durchschnittlich fünfzig bis siebzig Zentimeter lang. Kreuzottern gehören zu den wenigen Reptilien, die ihre Eier im Mutterleib ausbrüten und sich damit im Übrigen recht ordentlich an unsere kühlen Gefilde angepasst haben. Fünf bis zwanzig Jungtiere kommen auf einmal zur Welt und beginnen, sich auf die Jagd zu schlängeln und Frösche, Eidechsen und andere kleine Tiere zu fangen. Sie injizieren mit einem Biss eine Giftladung, verfolgen ihr Opfer und verschlingen ihre Beute anschließend im Stück, meistens mit dem Kopf voran."

Til merkte auf. „Und der Biss der Schlangen ist doch auch für den Menschen tödlich? Ich meine gehört zu haben, dass es auf Hiddensee vor einigen Jahren viele Verletzte und Tote nach Angriffen gegeben hat?"

„So ein Quatsch!", ereiferte sich Max. „Genau das ist der Grund, weshalb ich vieles über die Tiere dokumentieren und veröffentlichen möchte. Ja, es gab etliche Bisse in etwa sechs bis sieben aufeinanderfolgenden Jahren auf der Insel. Aber tödlich war keiner. Ein

Erwachsener mit fünfundsiebzig Kilogramm Körpergewicht müsste angesichts der Giftmenge einer Schlange von etwa fünf bis sechs der Vipern gebissen werden. Todesfälle sind absolut die Ausnahme, wenn die Gebissenen nicht alt oder krank sind."

„Schöner Vortrag, wieder was gelernt", hakte Sören erneut ein. Er sah zum Nebentisch und fragte das dort sitzende junge Pärchen: „Oder?"

„Und wie geht's weiter, wann wird's endlich spannend?"

„Sich bedroht fühlende Kreuzottern fliehen und verstecken sich hinter Büschen, in der Erde oder unter Steinen. Haben sie dazu keine Möglichkeit, richten sie sich auf, zischen und drohen. Das ist allerdings relativ selten. Meistens sind die Schlangen schon weg, wenn man auch nur in ihre Nähe kommt.

Seit über einem Jahrzehnt bin ich nun auf dem Ostzingst aktiv. Ich begleite sowohl Küstenschutzarbeiten als auch Renaturierungen und dokumentiere deren Fortgang. Und im Nationalpark hatte ich auch immer wieder Gelegenheit, Kreuzottern zu fotografieren.

Im vergangenen Jahr war ich im August auf Pirsch. Leider hatte ich noch keine Gelegenheit gehabt, Schlangen zu fotografieren, außer einer Ringelnatter, die in einem Tümpel badete.

Nun, jetzt aber zu meinem Ausgangssatz: Undank ist der Welten Lohn!

Auf dem Ostzingst bin ich selbst ins Grübeln gekommen. Mittags hatte es eine kräftige Erbsensuppe aus der Gulaschkanone gegeben, die mir auf den Magen geschlagen war. Ich musste raus aus dem Auto und hinter die Büsche. Gerade noch so geschafft ...

Als ich die Nadelstiche bemerkte, war es zu spät. Kein Zischen, kein Aufrichten, gleich der Biss!

Vor lauter Schreck sprang ich auf den Deichweg. Es muss für meine Kollegen der Pressefahrt ein Gaudi oder aber der blanke Horror gewesen sein. Die Schlange hatte sich in mein, in meinen ... verbissen und pendelte hin und her.

Das Tier war ein eher kleines Exemplar. Ich stand auf dem Weg mit heruntergelassener Hose. Dann wurde ich ohnmächtig und erwachte im Krankenhaus."

„Das ist dir selbst passiert, ich fasse es nicht." Yannis schlug sich prustend auf die Oberschenkel. „Eine Giftschlange, igitt, ich wäre gestorben vor Angst! Kannst du nachts schlafen, oder hast du Albträume? Wie furchtbar ist das denn? Die Geschichte ist wahr, so was kann sich ja gar keiner ausdenken. In den ... echt, das kann sich keiner ausdenken."

„Jetzt krieg dich mal wieder ein, Dicker. Er sitzt doch noch lebendig vor uns, der Schlangenbeschwörer. Hat ihm also nicht geschadet. Und Schlangengift ist gut für die Gelenke." Sören mal wieder. „So, Jungs, jetzt macht mal Schluss mit den Geschichten für diesen Mittagstermin, euer Staatsanwalt muss ein wenig ruhen, jedenfalls in Gedanken. Vielleicht sollten wir jetzt eine kurze Pause voneinander machen, ein bisschen spazieren gehen und uns erholen."

Sören zahlte seine Rechnung, bereitete sich eine seiner dicken Zigarren vor, griff sich seinen Mantel und entzündete die Montecristo sofort, was Empörung bei den Gästen an den Nachbartischen hervorrief. Dann schlenderte er langsam durch die Tischreihen Richtung Ausgang.

„Tschüss, Männer. Bis um drei im *Café am Strom*."

Sören hinterließ eine blaue, aromatische Qualmwolke im Restaurant.

Wir anderen machten uns ebenfalls auf den Weg. Til, Max und ich nahmen uns vor, auf der Mole frische Luft zu schnappen, und Yannis beabsichtigte, seine Großtante im Seniorenheim zu besuchen.

Langsam strebten wir drei Verbliebenen dem Molenkopf zu und genossen Wind, Wellen und Möwen.

„Wir sind von morgens bis abends zusammen, reden die ganze Zeit, und es gibt keinen grundsätzlichen Streit“, stellte Max fest. „Ich hätte das nicht für möglich gehalten, war schon am Abwägen, ob ich mir das überhaupt antue in diesem Jahr.“

Er sprach mir aus der Seele.

„Wisst ihr, worauf ich mich am meisten freue? Auf die Auflösung der Geschichten“, ergänzte Til. „Sicherlich wird das Wenigste wahr gewesen sein – ich bin nicht so naiv wie unser kleiner, dicker Kunsthistoriker –, aber mich interessieren die Hintergründe, wie ihr alle auf eure Geschichten gekommen seid. Mein Vorschlag wäre, dass wir uns für die Auflösung einen tollen Ort suchen.“

„Das müsste etwas Prägnantes sein.“ Ich überlegte.

„Genau.“ Til nickte. „Wenn wir diesen letzten Termin der Reise und das Lüften der Geheimnisse mit etwas Herausragendem verbinden, kann das ein Erlebnis werden, an das wir alle noch viele Jahre zurückdenken.“

„Herausragend?“ Mir fiel etwas ein. Ich hob die Hand, drehte mich mit großer Geste um und wies auf den Leuchtturm. „Wir sollten alle gemeinsam morgen auf den Leuchtturm steigen und dort oben erklären, welche der Erzählungen wahr und welche falsch waren.“

„Sehr gut, an so etwas hatte ich gedacht!“ Til freute sich sichtlich. „Das ist ja an Symbolik für etwas Großes kaum zu übertreffen. Ich denke, das versteht sogar unser Kind gebliebener Wissenschaftler, und auch der miesepetrige Grobian kann dem etwas abgewinnen. Gute Idee, das wird in der Tat herausragend."

Wenig später kamen wir im *Café am Strom* an und trafen dort auf Yannis.

„Da hab ich mir gerade an dem Kutter da vorn ein Fischbrötchen mit Aal gekauft, kommt so eine fiese Möwe von hinten im Sturzflug an und klaut es mir", empörte er sich. „Das war echt lecker gemacht, mit Salat, und das Brötchen war auch knusprig. Gemein!" Yannis schmollte.

Sören war inzwischen dazugekommen und foppte Yannis sofort wieder.

„Geh doch schnell zurück, und hol dir ein neues. Das kann einem ja wirklich leidtun. Und frag, ob du es ersetzt bekommst. So geht das schließlich nicht, auch rechtlich gesehen ..."

Er wandte sich zurück, verdrehte die Augen und zog den Mund grinsend schief, als wolle er sagen: *Passt auf, wie er antworten wird.*

Und prompt reagierte Yannis. „Meinst du? Aber es geht ja auch nicht, einfach geklaut. Wartet ihr?"

„Kommt, lasst uns in das Café gehen. Wir warten, bis du wieder da bist, Yannis, und bestellen dir ein Weinchen mit. Vielleicht darfst du dein Fischbrötchen ja auch im Lokal essen."

Irgendwie musste ich mich auf die Seite von Yannis schlagen. Viele unserer Späße richteten sich gegen ihn, dabei zeigte gerade er sich immer als der Gutmütige.

Das war schon in der Schule so gewesen und hatte sich nie geändert. Yannis war stets arglos, und wir alle konnten kaum nachvollziehen, dass er einem Team mit mehreren Mitarbeitern vorstand, die ihn akzeptierten. Vertrugen sich wissenschaftliche Brillanz, kindlich naives Gemüt und Führungsqualität?

Offensichtlich ja, denn unser Kunstwissenschaftler verfügte über wissenschaftliche Reputation im Ausland und hatte sich einen Namen gemacht. Kaum zu fassen!

Yannis strebte mit großen Schritten dem Kioskschiff zu. Dabei ließ er die kreisenden Möwen keine Sekunde aus den Augen.

„Habt ihr sie gesehen? Das waren sie, die gierigen Vögel", signalisierte er uns.

Unser staunendes Hinterherschauen entlud sich in einem Lacher.

„Yannis, ach Yannis!"

ACHTER TAG

Es ist hell im Zimmer. Stefanie reibt sich die Augen. Die Frühlingssonne strahlt in das nach Osten hinausgehende Fenster des Krankenzimmers. Während Sebastian bereits am frühen Morgen Fieber messen und Medizin schlucken musste, hat man seine Frau auf Anweisung der Oberärztin schlafen lassen.

Es geht ihr gut, stellt Stefanie fest. Ein schwaches Kratzen im Hals, mehr nicht.

Sie schaut zu Sebastian hinüber, ruhig liegt er in seinem Bett.

Es klopft an der Tür. Man hört leise das Atemgerät, das Sebastian durch die Nase mit Sauerstoff versorgt. Eine Schwester bringt das Frühstück, das sich die Patienten am Vorabend ausgesucht haben. Ein Müsli mit Obst für beide, dazu Kräutertee.

Stefanie bleibt zunächst liegen, steht erst nach dem Essen auf und zieht sich an. Sebastian wird von den Geräuschen im Bad wach. Stefanie küsst ihren Mann auf die Stirn, hilft ihm beim Aufrichten und Aufstehen.

Er geht auf die Toilette, wäscht sich, putzt die Zähne und fühlt sich dennoch nicht erfrischt. Von dem Müsli isst er vor allem das Obst. Wenig später schläft er bereits wieder.

Stefanie bekommt das WLAN-Passwort und die Erlaubnis zu telefonieren.

Als Erstes ruft sie ihren Chef an. Nachdem er sich nach dem Gesundheitszustand seiner Mitarbeiterin und ihres Mannes erkundigt hat, erklärt er ihr das weitere Vorgehen.

„Doktor Berndt entscheidet, mit welchen Patientinnen und Patienten Sie wegen der Zustimmung zu unserem Test reden dürfen. Liegt ein entsprechender Notfall und eine Zustimmung des Kranken vor, teilen Sie uns die relevanten Angaben zu der Person mit. Wir mischen das Serum an. Ein Kurierfahrer bringt das fertige Mittel in die Klinik. Dort erhält es Frau Doktor Berndt. Nur nach Erlaubnis durch einen weiteren Arzt, einem Lungenspezialisten, darf eine Patientin oder ein Patient das Serum injiziert bekommen. Keine Alleingänge, Stefanie! Auch nicht bei Ihrem Mann!"

„Nein, natürlich nicht."

„Sollte das Serum nicht sofort eingesetzt werden, verschließt Frau Doktor Berndt es im Giftschrank. Soweit alles klar?"

„Ja."

„Ein Kurier wird einen Firmenlaptop für Sie abgeben. Nutzen Sie keinen privaten Computer für die dienstlichen Angelegenheiten."

„Nein", verspricht Stefanie.

„Bevor jemand an unserem Test teilnimmt, muss er eine Einverständniserklärung unterschreiben."

„Natürlich."

„Diese Erklärung schicke ich per E-Mail, Stefanie. Gründlich lesen! Sie können mich jederzeit anrufen oder mir mailen, wenn Sie Fragen haben. Jederzeit, hören Sie? Sollte es Ihnen schlechter gehen, sagen Sie Bescheid, dann finden wir andere Lösungen."

„In Ordnung."

„Nun können wir nur noch hoffen, dass sich alles so entwickelt, wie Sie und wir es uns wünschen. Und denken Sie daran: Wir befinden uns in einer rechtlichen Grauzone – so frühe Tests an Menschen sind eigentlich nicht zugelassen. Aber wir müssen es riskieren. Ich denke an die vielen Wissenschaftler mit ihren mutigen Selbstversuchen. Wir sind in einer Ausnahmesituation. Punkt."

„Ich sehe das genauso, wie Sie wissen."

Ehe der Kurier da ist, ruft Stefanie noch Sebastians Mutter an.

„Ich wusste es gleich, dass der Junge Corona hat", behauptet sie. „Er hörte sich furchtbar an und redete vom Tod. Stefanie, du musst seine Gesundheit ernster nehmen! Er ist eben sensibler und anfälliger als du."

„Er ist hier in den besten Händen. Und ich bin auch da und passe auf ihn auf. Versprochen."

„Und ich kann nicht mal zu ihm!", klagt seine Mutter. „Hat er auch alles, was er braucht? Wenn er krank ist, koche ich ihm immer Hühnersuppe, wie du weißt. Wir können ihn zwar nicht besuchen, aber Hühnersuppe könnte ich doch an der Krankenhausrezeption für ihn abgeben."

„Nein, Hanna. Bleibe zu Hause, komm nicht hierher. Das ist viel zu gefährlich für dich. Ich rufe euch regelmäßig an und halte euch auf dem Laufenden. Seid vorsichtig! Bis bald."

Stefanie atmet hörbar aus. Es ist für sie stets schwierig, mit der Schwiegermutter zu reden. Heute aber hat sie sich regelrecht gefürchtet und unendliche Vorwürfe erwartet.

Schnell wählt Stefanie Annes Nummer.

„Hi, Anne, nur ganz kurz. Sebastian und ich haben Covid-19. Wir sind beide in der Uniklinik. Mir geht es gut. Ich will hier die klinischen Tests meiner Firma durchführen. Sebastian hat hohes Fieber, Husten und Nervenschmerzen."

„Das tut mir leid. Dann war es also doch keine eingebildete Krankheit.“

„Nein, diesmal nicht. Ich hätte es merken müssen, Anne. Aber ich war zu sehr damit beschäftigt, ein Heilserum zu finden. Andere Gedanken habe ich beiseitegeschoben. Vielleicht ginge es Sebastian schon viel besser, wenn er bereits vor Tagen in die Klinik gekommen wäre. Ich mache mir solche Vorwürfe!“

„Was hätten die Ärzte denn tun können? Richtige Medikamente haben die doch gar nicht. Und ihr? Du sagtest was von klinischen Tests?“

„Ja, wir haben ein Serum entwickelt, das wir schon an Kranken testen wollen. Natürlich nur an denen, die zustimmen. Ich ruf dich später noch mal an. Die Oberärztin, meine Freundin Jana – du kennst sie von den Geburtstagspartys –, winkt.“

„Ich drücke euch die Daumen.“

Dr. Jana Berndt überreicht Stefanie den Firmenlaptop.

„Ich mache jetzt meine Visite“, erklärt sie. „Danach reden wir miteinander.“

Stefanie geht zu Sebastian, der immer noch schläft und erst wach wird, als die Ärztin mit zwei Kollegen und einer Schwester ins Zimmer tritt. Jana stellt die Ärzte vor und befragt Sebastian nach seinem Befinden.

„Hals, Kopf, Herz und Lunge tun weh. Jede noch so kleine Bewegung schmerzt. Ich möchte nur noch schlafen und gar nicht mehr aufwachen.“

„Das Letzte haben wir nicht gehört. Du bist hierhergekommen, um gesund zu werden, nicht, um zu sterben. Wir alle kümmern uns um dich. Du musst uns vertrauen und mitmachen. Keine solchen negativen Gedanken mehr!“

Der Patient nickt matt, dann schläft er wieder ein.

Stefanie öffnet den Firmenlaptop und loggt sich in das Uni-Netzwerk ein. Gleich erhält sie die E-Mail mit der Einverständniserklärung.

Sie kennt solche Erklärungen von anderen Mitteln, die sie entwickelt haben. Aber diese ist, wegen des viel größeren Risikos, drei Seiten lang und macht Angst.

Stefanie gerät ins Grübeln. PierstockMed sichert sich nach allen Seiten ab, offenbar haben die Juristen Überstunden geschoben. Die verschachtelten und mit Fachjargon gespickten Sätze kann kein normaler Patient verstehen.

Stefanie ruft ihren Chef an.

„Ich habe die Patientenerklärung erhalten und kann verstehen, dass alles wasserdicht formuliert werden muss. Doch nicht mal ich begreife alles, wie soll es dann ein Nicht-Mediziner?“

„Ich hatte die gleichen Bedenken. Unsere Juristen haben mir eine Liste mit Erklärungen zu den einzelnen Punkten zugeschickt, die leite ich an Sie weiter.“

„Danke.“

Stefanie druckt die „Patienteneinverständniserklärung zur Injektion eines im Versuchsstadium befindlichen Heilserums gegen Covid-19 der PierstockMed GmbH Rostock“ aus. Die angekündigte Liste dann ebenfalls.

Das ist wirklich ziemlich illegal, was sie hier machen wollen. Doch diese besonderen Bedingungen erfordern Wagnisse. Wenn hier was schiefgeht, ist sie mitten im Auge des Orkans.

Sie versucht sich zu beruhigen, liest Zeile für Zeile, schaut in die Erklärungsliste und überlegt, wie sie das Geschriebene ihren Patienten erklären würde. Dann gibt sie die Unterlagen an Jana, die jedoch im Moment keine Zeit hat.

Inzwischen ist Sebastian wach geworden. Stefanie setzt sich zu ihm aufs Bett.

„Schatz, wie fühlst du dich?“, erkundigt sie sich.

„Gar nicht so schlecht. Hol mal das Tablet, und lass uns gucken, was es Neues gibt.“ Sebastian schaut auf den Bildschirm. „Sieh, Johannes B. Kerner ist wieder gesund.“

„Dafür hat sich Boris Johnson nun angesteckt, sein Gesundheitsminister auch. Prinz Charles hat es ja schon länger.“

„Da bin ich ja in nobler Gesellschaft.“

„Und besser als du werden die alle nicht behandelt, glaub mir“, versichert sie. „Hör mal, ich habe dir ja gestern schon gesagt, dass wir ein Serum haben. Würdest du im Notfall eine Injektion wollen?“

„Wärst du an meiner Stelle, würdest du zustimmen?“

„Wenn es schlimmer würde, ja.“

„Gut, ich vertraue dir.“ Sebastian mimt trotz seiner Krankheit den Zyniker: „Mit dem Test war ich der Letzte, und jetzt gehe ich allen voran!“

Er guckt Stefanie sofort schuldbewusst an und streicht ihr sanft über den Arm, er hat die Traurigkeit in ihren Augen gesehen.

„Dann lass mich dir einiges dazu erklären“, beginnt sie. „An dem Serum arbeiten wir schon länger. Es ging um die Heilung von Lungenkrankheiten im Allgemeinen. Als die Chinesen von dem neuartigen Virus berichteten, haben wir damit begonnen, unser Serum zu überarbeiten. Wir nahmen immer nur kleine Änderungen an der Zusammensetzung vor und testeten die dann gleich im Tierversuch. Was wir jetzt haben, überzeugt uns in jeder Hinsicht. Normalerweise kämen nun Tierversuche unter standardisierten Bedingungen, danach klinische Studien, ebenfalls nach festgelegten Modi. Es müssen außerdem Wechselwirkungen mit anderen Arzneien, Dosishöhe in Abhängigkeit vom Gewicht, von anderen Erkrankungen und so weiter untersucht werden."

„Das, was immer auf den meterlangen Beipackzetteln steht?"

„Genau. Das dauert aber in der Regel viele Jahre. Ist alles positiv gelaufen, lässt das Bundesinstitut für Arzneimittel und Medizinprodukte das Medikament für Deutschland zu. Eine solche Zulassung ist für das Serum noch nicht vorhanden. Es gibt aber so etwas wie ein Schlupfloch, denn das Serum besteht ausschließlich aus zugelassenen Medikamenten. Wegen der Ausnahmesituation und der guten Beziehungen unserer Firmenleitung haben wir eine eingeschränkte Erlaubnis zu vorgezogenen Tests erhalten. Dennoch ist das für unser Unternehmen mit einem großen Risiko verbunden, deshalb sichert man sich mit einer Erklärung, die die Testpersonen unterschreiben müssen, ab. Mein Chef hat sie vorhin geschickt. Lies sie einfach erst einmal durch: Sie wird dich schockieren, so wie dich die Beipackzettel immer verunsichern. Aber sie klingt noch viel bedrohlicher."

Sebastian liest die lange Erklärung, dann lässt er die Blätter sinken.

„Bleibende Schmerzen, Schädigung von Lunge, Herz, Nieren, Organverluste, Totalversagen aller Organe …", fasst er zusammen.

„Das geht doch viel einfacher. Dort bräuchte nur zu stehen: *‚Ich bin mit meinem Tod einverstanden, PierstockMed trifft keinerlei Schuld.‘*“

Stefanie lächelt gequält. „Es klingt furchtbar. Aber die Beschreibung der positiven Wirkung und der gesundheitlichen Effekte, die das Serum bewirken wird und von denen wir überzeugt sind, ist gute hundert Seiten lang.“

„Was meinst du denn, wie schlecht es mir gehen muss, damit das Serum gespritzt wird?“

„Das entscheidet Jana. Sie holt noch einen Lungenspezialisten dazu.“

„Und wer injiziert es mir?“, will Sebastian wissen. „Du?“

„Wenn du das möchtest, dann mache ich es.“

„Ich vertraue dir. Gib mal einen Stift, ich unterschreibe, noch kann ich das.“

„Hast du gelesen, dass du zehntausend Euro für die Teilnahme an der klinischen Studie bekommst?“

„Ja. Dann brauche ich keine Unterstützung vom Staat mehr, sollte ich es überleben. Ansonsten bin ich tot, aber reich, und du kannst eine Luxusbeerdigung organisieren.“

Wieder lächelt Stefanie betreten. „Es wird alles gut gehen, Schatz.“

Sebastian runzelt die Stirn. „Da fällt mir noch etwas ein. Du brauchst eine generelle Vollmacht, und meine Patientenverfügung liegt zu Hause bei unseren Papieren. Lass uns das noch aufsetzen. Du kannst es hier doch ausdrucken.“

Auf dem Tablet sucht Sebastian, der sich bereits bei jeder Erkältung mit diesen Papieren beschäftigt hat, mühsam und quälend langsam entsprechende Formulare heraus. Gemeinsam gehen sie die einzelnen Punkte durch, wählen passende Aussagen aus und tragen Angaben ein. Sebastian ist ganz ruhig dabei, aber Stefanies Herz schmerzt.

Wenn all das nötig wird, wenn Sebastian es nicht schafft ...

Schnell verbietet sie sich diese Gedanken.

Nach dem Mittagessen und der zweiten Visite bleibt die Oberärztin einen Moment bei Stefanie. Sebastian schläft.

„Ich habe die Erklärung gelesen, die ist wasserdicht. Da wird kein Patient oder Angehöriger vor Gericht etwas erreichen. Umso wichtiger ist es, dass du mit den Kranken in Ruhe sprichst und ihnen die Risiken genau verdeutlichst. Wir haben allerdings außer Sebastian nur einen weiteren, sehr stabilen Risikofall hier. Das kann sich aber schnell ändern, und dann wird es eng. Schon jetzt arbeiten wir am Limit, einige Ärzte, Schwestern und Pfleger fehlen, weil sie in Quarantäne sind. Wir anderen haben alles neu strukturiert, Schichtdienste machen wir immer mit einem kompletten Team, damit wir keinen Totalausfall erleiden. Schlimmer ist, dass elementare Mittel, Atemschutzmasken und Schutzkleidung fehlen."

Sie seufzt.

„Es gibt aber auch Lichtblicke", fährt Jana dann fort. „Unsere hauseigene Apotheke stellt jetzt Desinfektionsmittel her. Die haben noch so einen alten Kessel. Not macht erfinderisch. Positiv ist auch, dass wir weitere Beatmungsgeräte bekommen. Es haben sich schon achtzig Schwestern und Pfleger freiwillig gemeldet, die sich für ihre Bedienung qualifizieren lassen wollen. Hier an der Uni geht alles noch, aber die niedergelassenen Ärzte kommen jeden Tag mit Infizierten in Berührung. Sie alle arbeiten trotz des

Risikos. Es ist wirklich erstaunlich, welches Mitgefühl und welchen Willen zu helfen, diese Krise freisetzt."

„Ja, manchmal dachte man schon, wir wären eine Gesellschaft von Egoisten. Zum Glück stimmt das so nicht. Aber sag, wie geht es deiner Familie?", erkundigt sich Stefanie. „Alle gesund?"

„Ja, Andreas arbeitet zu Hause und betreut unsere zwei Kleinen. Er macht das gut, hat einen festen Tagesplan mit dem Großen aufgestellt, Essenszeiten, Schulaufgaben, im Garten spielen, Computer- und Fernsehnutzung. Der Kleine ist schwieriger, der muss mehr beschäftigt werden. Sein Homeoffice macht Andreas meistens abends. Das ist alles sehr anstrengend. Ich weiß nicht, wie lange wir das durchhalten."

„Bei meinem Bruder und seiner Familie ist es ähnlich."

Jana erhebt sich. „Ich muss zu einer Beraterrunde der Klinikleitung. Wird seit heute per Video durchgeführt."

Als sie das Zimmer wieder verlassen hat, telefoniert Stefanie erneut mit ihrem Chef.

„Hier ist nur ein weiterer Patient auf der Intensivstation. Das ist schön, aber für uns zu wenig."

„Ich weiß, ich habe auch die Greifswalder und einige andere größere Kliniken in Mecklenburg-Vorpommern informiert. Es sind zurzeit zwanzig Patienten in Krankenhäusern, vier auf Intensivstationen. Wir werden auch die Hamburger einbeziehen. Von dort kam bereits eine Anfrage."

Sebastian öffnet die Augen. „Komm setzt dich zu mir. Ich möchte dir noch eine von meinen Geschichten vorlesen."

„Soll ich das nicht besser tun?"

„Mit diesem Sauerstoffdoping bekomme ich mehr Luft als die letzten Tage. Ich lese. Wer weiß, ob ich das später jemals wieder kann."

Im *Café am Strom*, das wir schon von früher gut kannten, angekommen, bezogen wir – wie in alten Zeiten – einen Tisch im oberen hinteren Bereich. Wir hegten die Hoffnung, dass sich Touristen vorn an der Tür platzieren würden, um den Trubel am Strom zu beobachten. Hier wäre auch der ideale Ort, um noch die eine oder andere Geschichte zu hören.

Wir alle waren von der ruhigen Stimmung des Tages eingenommen. Das nachösterliche Wetter war herrlich! Die Sonne schien, wir waren leicht beschwingt und freuten uns auf den Rest des Tages.

Tilman blickte sich um.

„Also, wenn ihr noch ein bisschen Zeit und Lust habt?", ergriff er das Wort. „Ich meine, ich habe nichts aufgeschrieben wie Malte, aber eine Geschichte hätte ich noch."

Sein Blick blieb bei Sören hängen.

„Oder willst du erst noch einmal?", fragte er ihn. „Vielleicht ist meine Erinnerung – meine Erzählung, meine ich natürlich – auch nicht so interessant für euch ..."

„Mach du nur!" Sören winkte generös ab, immer noch der alte Stinkstiefel. „Ich frage mich ohnehin schon lange, was du mit deinen Kuschelfreunden auf der Couch immer so zu bereden hast. Und mit den Mädels erst! ‚Darf ich mich zu Ihnen auf die Kante setzen?'"

Er schloss die Augen und lehnte sich zurück. Dabei kaute er auf seiner erloschenen Zigarre herum, die er hier im Café nicht weiterrauchen durfte.

Als alle mit Getränken versorgt waren und auch Yannis mit seinem neuen Fischbrötchen wiederaufgetaucht war, machte sich Til bereit. Er kippelte ein wenig nervös auf seinem Stuhl hin und her. Fast schien es, als sortiere er seine Gedanken.

Yannis hatte sich vom Personal einen Teller für seinen Fisch erbeten, gleichzeitig aber ein großes Stück Torte bestellt. So könne er den Fisch wohl auch hier drinnen essen, schließlich verzehre er auch aus dem Café etwas, hatte er argumentiert.

Til begann zu sprechen. Von der ersten Sekunde an war zu spüren, dass ihn seine Geschichte bewegte.

„Karl, einer meiner besten Freunde, landete bei mir auf der Couch und erzählte mir eine unglaubliche Geschichte. Vorher erinnerte er mich an meine Schweigepflicht. Nachdrücklich fragte er, ob ich alles für mich behalten würde. Ob ich zu Hause meinen Tag mit meiner Frau auswerte. Wir kannten uns gut, deshalb horchte ich auf.

Ich habe ihm vor Kurzem von unserer Tour erzählt und mir grünes Licht dafür geben lassen, dass ich euch das Gehörte vorstellen darf. Er stimmt zu unter dem Vorbehalt, dass ich seinen Namen nicht nennen dürfe. Die Begründung für seine Erlaubnis war der Wunsch, anderen zeigen zu können, dass es für vieles im Leben unvorhergesehene Auswege gibt."

Til stockte, schluckte, unterbrach seinen abgehackten Vortrag und trank hektisch fast ein ganzes Glas Wasser aus. Hatte er Hemmungen vor uns und fand es bedenklich, über Patienten zu plaudern? Oder aber erzählte er doch eher eine für ihn persönliche Begebenheit?

Er stieg tiefer in die Geschichte ein. Und so, wie er seinen Patienten Karl zu uns sprechen ließ, wurde er langsam ruhiger und konzentrierte sich mehr auf die Geschehnisse. Uns allen fiel die Veränderung auf.

„Karl war ein guter Kerl. Einer, mit dem man Pferde stehlen konnte. Ich signalisierte ihm, dass er beginnen solle zu sprechen, und seine Erzählung fesselte mich sofort.

Irgendwann war Karl steinreich geworden. Es ging das Gerücht um, dass eine Erbtante ihn reichlich bedacht hatte. Doch all das Geld schien ihm nichts zu nutzen. Er saß vor mir und schwitzte so heftig, dass er den Kragen öffnen und sich die Hemdsärmel aufkrempeln musste."

Nun erzählte uns Til den Werdegang seines Freundes Karl aus dessen Perspektive:

Nach dem Studium, ich war in der Stadt geblieben, fand ich zunächst keinen Job. Auf dem Dorf gab es Bedarf, aber ich wollte von hier nicht weg. Wir wohnten in einem von den Schwiegereltern für uns finanzierten Haus in Warnemünde.

Hier unterbrach Til seine Rede, schwenkte beide Arme und zeigte aufgeregt in südwestliche Richtung. Er wirkte wieder so hektisch wie zu Beginn seiner Erzählung.

„Genau dort drüben wohnte Karl, fast am Wasser. Ein Traumhaus, finanziert und abgezahlt. Heute ein Millionenobjekt. Oben wohnten die Schwiegereltern, unten wohnten, wohnten ... wohnte Karl mit seiner Familie."

Til schluckte.

„Die engten Karl total ein, kann ich euch sagen. Das muss einer erst mal durchmachen. Bei den Schwiegereltern, mit den Kindern und einer Frau, die immer nur in der ersten Etage hockt. *‚Bin kurz oben, bring schon die Kinder ins Bett.‘* Diese Scheißzettel."

Til blickte in die Runde. Er atmete kurz durch, konzentrierte sich und nahm Karls Rede wieder auf.

Du weißt ja, dass ich mich zum Facharzt spezialisiert habe und mich nach einer ersten Anstellung irgendwann niederlassen wollte. Zunächst jobbte ich fast zwei Jahre im Hafen, um Kohle zu verdienen. Schließlich hatte ich meine Familie durchzubringen, Frau und zwei kleine Kinder. Ha, „Früh gefreit hat nie gereut!"

Angenehm war mir das nicht. Musste ja auch keiner mitbekommen, dass ich nach fünf Jahren Studium Bananenkisten schleppte.

Ich ließ die Kontakte zu meinen Freunden schleifen, zog mich immer mehr zurück, schob Überstunden ohne Ende.

Meine Schwiegereltern motivierten mich zusätzlich.

„Wir haben euch eine Mikrowelle gekauft. Das entlastet euch." Eine Mikrowelle gekauft und uns geschenkt. Zweimal igitt.

Irgendwie ging alles dann ziemlich in die Brüche. Nach einem Unfall, mir war eine Kokosnuss aus zehn Meter Höhe genau auf den Fuß gefallen, ging es im Hafen nicht weiter.

Es kam, wie es kommen musste: Meine Frau hielt mich für einen Versager, mein Krankengeld reichte auch nicht hin … kurz gesagt: Ich flog aus dem Haus. Meine Ehe ging in die Brüche, und mein Autokredit brach mir das Genick. Keine Arbeit, kein Geld, keine Wohnung, keine Familie – und keine Freunde!

„Keine Freunde?" Sören sprang auf. „Ja, verdammt noch mal, bist du nicht ganz dicht? Wozu hat man Freunde, wenn die einem in so einer Situation nicht beispringen? Hast du darüber schon mal nachgedacht?“

Er quetschte seine kalte Zigarre auf einem Obstteller aus.

„Wie dieser Mist wohl weitergeht? Merkt doch jeder, was hier abgeht, oder? Karl hatte keine Freunde? Dass ich nicht lache! Wann war das, zwei Jahre nach dem Studium? Und wann ist deine Erbtante gestorben, du Blödmann? Das ist doch ganz klar deine Geschichte“, warf er Til an den Kopf. „Keine Freunde! Ha!“

Offensichtlich hatte Sören ausgesprochen, was wir anderen dachten. Nur hätten wir es vorsichtiger formuliert.

Irritiert und sichtlich eingeschüchtert sprach Tilman weiter:

„Karl landete auf der Straße. Zunächst zog er mit einer Musikertruppe herum und schleppte denen die Technik. Immer wenn sie in Warnemünde auftraten – dort wohnte die Freundin von einem der Musiker –, machte er den Dienstmann für alles. Er schleppte, putzte und baute die Bühne mit auf. Die Musiker hatten in diesen Anfangsjahren ihrer Karriere nicht viel zu verschenken und ließen den Hut nach den Konzerten kreisen. Dennoch drückten sie Karl so manchen Schein in die Hand. Er durfte bei ihnen essen und im Bühnen-LKW schlafen. Wenn die Truppe wieder abzog, kroch er bei irgendwelchen Bekannten unter. Er begann zu saufen. Übrigens wurde die Truppe später tatsächlich erfolgreich, aber das nur am Rande.“ Erstmals während seiner Rede grinste Til leicht. „Tolle Typen, die Rothaarigen, die waren wirklich in Ordnung.“

„Die Erbtante“, stoppte Sören den fröhlichen Anflug sofort. „Lass endlich die Erbtante auftreten, und belästige deine Freunde hier nicht weiter mit deinem Mist!“

Til blitzte Sören an und suchte die Blicke der anderen Zuhörer.

„Ja, die Erbtante ..."

Er schüttelte den Kopf und ließ Karl auf seiner Couch den Rest der Geschichte erzählen. Dabei wechselte er wieder die Erzählperspektive, was uns in der Vermutung, Til könne Karl sein, bestärkte.

Ich bekam meine Probleme nicht in den Begriff. Ich soff, ich stank, die Mädels mieden mich. Natürlich ließ mich so auch keiner meiner Bekannten mehr in seiner Wohnung übernachten.

Mein Besitz war auf den Inhalt von zwei uralten Fahrradtaschen geschrumpft, die ich an einen Rollator hängte, den ich vor einem Hauseingang fand. Man fragt nicht mehr, wenn man ganz unten ist.

Übrigens denkt man auch nicht über das alles nach. Die Fragen werden andere: Wo bekomme ich was zu saufen? Was esse ich? Wo penne ich heute Abend?

Schon längst erkannte mich kaum jemand auf der Straße. Ich war halt ein Penner geworden.

„Und jetzt zu Karls Erbtante." Til starrte Sören an. „Das Happy End ist nah. Aber erst gönne ich mir einen schönen Schluck deines Rotweines. Freunde sollen doch teilen!"

Irgendwie war Til jetzt ruhig geworden, das nahende Ende seiner Geschichte schien auf ihn zu wirken.

„Karl zog an den zunehmend kühlen Herbsttagen durch den Ort. Vor den Fischbrötchen-Buden" – Til nickte in Richtung Yannis – „klaubte er weggeworfene Brötchen aus der Tonne. Mit Glück war auch mal ein fettiger Lachsbissen dabei." An Yannis gerichtet betonte er: „Glaub mir, es gibt Schlimmeres als Möwen, die sich Fischbrötchen stibitzen."

Til schluckte vernehmlich.

„Karl marschierte durch den halbdunklen Ort, zum ersten Mal auch in die kleine Straße, wo er früher bei seinen Schwiegereltern gewohnt hatte. Seine ehemalige Frau war mit den Kindern längst weggezogen. Sein Schwiegervater war schon vor zwei Jahren und seine Schwiegermutter vor wenigen Tagen verstorben. Er hatte die Todesanzeige in einer alten Zeitung gesehen, auf die er sich zu einem dösig-besoffenen Mittagsschlaf gelegt hatte.

Jetzt war Karl unterwegs, um sich das Haus noch einmal anzusehen, bevor es sich Neureiche kaufen würden.

Als er durch die Straße taumelte, kamen Erinnerungen hoch. Vor dem Haus mit seinen dunklen und gardinenlosen, leeren Fenstern beugte er sich über den Gartenzaun. Hier hatte er also ein paar Jahre gewohnt.

Eigentlich war es gar nicht so schlecht gewesen. Aber das merkte er erst jetzt.

Karl sah sich um und entdeckte hinter der geöffneten Gartenpforte einen Sperrmüllhaufen mit den letzten verbliebenen Habseligkeiten seiner einstigen Familie. Sicherlich würde der Schrott demnächst abgefahren.

Wie immer war schnell eine Latte zur Hand, um den Haufen nach Brauchbarem zu durchwühlen. Eine Thermosflasche aus Stahl, ein nur leicht defekter Regenschirm ... und, an den Zaun gelehnt, das hässliche goldgerahmte Bild, das in der ersten Etage über der Couch gehangen hatte. Ein Blumenstillleben eines unbekannten Künstlers, echt Öl und echt kitschig ... Aber der Rahmen, der goldene Rahmen, vielleicht könnte man damit etwas anfangen und ihn irgendwo versilbern."

Til grinste wegen des Wortspiels.

„Karl klemmte sich den Ölschinken unter den Arm und wankte die Straße zurück", sprach er dann weiter. „Am Abend machte er es sich auf dem Dachboden eines der Backsteinhäuser am Ortseingang bequem. Die Haustür war nicht abgeschlossen, und so schlich er heimlich die Treppen hoch. Er saß unter einem Dachfenster und begann, das Bild aus dem Rahmen zu lösen. Das kitschige Gemälde würde er hier liegen lassen. Karl trank seine mitgebrachte Fuselflasche fast aus, stützte den Kopf auf und schlief ein.

Am Morgen wurde er mit den ersten Sonnenstrahlen wach. Er spülte den Hals mit einem verbliebenen Schluck aus der Flasche, griff sich den Bilderrahmen und beförderte das hässliche Bild mit einer Fußbewegung unter die Dachschräge. Die Ölblumen scharrten über die groben Holzdielen und blieben hängen.

Karl schob trotzdem weiter, wodurch sich die Leinwand drehte. Ein Sonnenstrahl fiel auf ein Gemälde auf der Rückseite. Ein Monogramm wurde am unteren rechten Rand sichtbar. Offensichtlich war das Ölgemälde mit den Blumen auf der Vorderseite später auf die Rückseite des ursprünglichen Gemäldes gemalt worden.

Karl zog die Leinwand vorsichtig auseinander und studierte den Namenszug: ‚*E. Munch*'."

NEUNTER TAG

Es ist sehr früh am Morgen. Alles still auf der Station.

Stefanie steht neben dem Bett ihres Mannes und betrachtet ihn ängstlich. Unruhig dreht Sebastian sich von einer Seite auf die andere. Sein Gesicht ist rot, Husten schüttelt seinen Oberkörper. Er atmet schnell und flach.

Es geht ihm offensichtlich immer schlechter. Was sollen sie nur tun? Er darf nicht sterben!

Als ob Sebastian ihre Gedanken gehört hätte, öffnet er die Augen. Sein „Guten Morgen, Hasi" ist kaum zu verstehen.

Stefanie reicht ihm einen Becher mit Tee und trocknet seine feuchte Stirn.

„Wie geht es dir?"

„Als hätte mich jemand verprügelt", antwortet er schwach. „Ich bin total müde."

„Dann schlaf weiter, bis zum Frühstück dauert es noch. Aber etwas will ich dir noch sagen: Ich finde, deine Munch-Geschichte ist grandios", lobt sie ihn. „Und sicher ist das Tils eigene Geschichte."

Kaum merklich nickt ihr Mann und schläft schnell wieder ein.

Stefanie kann nicht mehr schlafen.

Wenn er stirbt, ist es meine Schuld. Nur dieser eine Gedanke quält sie immer wieder.

Kopfschmerzen stellen sich ein, und auch sie muss ein paar Mal husten. Geht es nun bei ihr richtig los? Hoffentlich nicht. Sie muss stark bleiben. Für ihren Mann.

Das Frühstück mag Sebastian nicht essen. Er trinkt wieder nur Tee, dann fällt er erneut in einen fiebrigen Schlaf.

Stefanie grübelt. Was kann sie für ihn tun, wie seine Zuversicht stärken?

Sie denkt an seine Geschichten. Er hat gesagt, dass alles schon fertig sei.

Stefanie öffnet die Datei mit den Bemerkungen für den Verlag. Sebastian hat sich detailliert über Gestaltung und Größe des Buches geäußert und auch mehrere Titel vorgeschlagen. Er favorisiert „Nachostertreffen am Meer".

Ich sollte diesen Meiersen anrufen. Stefanie sucht die Telefonnummer in Sebastians Kontaktliste. *Ich werde den Mann richtig unter Druck setzen.*

Es klingelt, und Meiersen meldet sich.

„Was kann ich denn für Sie tun?", fragt er erstaunt, als Stefanie ihren Namen nennt.

„Mein Mann liegt auf der Intensivstation, schwerer Verlauf von Covid-19."

„Das tut mir leid. Wir sind hier alle in Quarantäne. Ein Mitarbeiter wurde positiv getestet. Ich habe eine Rufweiterleitung, bin also nicht im Büro."

Stefanie horcht auf. „Seit wann wissen Sie von der Erkrankung?"

„Seit drei Tagen."

„Und da sagen Sie nicht Bescheid?", fragt sie wütend. „Mein Mann war doch auch bei Ihnen im Verlag."

„Das ist schon länger her. An ihn habe ich nicht gedacht."

„Das sollten Sie jetzt aber. Er hat ein Buch fertiggestellt. Drucken Sie es! Sie haben immerhin sein Leben in Gefahr gebracht. Das sind Sie ihm schuldig!"

„Nun, ich muss es natürlich zuerst von meinen Lektoren prüfen lassen.“

„Das müssen Sie nicht“, widerspricht Stefanie. „Sie wissen, dass Sebastian schreiben kann. Und Sie bekommen das Buch eines Coronakranken. Das ist doch eine Sensation in dieser Zeit! Geschrieben von einem Coronakranken. Mehr Marketing geht nicht.“

„Na ja ...“ Meiersen scheint ins Grübeln zu geraten. „In Ordnung, ich sehe es mir sofort an. Schicken Sie mir die Datei.“

„Nur unter folgenden Bedingungen: Mein Mann bekommt umgehend die ausstehenden Tantiemen und einen gut dotierten Vertrag. Sie sichern ihm außerdem den Druck von ‚Die Schnickmanns‘ bis spätestens Herbst 2021 zu.“

„Oho, das ist aber ganz schön viel.“

„Ich kann auch zu einem anderen Verlag gehen. Und vor allem kann ich überall erzählen, wie Sie mit Ihren Autoren umgehen, die Ihnen gerade noch nett das Konto gefüllt haben. Nur zu, sagen Sie Nein!“

„Nein, nein. Das heißt, ja. Ja, sicher. Sie sind vielleicht hartnäckig. Mit Ihnen möchte ich echt keinen Stress haben. Ich bin einverstanden, setze den Vertrag auf.“

„Bitte, beeilen Sie sich, es geht meinem Mann ständig schlechter. Ich versuche alles, um seinen Lebenswillen zu stärken.“

„Ja, ich verstehe. Grüßen Sie Ihren Mann von mir. Ich wünsche ihm alles erdenklich Gute!“

*

Frau Dr. Jana Berndt ist bei der Visite sehr besorgt über Sebastians Zustand.

„Wenn du es mit gestern vergleichst, ist das Atmen schwerer geworden?“, fragt sie ihren Patienten.

„Nein.“

„Wie sieht es mit der Stärke der Kopfschmerzen aus?“

„Gleich geblieben.“

„Herz- und Lungenschmerzen?“

„Unverändert.“

„Und der Gesamtzustand des Körpers?“, hakt sie nach. „Fühlst du dich schwächer?“

„Ich glaube nicht.“

Jana gibt Stefanie einen Wink, spricht auf der Seite mit ihr.

„Er lügt“, sagt Stefanie so leise, dass ihr Mann sie nicht hören kann. „Es geht ihm sehr wohl schlechter. Ist schon verrückt. Immer hat er so übertrieben, wenn es um seine Beschwerden ging. Und jetzt, wo es so schlimm ist, verleugnet er seinen Zustand. Er will wohl nicht, dass ich merke, wie es um ihn steht.“

Jana nickt. „Hast du alle Fragen mit ihm geklärt?“

„Ich habe alle Unterschriften von ihm, einschließlich Patientenverfügung und Einverständniserklärung.“

„Gut, wir überwachen seine Vitalfunktionen. Es muss ja nicht zum Äußersten kommen. Ich selbst werde im Notfall auch noch einmal wegen des Serums mit ihm reden.“ Sie seufzt. „Und wie geht es dir? Vergiss nicht, dass du auch krank bist.“

„Es kratzt etwas in meinem Hals, und ich habe Kopfschmerzen.“

„Lass mich mal sehen.“

Stefanie öffnet den Mund.

„Brauchst du eine Tablette gegen die Kopfschmerzen?“, erkundigt sich Jana.

„Nein. Ich melde mich, wenn es schlimmer wird.“

„Du musst Sebastian unterstützen. Lenk ihn von den trüben Gedanken ab. Die Psyche ist auch immens wichtig.“

„Na klar, mache ich“, verspricht Stefanie.

Als sie an Sebastians Bett zurückkommt, will der mit schiefem Grinsen wissen: „Na, wie viele Stunden gibt Jana mir noch?“

„Es ging um mich. Sie hat mir nur noch mal gesagt, dass auch ich krank bin und mich schonen muss.“

„Sie hat recht. Hoffentlich geht bei dir alles so komplikationslos und schnell vorbei wie immer“, meint Sebastian.

„Rutsch mal wieder nach links“, fordert sie ihn auf. „Ich komme zu dir, dann können wir noch eine Geschichte lesen.“

Stefanie öffnet das Tablet und will vorlesen, doch Sebastian besteht darauf, selbst zu lesen.

„Na, gut. Sollte deine Stimme zu rau werden, mach ich weiter“, bietet Stefanie an und lehnt ihr Gesicht an seins.

„Es ist so gut, dich bei mir zu haben“, flüstert Sebastian.

„Ich bin froh, dass ich hier sein darf. Zusammen werden wir das durchstehen“, entgegnet Stefanie leise.

„Du musst mir eins versprechen, Steffi: Sorg dafür, dass mein Buch veröffentlicht wird. Außer meinen Büchern wird es keine Erinnerung an mich geben. Kinder haben wir ja leider keine.“

„Wir werden Kinder haben, bald schon. Diese Krise zeigt mir, wie wichtig die Familie ist.“ Stefanie treten Tränen in die Augen. „Ein niedliches Mädchen und einen großen Bruder dazu. Ich spiele mit ihnen Fußball, und du liest Märchen vor.“

Sebastian streichelt ihr sanft übers Haar. „Du weißt, dass du das erfüllen musst, sollte ich überleben?“

„Wir werden tolle Eltern sein!“

Sebastian schluckt, ehe er, leise und immer wieder hustend, zu lesen beginnt. Nach wenigen Minuten muss Stefanie übernehmen. Sebastian liegt auf dem Rücken und lauscht mit weit geöffneten Augen.

„Deshalb also bist du vier Jahre nicht zu unseren Treffen gekommen“, polterte Sören los. „Und du hättest uns nicht fragen können, ob wir dir helfen? Wozu hat man denn Freunde? Brötchen aus der Tonne, bäh!“

Sören machte ein zynisches und angewidertes Gesicht.

„Til, kannst du dich eigentlich daran erinnern, wie es war, als du an der Steilküste hingst? Max und Malte haben dich wieder hochgezogen.“

Sören sprang auf und lief aufgeregt vor den anderen hin und her.

„Freunde, Mann, wir waren Freunde! Und du liegst auf der Straße im Dreck und lässt dir nicht helfen?“ Er brüllte jetzt fast, und sein Kopf war dunkelrot angelaufen.

Die Kellnerin eilte herbei. Zum Glück waren noch keine weiteren Gäste im Café.

„Vier Jahre hat das gedauert, und du bist nicht auf uns zugekommen“, ereiferte er sich. „Das kotzt mich an!“

Sören stand jetzt an Tilmans Sessel und schüttelte den eingeschüchterten Erzähler an beiden Schultern.

„Ich hätte mein letztes Hemd für dich gegeben!“ Er sprühte dem Zusammengesunkenen seinen Zigarren-Rotwein-Atem ins Gesicht. „Freunde? Dass ich nicht lache!“

Sören schlug mit der flachen Hand gegen den Tresen. Mit einem „Das war's für mich mit euerm Freundschaftsgesülze!" stürmte er anschließend zum Ausgang. Dabei hätte er fast die Kellnerin über den Haufen gerannt.

„Hätten Sie mal zugehört, als ich noch Wein bestellen wollte", war das Letzte, was die Zurückgebliebenen von ihm hörten. Im Vorraum krachte ein Stuhl zu Boden.

„Was ist denn in den gefahren? Unser Choleriker ist noch cholerischer geworden. Wetten, dass der wieder reinkommt, wenn sein Schub zu Ende ist?" Max schüttelte den Kopf. „Der tickt ja nicht richtig."

Dann sah er Tilman fragend an.

„Sag mal, hat er recht?", wollte er wissen. „Ist das deine Geschichte gewesen?"

Til stand auf und zuckte mit den Schultern.

„Ich geh mal zur Toilette, bin gleich wieder da", sagte er statt einer Antwort.

Ganz leise zog er die Tür hinter sich zu, als wolle er damit das Gepolter von Sören wieder wettmachen. Wir anderen blieben schweigend sitzen.

Max räusperte sich, lachte kurz auf und legte dann den Kopf schief.

„Ich habe mal eine Reportage über Edvard Munch geschrieben. Der war wirklich von 1907 bis 1908 hier in Warnemünde", flüsterte er in unsere Richtung. „Es gibt ein Selbstporträt von ihm, da steht der am Strand und malt. Er soll damals eine Lebens- und Schaffenskrise gehabt haben. Ich habe sogar eine Ausstellung ‚Munch in Warnemünde' gesehen, und die haben hier auch ein interessantes ‚Munch-Haus'. Der Typ war ein Psycho! Ähnlich wie sich Vincent van

Gogh ein Ohr abschnitt, hat sich dieser Trottel mit einem Revolver in die Hand geschossen. Beim Streit mit seiner Liebsten. Vermutlich muss man so kaputt sein, wenn die Bilder zu den teuersten der Welt gerechnet werden."

„Sein Bild ‚Der Schrei' steht auf Platz sieben der teuersten Bilder der Welt. Ich glaube, es ist für fast hundertzwanzig Millionen Dollar verkauft worden", dozierte Yannis.

„Ihr glaubt ..." Entsetzt sah ich von einem zum anderen. „Versteh ich euch richtig? Das Bild könnte wirklich ein echter ‚Munch' gewesen sein? Ich glaube, ich träume!"

„Wäre durchaus möglich, der hat hier Freikörperübungen am Strand gemacht. Und Til könnte bei seinem ganzen Pech vielleicht zum Schluss Glück gehabt haben. Pech gehabt, Glück gehabt." Yannis schüttelte den Kopf, als er an Tils Erzählung dachte. „Erst Pech und dann Glück ... Wisst ihr noch, wie es war, als er damals plötzlich wiederauftauchte? Großes Auto, viel Kohle ..."

Er setzte sein Glas an, ohne zu merken, dass er sein Getränk schon längst ausgetrunken hatte. Dann schüttelte er den Kopf.

„Blödsinn! Das wäre diese Flohmarktgeschichte, von der jeder träumt: ‚Mann fand berühmtes Bild auf dem Flohmarkt und wurde Millionär.'" Er grinste. „Tilman, unser Kunstkenner! Ich weiß nur, dass er in seiner Praxis billige Drucke hängen hatte, ‚Stillleben mit Hirschgeweih und Obst'."

„Ach, warst du mal in seiner Praxis?" Max schielte zu Yannis hinüber. „Hattest du Probleme, vielleicht Sorge, dass du ein Choleriker wirst?"

Wie auf Kommando betrat der Psychologe wieder den Raum.

„Choleriker kriegen sich immer wieder ein“, sagte er. „Gib ihnen einen Moment Zeit, spiel nicht mehr mit ihnen, dann geht’s wieder.“

Wir lachten schallend.

„Yannis, wir spielen nicht mehr mit dir!“, rief ich.

Til sah mich irritiert an.

„Wir sprachen nur kurz darüber, dass du schon immer einen guten Geschmack hattest“, behauptete ich, was Tilman noch weiter verwirrte.

„Heute habe ich jedenfalls keine Lust mehr darauf, die Geschichte mit euch zu diskutieren. Wie hat Malte geschrieben? ‚Auflösung am Ende.‘ Vielleicht seid ihr dann ganz überrascht ...“ Er setzte sich und bestellte bei der Kellnerin einen Tee mit Rum. „Ich brauche jetzt etwas Stärkeres.“

Eine weitere Diskussion kam nach Sörens Ausbruch nicht mehr zustande. Uns allen hatte es „die Petersilie verhagelt“, und wir hatten den Eindruck, dass unser gutes Einvernehmen der letzten zwei Tage gerade zerbrach.

Missmutig machten wir uns auf den Rückweg. Bewusst gingen wir wieder zu Fuß. Zunächst schweigend.

Erst unmittelbar vor der Mole begann Max als Erster von uns zu sprechen.

„Echt schade, dass der Tag so geendet hat. Ich hatte Spaß an den Geschichten und dachte, dass wir alle wieder zusammengerückt sind. Das Frotzeln hatte sich wieder kameradschaftlich angefühlt. Aber das scheint ja jetzt das Ende unserer Clique zu sein. Wenn Sören abgereist sein sollte ...“

„Ihr kennt ihn doch: schnell hoch und schnell wieder runter“, sagte ich beschwichtigend. „Meint ihr nicht, dass er sich wieder einkriegt?“

Max zuckte mit den Schultern.

Tils Einwurf, dass er sich jetzt schuldig fühle, wedelte ich mit der Hand weg. „Selbst wenn es deine eigene Vita wäre, wovon wir wohl alle ausgehen, ist das noch lange kein Grund dafür, dass Sören so ausrastet."

Yannis beschäftigte das genauso. „Man hätte ja direkt Angst vor ihm bekommen können. So schlimm haben wir das bisher nicht erlebt. Seine armen Angeklagten vor Gericht! Da muss bestimmt so manches Mal der Richter einschreiten und den wieder runterholen. Der war ja kurz davor, dir eine zu scheuern."

„Mit seinen Freunden darf man nicht so umgehen. Stellt euch vor, jeder würde so ausrasten. Trotzdem muss ich immer wieder daran zurückdenken, dass Sören auch ganz anders kann. Er war immer ein Fels, auf den wir bauen konnten. Erinnert ihr euch noch an Prerow?"

Wir wussten sofort, worauf Max anspielte. Trotzdem hörten wir interessiert zu, als er die hundertmal erzählte und gehörte Begebenheit aufgriff.

„Wir waren 1987 in dieses Ferienlager gefahren, einer meiner schönsten Sommer. In Prerow war Traumwetter. Ich habe bis heute den Geruch in der Nase: Ostsee, Sand und Harz. Die Bungalows standen im schönsten Strandsand hinter der Düne, umgeben von hohen Kiefern. Mit Kiefernzapfen wurde ein Gruppenwettkampf ausgetragen, welches Zimmer vor seinem Fenster den schönsten Garten anlegen würde. Die Stralsunder bauten alle ihr Wappen nach, und wir Rostocker gestalteten Möwenbilder. Anschließend zerstörten wir unsere ‚Kunstwerke' und machten riesige Kiefernzapfenschlachten.

Und abends lagen wir bis um dreiundzwanzig Uhr wach und erzählten uns Gruselgeschichten. Als im Lager endlich alles schlief, kletterten wir fünf aus dem Fenster und unter dem Zaun durch, Richtung Düne. Wir hatten am Tag vorher von den Gruppenleitern gehört, wie toll es wäre, nachts in die Ostsee zu springen.

Das hatten wir auch vor. Leise schlichen wir durch das Riedgras Richtung Wasser, als wir plötzlich etwas Unheimliches gehört haben. Aus einer Senke in der weitläufigen Düne waberten Töne zu uns herüber, die wir im Halbdunkel nicht zuordnen konnten.

Wir schlichen uns liegend näher heran und krochen auf den Rand der gestreckten Grube zu. Das Geräusch blieb. Es hörte sich an, als würde jemand eine Sense schärfen und anschließend mit dem Wetzstein gegen Holz klopfen. Dann alles noch einmal und immer wieder. Ich glaube, wir bekamen es alle mit der Angst zu tun. Noch konnten wir nicht sehen, woher das Geräusch kam und wer oder was es verursachte. Aber irgendwie fühlte es sich bedrohlich an."

Yannis schauderte und blieb stehen. „Ich kann mich noch gut erinnern. So viel Schiss hatte ich vorher noch nie."

„Sören kroch uns allen schleichend voran", fuhr Max fort. „Er bewaffnete sich mit einem abgebrochenen Sonnenschirmstiel, den jemand in die Düne geschleudert hatte. Wir kamen dem Geräusch näher. Was trieb uns nur, dass wir derartig neugierig waren? Voller Angst haben wir Sören genötigt, nachzusehen, was sich hinter der Sandkante befand. Er bedeutete uns, dass wir liegen bleiben sollten und machte sich zum Sprung bereit. Mit einem Satz hechtete er über den Dünenrand. Und dann ging es ganz schnell – so, wie Sören mutig in die Grube sprang, blitzte es auf. Der eisenbesetzte Holzknüppel flog ihm aus der Hand, und Sören hätte fast einen Salto rückwärts gemacht. Er taumelte in unsere Richtung und bedeutete uns, ihm schnell zu folgen. Wir hetzten Sören hinterher."

„Genau, wir haben nie herausbekommen, was das damals für ein Phänomen gewesen sein könnte. Bis heute meine ich, dass uns ein Kugelblitz genarrt hat, denn wenige Minuten später entlud sich die elektrisierte Schwüle in einem gigantischen Gewitter", ergänzte Yannis. „Aber zurück zu Sören. Ich weiß schon, warum du die alte Geschichte erzählst. Sören hat damals kein Fass aufgemacht, weil wir ihn gedrängt haben. Er hat sich wieder einmal vor uns alle gestellt, um uns zu schützen."

Wir standen auf Höhe des Neptun-Hotels und dachten über die alten Zeiten und über Sören nach.

„Ich werde ganz trübsinnig, wenn ich daran denke, dass es das jetzt gewesen sein soll", sprach Til aus, was uns alle bewegte. „Sören ist aber auch ein Idiot! Dabei weiß er nicht einmal, was ich zu meiner Geschichte noch sagen will. Er macht sich sein Bild und fertig. Der hätte mich jetzt voll abgeurteilt und eingebuchtet, wenn ich einer seiner Fälle gewesen wäre. Wenn so bei uns Recht gesprochen wird ... Da landest du dann vor einem Staatsanwalt oder vor einem Richter, der einen schlechten Tag hat, und schon bist du dran."

„Ich habe einen Vorschlag. Lasst uns an die Bar im Foyer gehen." Ich zeigte auf das Hotel vor uns. „Dort können wir einen Cognac trinken und dann weitermarschieren."

Die drei waren einverstanden und folgten mir.

Zwanzig Minuten später standen wir wieder am Strand und machten uns auf den Weg zur Friedrichshöhe. Yannis fragte, ob es in Ordnung sei, wenn er noch eine Bernsteingeschichte zum Besten gebe, wartete unsere Antwort aber gar nicht ab.

Stattdessen bückte er sich zu einem der angeschwemmten Steinhaufen und hob einen faustgroßen, golden schimmernden Bernstein in unsere Richtung.

Mit Sicherheit hatte er den jetzt nicht gefunden. Er wollte uns auf seine neue Geschichte einstimmen.

Yannis rieb den Stein an seinem Mantelärmel. Dann hielt er eine Fünfeuronote in die Nähe – und tatsächlich, der Stein zog den Schein an. Die fünf Euro klebten regelrecht am Stein.

*

„Das war aber heftig", äußert sich Stefanie. „Ich kann verstehen, dass Til sich nicht an seine Freunde gewandt hat. Ich meine, wenn ihm das wirklich passiert ist. Wahrscheinlich schämt er sich für sein Versagen viel zu sehr und möchte nicht, dass gerade diejenigen, die ihm vertraut sind, von seinen Niederlagen erfahren. Ich bin wirklich gespannt, ob es seine eigene Geschichte war, die er erzählt hat."

Sebastian schweigt wie immer dazu und versucht ein kleines Lächeln.

Nach dem Mittagessen, von dem Sebastian kaum einen Bissen schafft, schläft er ein paar Stunden. Am späten Nachmittag wird er wach und schaut sich mit Stefanie die Nachrichten und Beiträge in den sozialen Medien an.

Eine Frau schreibt:

„Ich bin zum Bäcker, Brot kaufen. Auf einem Aufsteller steht, dass immer nur zwei Leute in den Laden dürfen, alle anderen draußen warten müssen und dabei einen Abstand von zwei Metern einhalten müssen. Zwei Leute sind im Laden. Ich stehe also draußen mit reichlich Abstand hinter einem Mann. Ein älteres Ehepaar stürmt

mit gesenkten Köpfen an uns vorbei und reißt die Ladentür auf. Der Mann vor mir beschwert sich: ‚Was mache ich hier wohl? Lesen Sie mal da!' Der alte Mann liest laut den Text auf der Anzeigetafel. Das Paar schaut sich um, geht zurück und stellt sich hinter mir auf. Fünfzig Zentimeter Abstand. Ich will mich gerade umdrehen und denen eine Rede halten, da niest mir die Frau in den Nacken. Ich bin so was von ausgerastet!"

„Es ist mir unbegreiflich, dass manche Leute offenbar noch immer nichts verstanden haben", kommentiert Sebastian schwach. „Und es sind nicht immer die Jungen. Gibt's noch mehr? Schau mal, ein Video, wie Prinz Charles dasteht und für all die, die aufopfernd ihren Dienst tun, klatscht."

„Camilla applaudiert ebenfalls, aber woanders. Sie soll ja nicht erkrankt sein."

„Und Williams und Kates Kinder klatschen auch. Der Kleine ist vielleicht niedlich!"

Nach diesem kurzen Gespräch fällt Sebastian in einen tiefen Schlaf.

Steffi ist alarmiert. Sie fühlt nach seinem Puls und beruhigt sich. Das Herz schlägt immer noch kräftig und rhythmisch.

Sie greift zum Tablet. Um sich abzulenken, liest sie Sebastians Geschichte weiter.

„Bernstein und das liebe Geld. Wisst ihr eigentlich, dass Bernstein in einigen Ländern mittlerweile wie Gold gehandelt wird? Das hat damit zu tun, dass Heilkundler und Esoteriker dem fossilen Harz schon von alters her heilende Kräfte zuschreiben. So, wie mein Geldschein angezogen wurde, soll der Stein auch Krankheitserreger anziehen und sie aus dem Körper herauslösen. Er galt als Mittel gegen die Pest, sollte sich positiv auf Magen und Blase auswirken, Bauchschmerzen mildern, Epilepsie bekämpfen." Yannis, ganz Kunsthistoriker, musterte uns, um festzustellen, ob wir ihm folgen konnten.

Wäre schön, wenn er gegen Covid-19 helfen würde, denkt Stefanie, *dann hätten wir unser Heilmittel.*

„Andere sahen die heilende Wirkung vor allem auch im seelischen Bereich. Sie behaupteten, dass Bernstein Dämonen abwehren könne und als Schutz vor allerlei Bösem wirke. Deshalb wohl auch wird Bernstein seit der Antike an Lederbändern oder gar an Goldketten um den Hals getragen. Außerdem wird von dem Heil- und Schutzstein behauptet, dass er Frauen zum Geständnis ihrer bösen Taten zwingen könne."

Bei diesen letzten Worten sah Yannis unseren Psychologen beschwörend an.

„Das wäre ja was für unseren Staatsanwalt!", kommentierte Til. „Der könnte seinen Knastis Bernsteine mit in die Zelle geben, und die würden alles Erdenkliche gestehen."

Er lachte kurz auf, machte aber sofort ein zerknirschtes Gesicht, als ihm die anderen signalisierten, dass er jetzt lieber nicht wieder von Sören anfangen solle.

Während Yannis unsere Gedanken wieder in eine andere Richtung lenkte, hielt Max den Stein fast ehrfurchtsvoll in der Hand.

„‚Das Gold des Meeres', wie Bernstein auch genannt wird, wurde früher zu Spottpreisen gehandelt. Aber die Zeiten sind lange vorbei. Fünfzig bis sechzig Euro je Gramm sind keine Seltenheit, und je nach Größe oder Vollkommenheit werden sogar bis zu vierhundert Euro gezahlt!"

Max tat, als wolle er sich den Stein heimlich in die Tasche stecken, und Yannis drohte ihm spielerisch mit der Faust.

„Gerade in China spielt der Stein eine große Rolle, als Schmuck getragen signalisiert er Wohlstand der Trägerin und der Familie. Hier an der Ostsee finden Urlauber so manchen Stein, aber auch Einheimische. Allerdings gibt es Menschen, die sich intensiver mit der Suche nach den ‚Tränen der Götter' beschäftigen. Mein Freund Berni hat mich inspiriert, selbst auf die Bernsteinjagd zu gehen. Schließlich soll gefundener Bernstein den Finder schön werden lassen."

Yannis drehte den Kopf ins Licht der untergehenden Märzsonne, als wolle er den Kameraden seine Schönheit demonstrieren.

„Yannis, wahre Schönheit kommt von innen", kommentierte Max.

Trotzig sprach Yannis weiter: „Berni hat mir erzählt, dass es auf Hiddensee und auf Rügen semiprofessionelle Bernsteinsammler gibt, die vor allem die Zeit nach den Winterstürmen nutzen, um die emporgespülten und schwimmfähigen Steine mit einem Kescher aus dem Meer zu bergen. Er hat von einem ehemaligen Fischer erzählt, der stets nach dem Morgengrauen, bekleidet mit großen Watstiefeln, an den Strand schlurfte, um nach Bernsteinen Ausschau zu halten. Hier ist seine Geschichte."

Johannes machte das schon seit Jahren. Bereits als Kind hatte er die Steine gesammelt und in einem Schatzkästchen aufgehoben. Über sein langes Leben hinweg kamen kiloweise Bernsteine hinzu, alles in allem fast zweihundert Kilogramm des Meeresgoldes.

Plötzlich hielt Yannis inne und zeigte auf den Fuß der steilen Sandwand. Hier war der uns schon bekannte Hügel aus einem Küstenabbruch aufgeschüttet.

Yannis stand da und starrte die abgegangene Sand- und Gerölllawine an.

„Ob hier die tote Frau liegt?", fragte er mehr sich selbst als uns. „Wie furchtbar, was Sören erzählt hat!"

Max schmunzelte und schüttelte den Kopf.

„Yannis, das war eine erfundene Geschichte! Sören hat das symbolisch gemeint. So könnte die Stelle ausgesehen haben, wo dieser Mord geschah. Aber ich glaube nicht einmal daran, dass seine Erzählung Hand und Fuß hatte. Sören ist doch auch so ein Schnacker. Jetzt erzähl schon weiter", forderte er ihn auf. „Zweihundert Kilogramm Bernstein haben deinen Johannes also reich gemacht. Vielleicht sollten wir alle nach Bernstein Ausschau halten."

Mit diesen Worten wandte sich Max von Yannis und der fiktiven Mordstelle ab und scharrte mit dem Fuß im Sand.

Yannis nahm widerwillig den Faden wieder auf.

Angeregt durch den steigenden Bernstein-Preis bereitete sich Johannes darauf vor, seinen Schatz zu veräußern. Heimlich trug er seine Sammlung nach und nach in sein Motorboot, das im Hafen von Vitte sicher vertäut war.

Die letzten Monate hatte Johannes noch einmal intensiv genutzt, um seine Sammlung weiter auszubauen. Er hatte den Ehrgeiz entwickelt, seinen in all den Jahren gewachsenen Steinberg für etwa fünfhunderttausend Euro an einen Berliner Juwelier zu verkaufen.

Manch einer meinte, das sei viel zu wenig für die vielen Steine. Andere sagten, diesen Preis müsse man angesichts der großen Steinmenge auch erst einmal erzielen. Doch was auch immer die Leute sagten, schließlich wurden die Verträge abgeschlossen.

Zu jener Zeit wurde der Strand in Vitte verbreitert, und die Pumpen des Baggerschiffes spülten pausenlos gigantische Mengen Sand ans Ufer, der wiederum von Baggern verteilt wurde.

Die Arbeiter kannten Johannes. Sie wussten, dass er schon morgens früh mit seinen Stiefeln ins Meer watete. So auch dieser Tage. Niemand missgönnte Johannes seinen Erfolg – seine Suche war eine regelmäßige und harte Arbeit.

An diesem Tag würde er die letzten Steine zusammenklauben. Eigentlich ging er mehr aus Spaß an den Strand, eine letzte Gewohnheitsrunde. Auf einen großen Fund setzte er nicht, deshalb hatte er keinen Rucksack dabei. Die Spülarbeiten vor Ort waren beendet, morgen würden die schwimmenden Bagger weiterziehen.

Langsam zog er den Kescher ein letztes Mal durch die Wellen. Anders als sonst legte er einen großen angeschwemmten Stein nicht in eine mitgebrachte Transportbox, sondern ließ seinen Fang im Netz. Es war ein schön leuchtender, goldgelber Stein.

Johannes schulterte seinen Kescher und strebte seinem Boot zu. Dort angekommen, entleerte er den Kescher in den kleinen Laderaum neben der Motorabdeckung unter Deck. Der Bernstein fiel aus dem Kescher auf den Berg des über Jahre zusammengetragenen Schatzes.

Johannes hatte vor, sich zu duschen, umzuziehen und dann gegen Mittag nach Stralsund zu schippern, um dort die Steine in der Nähe des Hafenamtes in die bereitstehenden Holzkisten zu verpacken und mit einer Spedition nach Berlin zu versenden. Er schlug die Klappe seines Lastraumes zu und verschloss sie sorgsam.

Dabei entging ihm, dass der letzte eingesammelte Stein, der auf den Haufen seines Schatzes gefallen war, bei der Wärme, die der Motor ausstrahlte, zu qualmen begann. Sekunden später schlugen

Stichflammen hoch, und die Bernsteine fingen nach und nach Feuer, bis der gesamte Berg lichterloh brannte.

Johannes hatte keinen großen Bernstein, sondern Phosphor aus alten Brandbomben in seinem Kescher an Bord getragen.

Yannis blieb stehen. Er hielt den wieder bei ihm angekommenen Stein hoch.

„Bitte, seid vorsichtig. Bernsteine kann man manchmal wirklich mit weißem Phosphor verwechseln, und sie entzünden sich sogar durch Körperwärme."

Yannis genoss die Aufmerksamkeit und zwängte den Klumpen in seine Hosentasche.

Schade um die vielen Bernsteine, denkt Stefanie.

Hat Sebastian nicht einmal etwas von Bernsteinen erzählt? Da war doch diese Kollegin an seiner ehemaligen Schule, die für ihre Gesundheit stets einen Bernstein an einem Lederband trug und ihrer Tochter eine kleine Kette um den Hals legte, als diese zu zahnen begann. Der Stein sollte dem kleinen Mädchen diese Prozedur erleichtern. Ob Sebastian daher seine Idee für die Bernsteingeschichten hatte?

Stefanie steht auf, um erneut nach Sebastian zu sehen. Er schläft ruhig, und seine Frau liest neugierig weiter.

Inzwischen waren wir wieder am Fuß des bewaldeten Aufgangs angekommen und gingen auf das Hotel zu.

Yannis warf einen Blick um die Ecke.

„Sörens Auto steht nicht mehr da", stellte er fest. „Ich glaube, er ist abgereist."

Die anderen nahmen das achselzuckend hin. Sie diskutierten noch die Bernsteingeschichte.

„Ich hätte niemals gedacht, dass Bernstein so wertvoll ist“, gestand Til. „Eigentlich finde ich die Harzbrocken, mehr sind sie doch eigentlich gar nicht, ganz schön kitschig.“

Max reagierte anders.

„Du bist hier schließlich der Kunstexperte, da musst du es schließlich wissen“, sagte er in Yannis‘ Richtung. „Allerdings habe auch ich gehört, dass künstlerisch gefasste Bernsteine mit besonderem Schliff so einiges kosten. Mir gefallen die sehr gut. Stellt euch doch mal eine junge Dame vor, rötliche Haare, in der Abendsonne ...“

„... mit nichts bekleidet als einem Bernstein“, ergänzte Til, und wir alle lachten.

„Also, dann bis um neunzehn Uhr beim Abendessen“, verabschiedete ich die anderen. „Ihr könnt euch schon warm machen, ich werde eine lange und ziemlich vertrackte Niederschrift zum Besten geben. Alles wahr, nichts erfunden. Ihr dürft gespannt sein.“

Keiner sprach darüber, dass Sören sich aus dem Staub gemacht hatte. Sollte er doch, der Choleriker! Wir jedenfalls würden einen angeregten Abend verbringen.

„Ich habe an der Rezeption nachgefragt. Sören hat gepackt und ist abgereist. Offensichtlich ist uns ein Freund auf dem Weg verloren gegangen. Kaum zu fassen! Er explodiert wegen einer Geschichte, von der er nicht einmal weiß, wer sie erlebt hat, ja, noch nicht einmal, ob sie real ist.“ Til blickte leicht schuldbewusst von einem zum anderen.

Wir saßen zum Abendessen wieder in der Raucher-Lounge. Nach dem reichhaltigen Menü am Mittag hatte keiner von uns Appetit auf etwas Deftiges. Deshalb bestellten wir lediglich eine Obst- und eine Käseplatte sowie eine riesengroße Schüssel mit Chips.

Ein wenig fehlte uns allen die Motivation, ins Gespräch zu kommen. Nur schleppend begannen wir, miteinander zu sprechen.

„Ich hatte den Eindruck, dass die vielen verschiedenen Themen uns allen gutgetan haben. Mir hat gefallen, dass wir uns darüber an eigene Erlebnisse aus der Vergangenheit erinnert haben. Früher haben wir uns doch alle nur mit Problemen aus dem Berufsleben genervt", versuchte Max, an die Diskussionen der letzten anderthalb Tage anzuknüpfen. „Ist ja auch völlig egal, ob alles stimmte, aber jeder hat sich vorbereitet. Ich jedenfalls bin schon gespannt, was wir noch hören werden. Und wisst ihr, Sören scheint in sich selbst gefangen zu sein. Ich begreife nicht, weshalb der so ausrastet, glaube aber, dass das wenig mit uns zu tun hat, sondern viel mehr mit seiner eigenen Gereiztheit. Vielleicht schleppt er Probleme von der Arbeit mit sich, oder es stimmt im Privaten was nicht."

Til stimmte ihm zu. „Ich habe ihn auch beobachtet, er steht völlig unter Strom. Wir sprechen in der modernen Medizin zwar nicht mehr von Cholerikern, sondern von emotional labilen und zugleich extrovertierten Menschen. Aber das trifft es bei ihm, denke ich jedenfalls, ziemlich genau. Und da bekommen dann diejenigen, die gerade in der Nähe stehen, ihr Fett weg. Diesmal hat es vor allem mich getroffen, aber vermutlich war ich nur ein Auslöser für diesen Ausbruch. Da scheint tiefer viel mehr los zu sein. Den hätte ich nun wirklich gern mal auf der Couch. Er wäre in der Psychoanalyse schwer zu knacken. Ich hatte jedenfalls vor, euch zu meiner Geschichte schon vor morgen etwas zu erzählen, um die Spannung herauszunehmen und Sören wieder einzunorden. Aber nun ist es zu spät, Sören ist weg, und ihr könnt euch schon noch bis morgen gedulden. Ich will jetzt auch nicht diskutieren, was Sören ausmacht. Ich habe meine Vermutungen, die ich nicht mehr bestätigt bekommen werde. Schade. Mein Vorschlag ist einfach. Maltes Plan funktioniert doch hervorragend. Wir sollten einfach genauso fortfahren, wie wir begonnen haben. Lasst uns bei den Geschichten bleiben und morgen Nachmittag auf dem Leuchtturm auflösen, was wahr und was erfunden ist. Mir hat das Spaß gemacht, ich hörte euch gern zu. Wenn ihr nichts dagegen habt, würde ich mich mit einer nächsten Erzählung anschließen. Die ist übrigens auch aus der Kategorie der völlig ‚verpeilten Typen'. Passt gut zu unserem Staatsanwalt."

Tilman wartete unsere Reaktionen gar nicht erst ab, sondern begann gleich zu erzählen.

Eine Flaschenpost ist wie ein Fingerzeig aus einer anderen Welt. Schon das Auffinden hat etwas Mystisches, was den Finder ins Grübeln bringt. Wer hat seine Nachricht in die Flasche gesteckt? Wer wollte etwas verkünden? Waren Menschenleben in Gefahr? Lässt sich ergründen, weshalb der Absender seinen Brief auf diese Weise dem Meer anvertraute? Ist es lediglich ein Spaß, oder steckt etwas Tieferes dahinter?

Diese Gedanken mögen auch Henry gekommen sein, einem jungen Ingenieur aus Berlin, der unweit von hier genau mit solchen Fragen konfrontiert wurde, weil er eine Flaschenpost am Strand fand. Henry hatte vom Arzt eine Auszeit verordnet bekommen und war einer der Glücklichen, dem seine Krankenkasse eine Kur zugestanden hatte. Das Krankheitsbild wies auf Burn-out hin, mehr Modebegriff als Diagnose, wenn ihr mich fragt. Jedenfalls fand Henry bei kilometerlangen

Strandwanderungen wieder zu sich, und die Seeluft half ihm, sich zu entspannen und vom Alltagsstress zu erholen.

Zunächst wirkte sich die Flaschenpost auf unseren Henry positiv aus. Er nahm die grünliche Whiskyflasche mit in die Klinik. Der graue Metallverschluss wirkte angegriffen, und die Flasche sah aus, als wäre sie ziemlich lange im Wasser gewesen. Am Flaschenboden war ein Schriftzug in das Glas geprägt „Laphroaig, bottled 1982". Das legte die Vermutung nahe, dass es sich um eine alte Nachricht handeln könnte.

Henry stellte die ungeöffnete Flasche am Abend auf seinen Nachttisch. Er würde sie am kommenden Tag als Souvenir von der Kur mit nach Hause nehmen.

Max hob die Hand und bedeutete Til, einen Moment innezuhalten. Er stand auf und verließ die Lounge für wenige Minuten. Als er den Raum wieder betrat, trug Max ein Tablett mit altmodischen Kristallgläsern vor der Brust.

Er zwinkerte in die Runde. „Hier, Freunde, ein echter ‚Laphroaig'. Zwar nicht von 1982, aber immerhin auch bereits zehn Jahre alt. Wir sollten stilecht trinken." Er prostete uns zu. „Die schauen in der Flasche nach, ob es eine Nachricht für uns gibt".

„Besser nicht ...", fuhr Til fort. Aus gutem Grund, wie wir gleich darauf erfuhren.

Henry sollte nicht viel Spaß mit seiner Flaschenpost haben. Er nahm sie nach dem Wochenende mit ins Büro, um sie seinen Mitarbeitern – Henry war selbständig mit eigenem Ingenieurbüro – zu zeigen.

Die Kollegen foppten ihn, vielleicht sei eine Schatzkarte in der Phiole, vielleicht fände er ein Aktiendepot oder ein Testament, das ihn reich machen würde. Die Müller aus dem Sekretariat konnte sich ein „Noch reicher!“ nicht verkneifen.

Henry tat seinem Team aber nicht den Gefallen, die Flasche vor ihnen zu öffnen, zu sehr hatte er sich über die blöden Kommentare geärgert. Erst am Abend nach dem ersten Arbeitstag beschäftigte sich Henry noch im Büro mit seinem vermeintlichen Schatzfund.

Doch die Nachricht, die er fand, enttäuschte ihn. Auf das Blatt war eine kurze Notiz geschrieben: „Hannah, 2013“, dazu eine Internetadresse.

Henry setzte sich vor den Computer und gab die Adresse ein. Die Seite öffnete sich.

Als Erstes sah Henry das Bild einer wunderschönen jungen Frau mit sinnlichen braunen Augen und langen dunklen Haaren. Irgendetwas an dem Bild schien jedoch nicht stimmig zu sein. Vielleicht ein etwas zynischer Zug um den Mund ...

Henry klickte weiter und las auf der folgenden Seite die Geschichte dieser Hannah. Es klang wie ein Hilfeschrei, transportiert durch das romantischste aller Postübertragungsmedien, durch eine Flaschenpost. Auf diese Weise waren bereits Gefangene von einsamen Inseln gerettet worden!

Hannah schrieb darüber, wie sie in ihrer Ehe von ihrem Mann misshandelt, vergewaltigt und immer wieder geschlagen worden war. Sie beschrieb im Detail etliche der erlittenen Torturen. Alles sehr präzise, alles ohne jegliche Hasskommentare, alles auf den Punkt gebracht. Hannah berichtete vom Ende ihrer Beziehung, von der Trennung.

An dieser Stelle verschwand die Website. Und obwohl er es mehrfach probierte, konnte Henry nicht mehr auf die Seite gelangen.

Die Mitteilung von Hannah hatte ihn berührt. Morgen würde er weiter versuchen, etwas über die Absenderin zu erfahren.

Henry startete die Datensicherung und Synchronisierung der Systeme in der Cloud und ging in den wohlverdienten Feierabend dieses ersten Arbeitstages nach der Kur.

Am kommenden Morgen erwartete ihn Frau Müller aus dem Büro mit schreckgeweiteten Augen. Sie wies auf den Computer in Henrys Büro. Auf dem Bildschirm stand:

„Nimm diesen Totalabsturz als Bestrafung für alle Männer. Deine Daten sind unwiderruflich verloren. Vor allem und auch dann, wenn du ein Netzwerk mit aufwändigen Datensicherungen betreibst. Meine Nachricht habe ich zwanzig Mal ins Meer geworfen, und ich bete dafür, dass nur Männer getroffen wurden. Ich hoffe, dass ich dir maximal schaden konnte. Hannah."

Nach etwa zwei Stunden verschwand der Text, und die Computersysteme gaben endgültig ihren Geist auf.

Oh, welch eine Katastrophe, so ein Totalabsturz. Aber kann das auch die Daten in der Cloud betreffen? Stefanie hat immer gedacht, da *wären* sie sicher. Sie muss mal bei Fabian nachfragen.

Stefanie reckt sich. Sie sollte nun auch schlafen. Ganz vorsichtig streichelt sie über die Stirn ihres Mannes.

„Werde gesund, Schatz", flüstert sie.

ZEHNTER TAG

Kläglich liegt Sebastian in seinem Bett. Er kann nicht mehr verbergen, dass es ihm sehr schlecht geht. Seine Worte klingen verwaschen und leise, mühsam hebt sich seine Brust. Aber er ist klar im Kopf.

Bei der Morgenvisite von zwei Ärzten und einer Schwester erklärt die Oberärztin: „Sebastian, wir verlegen dich noch heute Vormittag auf die Intensivstation. Deine Vitalfunktionen sollten überwacht werden. Du musst dich endgültig entscheiden, ob du das Serum willst. Ich komme nachher mit einem Lungenspezialisten, mit dem du deine Entscheidung beraten kannst."

Ärzte und Schwester verlassen das Zimmer. Stefanie setzt sich neben ihren Mann auf das Bett.

„Hasi, ich habe Angst zu sterben, aber ich habe auch Angst vor deinem Serum", gesteht Sebastian mit gesenktem Blick. „Vielleicht bringt es mich ja um, obwohl ich ohne überlebt hätte. Oder, noch schlimmer, ich werde ein Krüppel, ein lebenslanger Pflegefall. Das will ich nicht."

„Ich kann dir nichts versprechen." Stefanie klingt unsicher. „Die Tiere, an denen wir die Tests gemacht haben, sind schnell wieder gesund geworden. Aber ich weiß, einen solchen Schritt zu gehen, kostet Mut."

„Ich bin kein mutiger Mann. Du bist viel mutiger als ich!"

„Das stimmt nicht. Du hast viele Jahre vor immer neuen Kids Unterricht gegeben. Erinnere dich, wie schwierig das manchmal war und wie gemein sich einige der Kinder verhielten. Nie hast du dich unterkriegen lassen, bist immer wieder in die Schule gegangen und hast dich letztendlich durchgesetzt. Dafür braucht man viel Mut. Überwinde deine Angst, das kannst du!“

„Du gibst mir die Spritze?“

„Versprochen, ich gebe dir die Spritze. Ich bleibe die ganze Zeit bei dir, lese dir vor. Außerdem ist Jana da. Sie ist eine exzellente Ärztin. Du weißt, dass du ihr vertrauen kannst.“

„Was auch passiert, die zehntausend Euro will ich nicht für mich. Sie sollen für die medizinische Forschung genutzt werden. Wenn ich sterbe, spende du sie, versprich mir das! Und denk an das Buch ...“

„Das verspreche ich dir!“ Stefanies Stimme klingt fast feierlich.

„Dann ist alles klar, Steffi?“

„Ja, Schatz.“ Sie nickt. „Soll ich dir eine deiner Geschichten vorlesen?“

„Lass mich lesen, vielleicht ist es das letzte Mal.“

„So etwas darfst du nicht einmal denken! Es wird alles gut.“ Stefanie reicht ihrem Mann das Tablet.

Mit leiser, belegter Stimme beginnt er:

„Zum Wohl!“ Til hob seinen Laphroaig an und prostete seinen Kameraden zu. Er trank zügig und leerte das Glas bis auf den Boden. Anschließend schüttelte er sich leicht, offensichtlich war er Hochprozentiges nicht gewohnt. „Das ist der Fluch unser aller Vernetzung. Einmal auf den falschen Knopf gedrückt, und ganze Existenzen können zerstört werden. Fluch und Segen liegen dicht beieinander. Möchte noch jemand einen Whisky?“

Alle Anwesenden schüttelten den Kopf.

„Wenn ich bedenke, dass dein Henry helfen wollte! Das ist ein starkes Stück." Yannis war offensichtlich empört. „Auch wenn uns immer wieder eingetrichtert wird, keine Mails aus fremden Quellen zu öffnen, ich hätte das genauso angeklickt. Ist doch gemein."

Til zuckte mit den Schultern.

„Nette Story", sagte Max und blickte Til über den Rahmen seiner Brille hinweg an. „Guter Versuch, uns zu unterhalten. Eine klassische Verknüpfung von Historie und Moderne. Mit der Flaschenpost ins Internet, darauf muss man erst mal kommen. Zeitweise habe ich gedacht, es lägen vierzig Jahre zwischen dem Wurf ins Wasser und dem Auffinden der Flasche. Du schaffst es spielend, den Bogen von der Vergangenheit ins Heute zu schlagen. Hut ab, Til. Da fehlten nur noch ein reitender Bote, eine Postkutsche oder eine archaische Rohrpost. Hat mir gefallen."

Sebastian reicht das Tablet an Stefanie. „Ich habe nicht genug Atem zum Lesen, bitte, mach du weiter."

„Gern, mein Schatz."

Jetzt mischte ich mich ein. „Ich glaube, man kann noch weit größere historische Spannungsbögen zeichnen. Habt ihr Lust? Dann versuche ich eben mal vierhundertfünfundzwanzig Jahre zu überbrücken und in einem Handlungsstrang zusammenzufügen. Leider brauche ich dazu naturgemäß einen Moment länger. Also, ihr solltet euch reichlich mit Getränken versorgen, anderthalb Stunden werde ich wohl lesen."

„Das war ja zu erwarten! Erst meldest du dich überhaupt nicht mehr zu Wort, beobachtest, wie wir uns abrackern, und jetzt gedenkst du uns wieder einmal mit Geschichtszahlen einzudecken. Woran erinnert mich das nur?", fragte Max grinsend. „Aber erzähl mal. Deine Geschichte scheint ja noch weiter zurückzuliegen als dein Goldschatz von 1872. Du erwartest sicherlich nicht, dass wir dir das abnehmen. Egal. Wenn du aber ähnlich interessant bleibst wie bei deiner ersten Lügengeschichte, sei es drum ..."

Max setzte sich gemütlich hin und stützte die Füße auf dem vor ihm stehenden Cocktailtischchen ab. Ich überzeugte mich davon, dass alle bequem saßen, nippte noch einmal an meinem inzwischen servierten Gin Tonic und begann zu lesen.

„‚Die dritte Kirche ist St. Peter lieget nach der Sonnenaufgangs ist die elteste und erste Kirche. Der Turm darauf, hat alle Zeit viel Anstoß und Unglück erlitten. Fünf oder sechs mahl ist der Blitz darein geschlagen und ihn übel zugericht. Ein mahl hat ihn der pöbel ... niedergerissen, ist auch einmal vom blitz gar angesteckt und herunter gebrandt mit den glocken. Mehrfach hat ihn der Wind herabgesetzt mit großem Krachen, ehe der knopf darauf gesatzet worden ist. Got der alles in seinen händen hat und regieret, wolle ihn durch seinen heiligen Engel bewahren.' Aus der Lindeberg-Chronik zu Rostock, 1596."

Ich sah mich um und bemerkte, dass meine Freunde lauschten. Offenbar waren sie auf eine interessante Geschichtsstunde eingestimmt.

Sebastian allerdings ist eingeschlafen, wie Stefanie bemerkt. Sie legt eine Hand auf die Brust ihres Mannes und liest nun still für sich.

„Von 1543 bis 1578 und 1942 bis 1994 war die Rostocker St. Petri Kirche in dem gleichen Zustand. Der Turmhelm, also die Spitze der Rostocker Landmarke, war heruntergerissen, der flach endende Turmschaft kündete jeweils von einer Katastrophe, heißt es sinngemäß in einem Büchlein[3] über die Petrikirche. Ursache war ein Blitzschlag, der das Dach abgefackelt hatte, wie eine Inschrift in einer Turmnische es besagte: *‚Anno 1543 am Tag S. Gallen ist die herlige Spitz dieser Kirchen durch Gotts Straff und Himels Feur abgebrantt …‘*

Nach dem Beginn des Baus schlug ein Südweststurm die Hälfte des neu entstandenen Turms wieder herunter. Erst fünfunddreißig Jahre nach dem verheerenden Brand wurden Wetterhahn und Turmknopf wieder aufgesetzt.

Ähnlich 1942. In der Nacht von Sonntag auf Montag, vom 26. auf den 27. April 1942, zerstörten Brandbomben erneut den 117,22 Meter hohen Glockenturm. Die Royal Air Force hatte ganze Arbeit geleistet. Der Turmschaft stand wiederum für viele Jahre enthauptet neben dem Kirchenschiff und verwitterte. Erst 1994 konnte das riesige Spitzdach nach einer großen Spendenaktion wiedererrichtet werden.

So viel zu meiner Einführung in das Thema. Mein historisches Puzzle, das ich euch vorstellen möchte, hat mit Schriftstücken zu tun, aus denen ich euch vorlesen werde, um die Hintergründe für

3 Achim Schade & Matthias Redieck: Der Turm. Vom Wiederaufbau des St. Petri-Kirchturmes zu Rostock, Rostock 1995

mehrere Kriminalfälle zu erklären. Es schafft quasi die Verständigungsbrücke, die notwendig ist, um in verschiedenen Jahrhunderten zu agieren.

Mein alter Freund Michel, Historiker wie ich, aber fünfundzwanzig Jahre älter, hat mir die Dokumente schon vor Jahren mit der Bemerkung übergeben, er wolle endlich Ruhe vor dem vielen Blut haben und sich nicht weiter mit dem Schatz abgeben.

‚Eigentlich geht es um unterschiedliche Ereignisse: Morde, arger Betrug, mehrere Einbrüche und Diebstähle, auch eine Körperverletzung ist dabei', erklärte er mir. ‚Die Körperverletzung betraf mich selbst. Und ja, es geht um einen unermesslichen Schatz.'

Ich glaube, ich kann mit Gewissheit sagen, dass es den Schatz, von dem Michel sprach, gibt. Ich denke auch, es liegt auf der Hand, wer Morde beging. Außerdem kann ich den Betrug aufklären, die Todesfälle nachvollziehen und Täter benennen. Und trotzdem werdet ihr zum Schluss mit meiner Erzählung und mit den Akten nicht glücklich sein können. Zu vieles bleibt ungelöst, ein Geheimnis schwebt immer noch über den Vorfällen.

Vor mir liegen mehrere Schreiben und eine Einführung von Michel dazu. Der angekündigte Bericht, der in Zeiten zurückführt, die in unserer heutigen Schnelllebigkeit fast unwirklich erscheinen."

Hier machte ich eine Pause. Ich musste zunächst meine Stimme ölen. Würde ich es schaffen, meine Zuhörer mit auf die lange Reise zu nehmen? Ich hatte mir für den Abend viel vorgenommen.

Til und Max hatten andächtig gelauscht und nutzten meine Pause, um sich neue Getränke einzuschenken. Yannis kontrollierte sein Handy, gab aber zu erkennen, dass er bei einer Fortsetzung wieder voll dabei sein würde.

Ich setzte gerade an, meine Story zu entwickeln, als Yannis die Hand hob und mir Einhalt gebot.

„Sören hat sich gemeldet", teilte er uns mit.

Til, Max und ich horchten auf.

„Er hat mir eine knappe E-Mail geschrieben. ‚*Hallo Männer, ich bin etwas überstürzt abgereist, weil ich einige persönliche Dinge ordnen musste. Ich stehe gerade ein wenig unter Druck, und manches muss dann erst einmal zu Ende gebracht werden. Mach dir keine Gedanken, Til, so dramatisch waren deine Munch-Millionen nun auch wieder nicht, obwohl ich dir schon ganz gern hinten reingetreten hätte. Morgen nach dem Mittagessen werde ich bei euch aufschlagen. Sören*'."

Max stöhnte leise auf. „Der hat sie wirklich nicht mehr alle. Er zerlegt das Lokal, brüllt uns an, kündigt die Freundschaft auf und schreibt jetzt, dass das alles nicht so dramatisch war? Nicht zu fassen!"

„Wie vermutet, er hat sich wieder eingekriegt", beschwichtigt Til. „Allerdings bin ich überrascht, dass er sich noch einmal bei uns blicken lässt. Aber umso besser. Wir scheinen ihm doch wohl nicht komplett egal zu sein. Komm, lass ihn. Wenn wir jetzt noch weiter über ihn reden, machen wir ihn viel zu groß, und Malte ist morgen noch nicht mit seinem Kirchturm am Ende. Du hast mich direkt neugierig gemacht, was diese vierhundertfünfundzwanzig Jahre verbindet. Ein Schatz - lass hören!"

Offensichtlich wollte keiner weiter über Sören sinnieren, also begann ich, Michels Bericht zu verlesen:

Vor vielen Jahren sollte ich im Rahmen eines historischen Praktikums im Kulturhistorischen Museum Rostock Erfahrungen im Umgang mit wertvollen Musealien sammeln. Ich wollte die Gegebenheiten kennenlernen, um in sensiblen Situationen zum „Schutz des Kulturgutes“, wie das damals hieß, ortskundig handeln zu können. Praktische Unterweisungen halt, die für Historiker hochinteressant sein können.

Um nicht nur sinnlos herumzustehen, packte ich bei der Vorbereitung von Ausstellungen mit an. Ich half, die Bestände zu sortieren und eine Inventur zu machen. Dabei verschaffte ich mir einen guten Überblick über die Sammlungen und über ihre Aufbewahrungsorte.

Das Stöbern in den Regalen, Truhen, Schränken und Vitrinen gefiel mir. Ich lernte viel über die Geschichte der Stadt Rostock und konnte mir ein gutes Bild von den alten Zeiten machen.

Dann passierte mir ein Malheur.

Im Möbellager des Museums, das in einer alten Scheune untergebracht war, überprüfte ich mutterseelenallein einzelne Exponate des Museumsgutes. Dazu trug ich die Einzelstücke zunächst ins Freie, untersuchte sie und ordnete sie dann den jeweiligen Entstehungszeiten zu. Ich lief mit den Exponaten hin und her, sortierte, beschriftete kleine Aufkleber und notierte alles akribisch in meine Kladden.

Dann wuchtete ich eine Kiste auf zwei übereinandergestapelte Stühle und ging wieder hinein, um weitere Exponate zu holen. Als ich zurückkam, hatte es leicht zu regnen begonnen. Meine Stapelkonstruktion kam mit dem nächsten aufgelegten Hocker ins Rutschen, und mir knallte die gerade aufgestellte Truhe auf die Außenkante meines Fußes.

Es knackte bedenklich, und mir wurde kurz schwarz vor Augen. Als ich wieder bei mir war, stand die Truhe verschlossen und unbeschädigt neben mir.

Ich rüttelte daran und stellte fest, dass sie verschlossen war. An den Ecken eisenbeschlagen, etwa kniehoch und sechzig Zentimeter breit, zwei klappbare Eisengriffe an den Schmalseiten, verfügte sie über ein stattliches Gewicht.

Beim Wegschieben bemerkte ich, dass sie gut gefüllt zu sein schien und nicht nur vom Eigengewicht so schwer war. Der Schlüssel lag griffbereit, und so machte ich es mir auf der Erde bequem und lud die Papiere, trotz des Regens, aus der Kiste aus.

Mit einer mitgegebenen Museumskamera fotografierte ich viele der Dokumente. Ich wollte mich zu Hause in Ruhe damit beschäftigen.

Dreiundzwanzig Jahre später, 1997, sollte ich mich wieder an diese Truhe erinnern. Im Kulturhistorischen Museum wurde eine sogenannte Lade entdeckt und geöffnet, die siebenundsiebzig Schuldbriefe zweier Moltke-Generationen, der ehemaligen Herren auf Toitendorf am östlichen Stadtrand Rostocks, enthielt. Der Fund galt als wissenschaftliche Sensation, erhoffte man sich doch, anhand der Dokumente ein genaueres Bild des Fürstenhauses nachzeichnen zu können.

Kein Zweifel: „Meine" Kiste war aufgetaucht.

In den kommenden Jahren wurden die gefundenen Schuldverzeichnisse und -briefe minutiös ausgewertet. Zahlreiche Fachartikel erschienen, doch immer blieb der Eindruck, dass Dokumente aus der Truhe entfernt worden waren, bevor sie 1997 jemand zu Gesicht bekommen hatte.

Ich wusste es genau, weil ich mich Jahrzehnte vorher schlau gemacht hatte, was die Kiste enthielt.

Die wichtigsten Dokumente fehlten.

Hier machten sowohl Michel als auch ich eine Pause.

„Alles klar soweit? Seid ihr mir bis hierhin gefolgt?“ Ich blickte aufmerksam in die Gesichter meiner Freunde.

Alle nickten, keiner wirkte ermüdet.

„Michel übergab mir seine damals fotografierten Dokumente“, fuhr ich also fort. „Ich will die alten Akten für sich selbst sprechen lassen. Vorher einige Gedanken zur Einordnung. Konzentriert euch auf Elisabeth Moltke – sie ist eine Mordzeugin und übermittelt alles, was für euch interessant sein könnte. Der Schlüssel und die Quelle zum Wissen über meinen Schatz ist der neunjährige Vicke Schorler. Er ist ein Augenzeuge und mit seiner 1586 vorgelegten ‚wahrhaftigen Abcontrafaktur der hochloblichen und weitberumten alten See und hensestadt Rostock, heuptstadt im Lande zu Meckelnburgk‘ mein wichtigster Gewährsmann. Aber weiter zu den Fakten ...“

Ich legte den ersten Zettel auf den Tisch. Darauf stand: *„Inschrift eines Grabsteines in der Dorfkirche Toitenwinkel: Im Jahre des Herrn 1564 auf St. Urbans Tag zwischen zwei und drei Uhr nachmittags ist der edle, gestrenge und ehrenfeste Carin Moltke von einem mordlichen Schlage in Gott seelig auf seinem Erbhause Toitendorf verschieden, seines Alters in dem 45. Jahre, den 28. Mai unter diesem Stein begraben, dem Gott gnade.“*

„Als der ehrenwerte Carin Moltke am 25. Mai 1564 nach jenem Schlag mit der stumpfen Seite einer Axt, geführt von der kräftigen Hand des Müllers Thideke Noiting, im Haus des Siegelstechers Jacob Lübbens in den Armen seiner Frau verschied, war er das Opfer einer sauber eingefädelten Intrige geworden, deren Ursachen er selbst heraufbeschworen, wohl aber nicht erkannt hatte“, fuhr ich dann fort. „Carin Moltke ergab sich seinem Schicksal mit dem

‚immerwährenden Dank an seine Gemahlin' und mit dem Vertrauen auf Gott in Bezug auf das Fortleben derer von Moltke auf dem Gut in Zukunft und immerda.

In ihrer Lebensbeichte, die über Jahrhunderte verschollen war und mir als Fotokopien eines Schriftstücks aus der alten Kiste vorliegt, beschrieb Elisabeth Moltke, geborene Halberstadt, die Hintergründe für die abscheuliche Tat dieses ‚Mordbuben', wie sie ihn nannte[4]:

„Als Johann Moltke, Gott sei seiner Seele gnädig, 1537 siebzigjährig verstarb, hatte er einen gesunden Besitz zu Toitendorf hinterlassen. Sein erst achtzehnjähriger Sohn, mein späterer Ehgemahl, Carin Moltke, trat das schwere Erbe an.

Es mag ein Fehler gewesen sein, dass er 1549 auf dem Sternberger Landtag der alten Kirche entsagte und sich den Lutherischen anschloss, denn seine Strafe folgte auf dem Fuße: Er ruinierte den Besitz und musste sich hoch verschulden, um die Lasten zu tragen. Moltke wurde ein griesgrämiger und ungnädiger Patron.

Wohl an die dreißig Schuldbriefe unterzeichnete Carin in den kommenden Jahren, allein siebentausend Gulden zeichnete er bei Kurt von Plessen, unserem Eidam. Die Auflösung des Klosters zu Marienehe verhalf Carin wieder zu Geld, er konnte die Forderungen der Gläubiger minimieren.

Den wirklichen Gewinn der Transaktion ließ Carin im Dunkeln. Zweitausendfünfhundert Gulden in Gold behielt er in einer heimlichen Truhe und bewahrte sie als Notgroschen unter dem Bett. Nur mich

---

4 Zwei Quellen lieferten die historischen und Personendaten zu dieser Geschichte. Die Handlung allerdings ist frei erfunden.
Hans Witte: Wilhelm Ulenoge und seine Fälschungen, Schwerin 1901
Ernst Münch: Adel in Nöten. Die Moltkes, Toitenwinkel und Rostock im 16. Jahrhundert, Rostock 1997

informierte Carin über den unerwarteten Zugewinn und heimlichen Besitz. Carin zählte das Geld über die Jahre immer und immer wieder, bis dass die Taler glänzten.

Mir war er ein ungnädiger Herr. Er herrschte mit Schlägen und Unrecht.

Eines Tages stellte mir Carin Moltke den Rostocker Notar Wilhelm Ulenoge vor, den er in Rechtsfragen konsultiert hatte. Ulenoge wurde ein häufiger Gast auf Toitendorf, er ward Zeuge der Demütigungen, die Carin mir immer und immer wieder antat.

Der Rest ist schnell niedergeschrieben. Ulenoge und ich kamen überein, Carin Moltke schnellstens vom Leben zum Tode zu befördern und unserer erwachten Liebe zu frönen. Als ich Ulenoge von dem Goldschatz in der Truhe unter Carins Bett erzählte, ward der Contract beschlossen. Wir fanden uns darein, den Siegelstecher Jakob Lübbens einzuweihen, um das Ableben Carin Moltkes in dessen Hause zu arrangieren.

Er machte den Dierkower Müller Thiedeke Noiting ausfindig, dem Carin Geld schuldete und den er im Vorüberreiten mit der Gerte geschlagen hatte, auf das er ihn vorbeiließe. Noiting, der Mordbube, wurde von uns gegen ein Handgeld gedungen und verletzte seinen Herrn Carin mit einem Axthieb, der, von mir bezeugt, für einen Hufschlag ausgegeben werden sollte.

Nach Widersprüchen und schwerer Folter in Ribnitz räumte Noiting den Axthieb ein und wurde sogleich auf das Rad geflochten, ohne unsere Komplizenschaft noch verraten zu können. Er erfuhr niemals, dass ich ihn der Tat ob der Schulden meines Mannes bezichtigt hatte. Gott sei seiner schwarzen Seele gnädig.“

Ich machte eine kurze Pause, um einen Schluck zu trinken. Dann schlosss ich Michels weiteren Bericht an:

Elisabeth Moltke, damals vierundvierzigjährig, blieb mit dem Berg Schulden ihres Mannes, dem heruntergewirtschafteten Besitz auf Toitendorf und in den Nachbarorten sowie mit mehreren Kindern sitzen. Sie versuchte, aus dieser Situation das Beste zu machen, und den heimlichen Schatz vor der Auszahlung an die Gläubiger zu bewahren.

Ihr Bruder, Joachim von Halberstadt, und der Landrat Dietrich von Plessen aus der Familie ihres Schwiegersohnes sowie der Rechtsgelehrte und Rektor der Universität, Lorenz Kerkhof, wurden als Vormünder eingesetzt. Wieder war es Ulenoge, der mit der Witwe konspirierte und sich im Glauben an eine gemeinsame Zukunft daranmachte, ihren Besitz, ihren Goldschatz und ihre Ehre zu retten.

Es ist spät am Vormittag, als die Oberärztin mit einem älteren Mann ins Zimmer kommt. Sebastian erwacht.

„Das ist Professor Reinmar Riecherdt, ein führender Lungenspezialist“, stellt Jana vor. „Wir werden dich gemeinsam untersuchen und dann mit dir besprechen, wie es weitergeht.“

Während Sebastian untersucht wird, tritt Stefanie auf den Flur hinaus und ruft ihren Chef an.

„Es geht meinem Mann sehr schlecht“, teilt sie ihm mit. „Ich will ihm das Serum spritzen, er ist auch bereit dazu und hat die Einverständniserklärung unterschrieben. Frau Doktor Berndt und ein Lungenarzt untersuchen ihn zurzeit.“

„Es tut mir leid, dass es ausgerechnet Ihren Mann trifft, Stefanie. Ihnen muss ich die Risiken nicht erklären. Aber bedenken Sie dennoch die psychische Belastung, die es mit sich bringen wird, sollte das Serum nicht den gewünschten Erfolg erzielen."

„Wenn ich diese Chance nicht nutze und er stirbt, könnte ich mir das erst recht nicht verzeihen."

„Sie haben recht. Beträfe es meine Frau, ich würde ihr unser Serum auch spritzen. Nicht nur Ihr Mann ist ein Held, auch Sie sind eine Heldin. Übermitteln Sie den Kolleginnen und Kollegen die notwendigen Angaben zu Ihrem Mann, damit sie das Serum zusammenmischen. Ich werde es persönlich in die Klinik bringen und Ihnen beistehen."

Stefanie schreibt eine E-Mail auf dem Firmenlaptop an den Teamleiter der Tagesschicht, gibt Alter und Gewicht ihres Mannes an und die nach ihrer Formel errechnete Zusammensetzung des Serums.

„Bitte kontrollieren Sie meine Zusammensetzung, damit ich in der seelischen Ausnahmesituation, in der ich mich befinde, keinen Fehler mache. Doktor Roth will das Medikament selbst hierher in die Klinik bringen. Vielen Dank!"

Stefanie kehrt ins Krankenzimmer zurück.

„Bei den von der Krankheit schwer betroffenen Patienten werden derzeit Medikamente eingesetzt, die für den Kampf gegen SARS oder AIDS, gegen Malaria oder Ebola entwickelt wurden", erklärt Professor Riecherdt gerade. „Nicht alle von ihnen sind bereits zugelassen, und nicht alle Tests haben den gewünschten Erfolg gezeigt. Ob Sie dem in dieser Zusammensetzung noch nicht getesteten Serum von PierstockMed vertrauen wollen, können nur Sie selbst entscheiden."

„Was würden Sie an meiner Stelle tun?"

„Ich würde das Serum nutzen."

„Danke. Sie bestärken mich in meiner Entscheidung."

„Gut, wir bereiten dann alles vor", sagt Jana. „Ich bin damit einverstanden, dass Stefanie dir die Spritze gibt. Die Erklärung von PierstockMed hast du bereits unterzeichnet, das weiß ich von Steffi. Die Uni fordert eine ähnliche Einverständniserklärung, die musst du auch noch unterschreiben. Während du sie liest, machen Doktor Riecherdt und ich die Papiere fertig."

Jana reicht Sebastian ein Blatt, Prof. Riecherdt verabschiedet sich.

„Ich werde Ihre weitere Behandlung begleiten", verspricht er.

„Danke!"

Die Ärzte verlassen das Zimmer. Stefanie schaut zusammen mit Sebastian auf die Erklärung der Uniklinik.

„Im Endeffekt ist es immer das Gleiche", stellt sie fest. „Der Patient ist selbst an allem schuld."

Jana kommt zurück. „Hast du die Erklärung gelesen und verstanden?"

„Ja, wenn ich tot bin, verliere ich eine Klage, und wenn ich überlebe, erst recht, richtig?" Sebastian versucht ein Grinsen, das die Ärztin erwidert.

„Genau. Hier ist ein Stift zum Unterschreiben."

Sebastian kritzelt seinen Namen und reicht das Blatt zurück.

„Ich habe den Klinikdirektor über die bevorstehende Serumgabe informiert und lasse dich jetzt auf die Intensivstation bringen", erläutert Jana.

Stefanie packt ihre Sachen zusammen. Eine Schwester und ein Pfleger in Schutzanzügen schieben Sebastians Bett den Flur entlang zum Aufzug. Zusammen fahren sie einen Stock höher auf die Intensivstation.

Es dauert noch, bis Sebastian an das Beatmungsgerät angeschlossen wird. Zunächst legt Jana Zugänge, drückt Knöpfe und dreht an Schaltern.

Vorsichtig streichelt Stefanie ihren Mann.

„Mein Körper will nicht mehr“, flüstert Sebastian. „Es fühlt sich an, als lägen Steine auf meiner Brust! Es ist alles so hoffnungslos.“

Stefanie hat Mühe, ihre Fassung zu bewahren.

„Schatz, Liebster, du musst kämpfen! Für unser gemeinsames Leben, für die Kinder, die wir haben werden, und für neue Bücher!“, beschwört sie Sebastian. „Kämpf für dich und für mich. Lass mich nicht allein zurück!“

Sebastian schließt die Augen.

Jana kommt, und mit ihr ein junger Arzt.

„Das ist der Stationsarzt Doktor Philipp Gielow“, stellt Jana den Mann vor.

„Sie erhalten jetzt reinen Sauerstoff“, erklärt er Sebastian. „Dazu lege ich Ihnen eine dicht über Mund und Nase sitzende Maske an. Bleiben Sie ruhig, und atmen Sie möglichst tief ein und aus. Bevor wir den Tubus legen, versetzen wir Sie in ein künstliches Koma.“

Stefanie tritt noch einmal zu ihrem Mann. „Kämpfe, mein Schatz!“

„Geh jetzt hinaus“, bittet Jana ihre Freundin Stefanie. „Ich würde auch nicht zusehen wollen, wenn mein Mann intubiert wird.“ Sie reicht ihr einen Mundschutz. „Und zieh den bitte an.“

Stefanie steht weinend auf dem Flur. Sie weiß, was nun geschieht. Der Kopf ihres Mannes wird überstreckt, sodass der

Beatmungsschlauch möglichst gerade eingeführt werden kann. Mit einem Metallspatel wird die Zunge nach links gedrückt und der Tubus zwischen den Stimmbändern hindurch mehrere Zentimeter tief in die Luftröhre geschoben. Dann bläst man einen kleinen Ballon am Ende des Schlauches auf. Der dichtet die Luftröhre ab. Welch eine Prozedur, aber leider nun nötig.

Was hat sie nur getan? Vielleicht wäre Sebastian das alles erspart geblieben, wenn sie gleich einen Test gemacht hätte?

Jana tritt zu Stefanie auf den Flur.

„Wir regeln die Beatmung ein, überprüfen alle Vitalwerte, zeichnen sie auf und warten ab", erklärt sie. „Sollten Verschlechterungen eintreten, beraten wir über die Serumgabe."

„Danke."

Ein Pfleger trägt einen Sessel in Sebastians Zimmer. Stefanie folgt ihm, dann ist sie allein mit ihrem Mann. Die Geräte surren leise, die Displays flimmern. Ruhig liegt Sebastian da.

„Ich lese dir vor, Schatz."

Stefanie setzt sich in den Sessel und beginnt.

Ich atmete tief durch. „Noch alle an Bord?", fragte ich in die Runde. „Klar, Malte, es wird langsam spannend." Yannis' Augen begannen zu glänzen. „Zwar ein ganz schön verworrenes altes Kauderwelsch, aber es klingt interessant. Man muss nur höllisch aufpassen. Außerdem, was ist denn Carin für ein Männername?" Er lachte, dann fasste er zusammen: „Elisabeth ließ Carin durch Noiting im Haus von Lübbens erschlagen. Ulenoge war der Strippenzieher und Elisabeth ein ganz böses Mädchen. Richtig?"

Max und Til nahmen das Gehörte interessiert zur Kenntnis, sie warteten offensichtlich auf die Pointe.

„Schade, dass unser Staatsanwalt nicht da ist. Das viele Blut und die kaputten Typen ... das wäre doch was für ihn." Max schmunzelte.

Ich fuhr mit den Aufzeichnungen von Elisabeth Moltke fort: *„Ich kam mit Ulenoge überein, alte Ansprüche auf Moltkesche Besitzungen in Strietfeld, Neuenkirchen und anderswo durchzusetzen. Zunächst waren wir erfolgreich – vermeintliche Lehen wurden übertragen und zur Auszahlung gebracht, andere Höfe erhielten wir im Glauben auf die Richtigkeit unserer vorgelegten Urkunden zurück und verkauften sie für ein gutes Aufgeld.*

Was machte es schon, dass Ulenoge unseren willfährigen Komplizen, den Siegelstecher Jakob Lübbens, beauftragt hatte, den ein oder anderen Petschaft nachzuschnitzen? Meine Töchter und ich waren Ulenoge behilflich, die Siegel auf gefälschte Urkunden aufzubringen.

Ulenoge hatte auch die Truhe mit den zweitausendfünfhundert Gulden übernommen und sie gemeinsam mit Lübbens versteckt. Zu gefährlich war ihm und mir das Versteck unter dem Bett meines Ehegemahls vorgekommen, in dem Ulenoge immer öfter nächtigte.

Die Truhe hatte ihren Platz in der Familiengruft der Moltkes vor dem Altar in der Kirche auf Toitendorf gefunden. Ein süßes Geheimnis für uns, die wir übereinkamen, dass das Geld bei Carin, der es einst, zur gleichen Zeit da er mich schlug, den Gläubigern vorenthalten hatte, gut versteckt wäre. Gemeinsam in seinem Bett, lächelte uns die Erinnerung an unseren Schatz an diesem verborgenen Ort immer wieder.

Na, könnt ihr noch folgen? Noch einmal zum Überblick: Michel berichtet aus den Dokumenten in der alten Truhe, Elisabeth und

Ulenoge agieren kriminell und schaffen einen riesigen Schatz zur Seite. Dazu müsst ihr wissen, dass beispielsweise der Aufbau des Turms der Petrikirche seinerzeit etwas über achthundert Gulden gekostet hat. Zweitausendfünfhundert Gulden waren also ein Vermögen!"

Dann fiel mir noch etwas ein.

„Apropos Petrikirche, dazu komme ich gleich. Ich muss wohl schon noch einige Seiten der geheimnisvollen Schriftstücke und der alten Geständnisse vorlegen, bevor ihr Zusammenhänge zum Heute erkennt. Übrigens wurden die von Michel fotografierten Schriftstücke, die 1997 nicht in der Truhe lagen, auch später nicht gefunden. Irgendjemand musste die Truhe nach Michel noch in der Hand gehabt haben. Das ist für den Schluss meiner Story wichtig.

Elisabeth Moltke schrieb weiter in ihrem Geständnis: *Bis 1569 half mir Ulenoge, den Besitz um Toitendorf beisammenzuhalten und zu mehren. In jenem Jahre verdichteten sich in Toitendorf und im nahen Rostock Gerüchte, dass es mit den vielen gerichtlich erstrittenen und uns gewährten Ansprüchen auf vermeintliche Moltkesche Altgrundstücke nicht rechtens sein könne. Ulenoge geriet in Verdacht, in meinem Auftrage zu handeln.*

Dies schreckte uns auf. Vor allem fürchteten wir, dass peinliche Nachfragen und Untersuchungen zum Fund unseres Notgroschens in Carin Moltkes Ruhestätte führen könnten, und so entschlossen wir uns, die Truhe, die wir beiseitegeschafft hatten, an einen anderen Ort zu verbringen.

Ulenoge, der über beste Kontakte verfügte, hatte herausbekommen, dass in den Apriltagen das hölzerne Notdach über dem Turm der Petrikirche erneuert werden sollte, um dem Bauwerk für die kommenden

Jahre ausreichend Schutz zu gewähren. Am 16. Oktober 1543 hatte daselbst ein Blitz in das Spitzdach der Kirche eingeschlagen. Der Turm war abgebrannt und der Turmstumpf mittels einer Holzkonstruktion provisorisch verschlossen worden.

Ulenoge hielt jenen Turm für das bestmögliche Versteck, um den Schatz – bis Gras über unsere Fälschungen gewachsen sei – für die nächsten Jahre zu verbergen."

Ich endete und fuhr dann mit Michels Schreiben fort:

Soweit Carin Moltkes Witwe. Ihr Plan sollte – wie es sich schon wenig später zeigte – zu einer Katastrophe führen. Mir ist nach Kenntnisnahme der vorliegenden und bisher ausführlichen Lebensbeichte der Witwe bekannt, dass Ulenoge wenig später der Urkundenfälschung bezichtigt wurde. Er floh mit Unterstützung seiner Liebsten Elisabeth Moltke, die ihn nach einer flüchtigen und wohl unklugen Bemerkung ihres Vormundes Lorenz Kerkhof warnte, ihm Geld und Kleider für die Flucht zusteckte und ihn gar mit Pferd und Wagen bis an Mecklenburgs Grenzen begleitete. Dort stellte sich Ulenoge seinen Häschern, wohl in der Hoffnung, mit einem Geständnis seine Situation verbessern zu können.

Nach Kerkerhaft bis 1572 und einigen „speziellen Verhören" über die Urkundenfälschungen wurde der Notar zum Jahresende 1572 nackt auf ein Rad geflochten und vom Leben zum Tode befördert. Er hatte seine Fälschungen eingeräumt, die Hehlerin jedoch nie bezichtigt. Kein Wort ließ er über den Schatz verlauten, den er mit Elisabeth beiseitegeschafft hatte, und der Auftragsmord an Carin Moltke kam nie zur Sprache.

Ulenoge nahm auch ein Geheimnis über ein weiteres Verbrechen mit ins Grab, das er gemeinsam mit der Witwe auf Toitendorf begangen hatte ...“

„Was für eine Räuberpistole“, stellte Yannis lachend fest. „Was hatten denn die beiden noch auf dem Kerbholz?“

Ich räusperte mich kurz, dann antwortete ich mit Elisabeth Moltkes Worten: *„An einem späten Abend im Herbst des Jahres 1569, kurz nachdem mir Lorenz Kerkhof vertraulich von den Verdachtsmomenten gegenüber Ulenoge berichtet hatte, machten sich Ulenoge und Jakob Lübbens sowie dessen neunjähriger Lehrbub Vicke Schorler auf, um die schwere Schatztruhe aus der Grabstätte in der Toitendorfer Kirche zum Petrikirchturm zu verbringen. Die Männer hatten ihren geheimen Feldzug gut geplant. Der dunkle, stürmische Abend und die Obacht des kleinen Lehrburschen, der Wache stehen sollte, ließen sie sich in Sicherheit wähnen, als sie zunächst in die offene Kirche und dann in die unter einer hölzernen Falltür vor dem Altar liegende Grabstätte derer von Moltke eindrangen.*

Ulenoge beschrieb mir später die Einzelheiten des Einbruches. Kaum hatten die Männer die Grabkammer geöffnet und die schwere Truhe auf den Boden der Kirche gestemmt, knarrte die Kirchentür. Der kleine Vicke raunte den Männern zu, dass sich ein dunkler Schatten dem Portal nähere, als auch schon die schwere Kirchentür aufschwang.

Im Eingang stand der Küster, der nur wenige Meter entfernt wohnte, mit einer Fackel. Erstaunt und wohl auch etwas ängstlich näherte er sich der offenen Grabkammer. Ulenoge kauerte hinter der geöffneten Falltür, der Lehrjunge Schorler hatte sich hinter dem Eingang zur

Kirche verborgen, Lübbens war mit einem schnellen Sprung in die erste Reihe der Sitzbänke geflüchtet.

Mit einem lauten Knall schmiss der Küster die Falltür zu, um gleichzeitig erschrocken Ulenoge zu bemerken, der sich dahinter versteckt hielt. Er leuchtete ihm mit der Fackel ins Gesicht und erkannte wohl auch gleich den Eindringling, den er verwundert danach befragte, was er denn in der Kirche und in der Grabkammer suche. Noch bevor mein Liebster auch nur eine Erklärung stammeln konnte, schlug Lübbens dem Küster mit einem Knüppel, welcher den Männern eigentlich zum Transport der Kiste dienen sollte, wiederholt auf den Kopf. Der Küster stürzte zu Boden und röchelte sein Leben aus. Lübbens – und nur Lübbens! – hatte ihn erschlagen.

Ulenoge schrie ihn erschrocken an, um ihn von weiteren Misshandlungen des Leichnams abzuhalten. Lübbens ließ den Knüppel fallen, als die Männer auch schon das Schluchzen von Vicke Schorler vernahmen, den sie in ihrer Aufregung fast vergessen hatten. Er war Zeuge des Vorfalls geworden.

Schon stand Lübbens hinter dem Knaben und drohte, auch ihm den Schädel einzuschlagen. Nur mühsam konnte Ulenoge den Siegelstecher von seinem Vorhaben abhalten. Unter Drohungen ließen sie den Jungen auf dem Altar bei seinem Blute schwören, nie etwas von dem Vorgefallenen zu verkünden. In einer finsteren Zeremonie machten sie ihm klar, wie sie verfahren würden, erführen sie von einem Verrat.

Danach musste der Knabe ihnen helfen, die Kiste in die Finsternis zu transportieren und sie noch in derselben Nacht in der Krone der Petrikirche gleich unterhalb des abgebrannten Spitzdaches einzumauern. Lübbens, der den Knaben gut kannte, vertraute darauf, dass er das Geschehen für sich behalten würde.

Ich habe im Folgenden davon erfahren, dass der kleine Lehrjunge, der eigentlich im Siegelstechen und -zeichnen nicht ungeübt war, schon ein Jahr später seine Lehrzeit bei Lübbens mit dessen Tod abbrach und eine Krämerlehre begann. Lübbens war bei Arbeiten am Dach seines Hauses von einer Leiter gestürzt, die der Lehrbub festgehalten hatte. Ein Schelm, wer Arges dabei denkt!

Der Knabe hatte nach dem Schock einige Wochen darniedergelegen, sich aber bald wieder gut erholt. Als Ulenoge 1572 hingerichtet wurde, war für den kleinen nächtlichen Begleiter das Interesse an den damaligen Vorgängen verloschen und er selbst nie in Versuchung gebracht worden, seinen Schwur jemals zu brechen."

Ich machte eine kunstvolle Pause und schaute in die erwartungsvollen Gesichter meiner Freunde.

„Keine Sorge, es geht sofort weiter", versprach ich.

Dann las ich weiter, was Michel mir anvertraut hatte:

Oder aber auch nicht! Meine Untersuchungen der alten Unterlagen haben ergeben, dass sich in der Vicke-Schorler-Rolle, der großen Stadtansicht, die der Chronist zwischen 1578 und 1586 zeichnete, genau auf der Ostseite der St. Petri-Kirche eine kleine Markierung befindet, die vermutlich die Stelle bezeichnet, an der der Schatz seinerzeit im Innern der Kirche eingemauert wurde. Wenn man in seiner Zeichnung der Stadt Rostock die Petrikirche genau betrachtet, findet man am östlichen Turm, knapp unterhalb des Helms einen kleinen Kreis mit den Buchstaben CM.

Als der Turmhelm 1578 wiederaufgebaut war, war das Versteck nicht mehr zu öffnen. Es war schlicht eingemauert worden. Der Schatz geriet in Vergessenheit.

Ich unterbrach meine Geschichte zum letzten Mal.

„1997 wurde die Kiste gefunden, in der allerdings offensichtlich wichtige Dokumente fehlten. Irgendjemand musste sie aber nach Michel in der Hand gehabt, die Dokumente gestohlen und sich einen Reim auf die alten Papiere gemacht haben."

„Woher weißt du das?", wollte Max wissen.

„Ganz einfach. 1994, unmittelbar bevor die drei Dachsegmente wieder auf den Schaft gesetzt werden sollten, suchte mein Freund Michel in einer letzten verzweifelten Aktion nach dem Schatz. Es war klar, dass wenige Stunden später das riesige Dach wie ein Deckel die eingemauerte Lade für Jahrzehnte oder sogar Jahrhunderte bedecken würde.

Michels Erzählung, er berichtete mir leise und hinter vorgehaltener Hand, kann ich nur noch zum Teil und bruchstückhaft widergeben. Und Michel selbst will heute gar nicht mehr darüber sprechen. Die Ereignisse scheinen ihn geschockt zu haben, er hat das Geschehene verdrängt und abgehakt.

Hört weiter, ich bin gleich am Ende. Lasst mich die Geschichte so erzählen, wie sie mir Michel schilderte:

Morgen ist es soweit. Der Turm kommt wieder hinauf. Ich ziehe meinen Mantel straffer um die Schultern.

Es ist eiskalt in dieser Novembernacht 1994. Morgen wird alles umsonst gewesen sein. Der Turmhelm wird den zweiundfünfzig Jahre freistehenden Rumpf von St. Petri zu Rostock zum Himmel hin abschließen. Keine Chance mehr, den Schatz von Carin Moltke, der einst Herrscher auf Toitendorf war, zu finden.

Es fällt mir schwer, über die sperrigen Gerüste in das Innere der Kirche zu gelangen, mühsam zwänge ich mich durch die Streben.

Gespenstisch beleuchtet der Mond die Szenerie. Das Licht reicht knapp aus, um sich voranzutasten.

Ich weiß, dass meine Indizien nicht trügen. Hier ist die Kiste mit den Gulden zu finden. Nur hier kann es sein.

Scheppernd trete ich gegen die blecherne Bautür, die den Weg in die Wendeltreppe verschließt. Knarrend springt sie auf.

Mit klammen Händen fingere ich die kleine Taschenlampe von meinem Schlüsselbund. Ich fluche, weil ich nicht bereits draußen auf die Idee gekommen bin.

Hier im Inneren des Turms ist es unheimlich. Im Uhrzeigersinn windet sich die Treppe empor. Bis an die Spitze des Turms waren es früher 117,22 Meter. Ich kenne mich aus, habe meine Hausaufgaben gemacht.

In einer Fensternische schlafen ein paar Tauben. Ihr Jahrzehnte alter Dreck ist in den letzten zwei Jahren vom Turmschaft beseitigt worden. Die Bauarbeiter haben dabei nicht das Signum des Carin Moltke „CM" in einem der östlichen Klosterformatsteine gefunden, die auf den Hohlraum verweisen, in dem der Schatz zu finden sein muss. Na ja, sie haben ja auch nicht danach gesucht.

Nur noch neun Stunden, dann kommt der neue Helm hinauf. Dann wird es für immer zu spät sein.

Oben angekommen, stolpere ich müde auf die graue, vom Mond beschienene Plattform, die dem Spitzturm Halt geben wird. Plötzlich ist es da, dieses Gefühl, dass ich beobachtet werde.

Langsam drehe ich mich um. Hinter einem Betonmischer, der mit schweren Stahlseilen an dem gigantischen Kran befestigt ist, der morgen die Spitzdachelemente emporhieven wird, klappert Stahl auf Beton.

Ich halte die Luft an. Hinter dem Mischer schlagen zwei riesige Plastikfolien gegeneinander, die sich im Wind gelöst haben müssen. Ich beuge mich vor und ducke mich ein wenig, um besser sehen zu können.

Eine Kabeltrommel rollt hinter dem Mischer hervor. Sicher hat der Sturm sie gelöst und herabgerissen.

Nervös hüstele ich in die Faust. Das ist zu viel für mich.

Ich gehe - zögernd und auch ein wenig ängstlich - auf die zwei Folien zu, schiebe sie langsam zur Seite und wende mich über die Begrenzung der Plattform der Tiefe zu. An dieser Stelle etwa müsste das Signum zu finden sein. Hier hatte es Vicke Schorler eingezeichnet.

Der Mond leistet ganze Arbeit, dennoch ist nichts zu sehen. Nichts außer einem Schatten, der sich auf einer der Folien abzeichnet. Fast wie ein Arm, der zum Schlag ausholt.

Ich reagiere schnell, werfe mich zur Seite und reiße dabei den schweren Plastikvorhang mit mir. Der mir geltende Schlag mit einem schweren Brecheisen streift mich deshalb nur abgeschwächt am Kopf.

Schwach vernehme ich den hohen und spitzen Ton, den der Schläger ausstößt, als er - durch den Ruck aus dem Gleichgewicht gebracht - über die Begrenzung hinweg in der Tiefe verschwindet. Mit ihm flattert die schwere Folie hinab, an die er sich geklammert hat. Der Aufprall ist hier oben nicht zu hören.

Als ich mich mühsam und zitternd aufrecht halte und meine Wunden betaste, fällt mein Blick auf den Lichtkegel der kleinen Taschenlampe, die an die historische Brüstung gerollt ist. Klar und deutlich erkenne ich die Buchstaben, die in das gebrannte Mauerwerk geritzt sind: „CM“.

Ich schwanke und heule, lasse mich auf alle viere nieder und zeichne die Buchstaben nach. Also doch. Es gibt das Signum - und nicht nur ich kannte die alte Geschichte von vor über vierhundert Jahren.

Die ganze Zeit schon gab es diesen Schatten. Nach mir hat jemand die Kiste geöffnet, die Dokumente entnommen und richtig bewertet. Ich bin sehr verletzt und muss den Schatz Schatz sein lassen.

Morgen werden sie den Turmhelm aufsetzen.

Stefanie hört das Öffnen der Fahrstuhltür. Dr. Roth, ihr Chef, ist mit dem Serum da.

Plötzlich ertönt ein lauter Signalton. Jana, Dr. Gielow und eine Schwester eilen herbei, stellen den Alarm ab und starren auf die Displays.

„Es ist so weit, Stefanie. Du solltest jetzt das Serum einsetzen! Die Sauerstoffsättigung reicht kaum noch aus. Ich hole Professor Riecherdt dazu."

Stefanie zittern die Finger. Nun stehen sie mit fünf Personen in Vollschutz um Sebastians Bett. Allein der Anblick wirkt bedrohlich. Stefanie schaut ihren Mann an.

Wenn es dich gibt, Gott, dann steh Sebastian bei!

Tief atmet sie ein und aus. Dr. Roth reicht ihr die Spritze. Sie drückt den Inhalt langsam über einen vorhandenen Zugang in den Blutkreislauf ihres Mannes. Schweigend stehen die anderen dabei.

Jana und der Stationsarzt beobachten die Monitore, die Schwester den Patienten. Nichts geschieht. Erleichtert blicken sich alle an, bleiben aber noch im Raum.

Und dann kommt der Alarm. Sebastians Herz schlägt nicht mehr.

Die Schwester weist Professor Riecherdt und Stefanie harsch vom Bett weg, Jana und Dr. Gielow reanimieren ihren Patienten, starren erneut auf die Geräte, sehen sich bedeutsam an. Jana legt ihren Arm um Stefanie, die am ganzen Körper zittert, denn sie kann die Angaben auf den Monitoren ja selbst deuten.

„Sebastians Herz schlägt wieder, nicht wahr?“, vergewissert sich Stefanie mit banger Stimme.

Jana nickt. „Uns bleibt nichts, als abzuwarten.“

Erstaunlich, dass Jana so ruhig bleiben kann. Sie beherrscht sich offensichtlich mit großer Kraft und Willensstärke, bleibt hochprofessionell.

Als die Ärzte das Krankenzimmer verlassen, legt Professor Riecherdt Stefanie kurz die Hand auf die Schulter.

Dr. Roth verabschiedet sich ebenfalls. „Bleiben Sie ruhig, Stefanie, die Gedanken und guten Wünsche all Ihrer Kollegen begleiten Sie. Rufen Sie mich an, wann immer Sie wollen.“

Erneut ist Stefanie nun allein mit ihrem Mann. In Gedanken spricht sie mit ihm.

Schatz, kämpfe! Kämpfe für uns.

ELFTER TAG

Bis kurz nach Mitternacht sitzt Stefanie auf dem Sessel an Sebastians Bett. Sein Zustand ist unverändert.

Jana, die eine Vierundzwanzigstundenschicht absolviert, lässt für die Freundin ein Bett bringen, auf das sich Stefanie legt. Gegen vier Uhr gibt es einen Alarm. Stefanie springt schlaftrunken auf. Sebastians Körper zuckt furchtbar, das Gesicht ist mit einem roten Ausschlag übersät. Eine Schwester kommt und wenig später die Ärzte.

„Blutdruck und Puls sind zu hoch, die Körpertemperatur ist gestiegen“, kommentiert Dr. Gielow das Geschehen. „Der Patient hat Krämpfe.“

„Und einen Ausschlag“, ergänzt Jana. „Sein Körper wehrt sich heftig gegen das Serum. Aber das muss nicht schlecht sein, Stefanie.“

„Wir senken Blutdruck und Fieber“, ordnet die Oberärztin an.

Stefanie ergreift Sebastians Hand. „Ruhig, mein Schatz, das Serum bekämpft die Viren. Bald bist du gesund.“

Eine gefühlte Ewigkeit scheint sich nichts zu ändern, dann wird Sebastian ruhig. Nur noch vereinzelt zuckt ein Bein oder ein Arm.

„Wieder stabil“, äußert der Stationsarzt, und das Zimmer leert sich.

Stefanie bleibt noch eine Weile am Bett stehen und streichelt Sebastians Hand, dann muss auch sie sich wieder schlafen legen.

Schon früh am Morgen wird es unruhiger auf der Station. Stefanie wacht auf.

Jana schaut nach ihrem Patienten.

„Ich habe Schichtschluss, bin erst morgen früh wieder da. Auch Doktor Gielow geht. Wir tauschen ja das gesamte Team“, erklärt sie der Freundin. „Es kommen Doktor Niemeier und Doktor Falkner, beide sind sehr kompetent und freundlich. Natürlich wissen sie über die besondere Situation Bescheid. Sie werden mich sofort anrufen, wenn es nötig sein sollte. Ich stehe dir und vor allem Sebastian bei, versprochen. Ruh dich auch aus. Vergiss nicht: Du bist nicht gesund.“

Ängstlich schaut Stefanie der Ärztin nach. Dass Jana zwischendurch nicht hier sein würde, hatte sie gar nicht bedacht. Nun fühlt sie sich verloren.

Die Bilder des gestrigen Tages und der Nacht steigen vor Stefanies innerem Auge auf.

Erst der Herzstillstand, dann hohes Fieber, steigender Blutdruck und Puls, Krämpfe und Ausschlag. Konnten seine geschwächten Organe das überstehen?

Hat sie vielleicht einen Fehler gemacht, als sie ihm das Medikament injizierte? Aber sie war von dem Serum überzeugt und wollte unbedingt, dass Sebastian lebt.

Wie soll sie weiterleben, wenn er stirbt oder, wie er fürchtete, behindert bleibt? Was hat sie ihm nur angetan?

Wenig später sind die zwei angekündigten Ärzte da. Dr. Niemeier ist ein kurz vor der Pensionierung stehender, hagerer Mann, Dr. Falkner jung und leicht rundlich.

„Sie sehen es ja selbst, Ihr Mann ist stabil“, meint Dr. Niemeier nach einem Blick auf die Displays. „Bei solch einer schweren Beeinträchtigung der Lebensfunktionen braucht der Körper Zeit zur Heilung. Haben Sie Geduld. Sie sollten Ihren Mann immer mal wieder berühren, mit ihm sprechen, etwas erzählen. Sie wissen ja, je nach Tiefe des Komas kommen Außenreize dennoch im Gehirn an.“

Beide Ärzte versichern Stefanie, dass sie sich ganz besonders um diesen Patienten kümmern und stets ein offenes Ohr für sie haben werden.

Ein bisschen erleichtert ist Stefanie danach. Sie greift nach Sebastians Hand.

„Guten Morgen, mein Schatz“, sagt sie mit warmer Stimme. „Die Sonne scheint ins Fenster, der Rasen ist grün, die Blumen blühen ... ein herrlicher Frühling! Du solltest schnell gesund werden, sonst verpasst du ihn. Ich werde dir vorlesen, wie ich es dir versprochen habe.“

Stefanie rückt den Sessel an das Bett, greift nach Sebastians Hand und liest Maltes Geschichte weiter:

Jetzt war die Zeit weit vorangeschritten. Dreiundzwanzig Uhr.

Meine drei Zuhörer hielten gut durch. Sie alle hatten zu einer entspannteren Haltung gefunden, so, wie man es tat, wenn man ein interessantes Buch las oder einem fesselnden Film folgte. Til saß zusammengekauert in dem schweren Ledersessel, die bestrumpften Füße auf die Sitzfläche gezogen. Yannis’ Beine hingen über der rechten Armlehne, und Max streckte seine Beine über das Beistelltischchen weit aus.

Das jetzt zügige Ende der Geschichte nach den zugegebenermaßen recht umständlichen Hinführungen und Erläuterungen überraschte die drei.

„Du hättest ruhig noch weiterlesen können. Jetzt, wo es spannend geworden ist, hörst du auf. Deute ich das richtig, dass es sein könnte, dass da oben ein riesiger Schatz eingemauert ist? So viel Historie ringsherum mit Zahlen und Fakten denkt sich doch keiner aus!" Yannis sah sich verunsichert um. „Oder, was meint ihr?"

„Wenn es diesen Michel wirklich gibt, ist er ein armes Schwein", fand Max. „Der jagt sein Leben lang einer Idee hinterher, und wenn er seinen Erfolg fast greifen kann, haut ihm einer auf den Schädel, und der schöne Traum zerplatzt. Aber eines scheint mir unlogisch. Wer immer ihn da oben abgepasst hat, in der Presse hat man nichts darüber gelesen. Ich habe seinerzeit verfolgt, wie der Turm wieder sein Dach bekam: der Pastor, der mit Krangondel hinaufschwebte und den Hahn mit aufsetzte – eine gute Inszenierung. Aber kein Wort über deine mitternächtliche Leiche. Oder ist er mit der Folie hinabgeschwebt und dann schnurstracks müde nach Hause gegangen?"

Ich schwenkte mein neu erhaltenes Glas. Die Eiswürfel klirrten leise gegen das Kristall.

„Nein, nur aus der Presse wurde das herausgehalten. Man wollte keinen Eklat. Zufällig kenne ich den Chef der kriminalpolizeilichen Technikgruppe, der mir irgendwann viel später davon erzählte und gestand, dass man nie herausbekommen hat, wer der unbekannte Tote war. Offensichtlich niemand aus der Region. Keine Ahnung, welche Zusammenhänge es da gibt. Jedenfalls liegt es für mich auf der Hand, dass er von dem Schatz wusste und nicht zufällig da oben war."

Til hörte aufmerksam zu. Er beteiligte sich an der Diskussion anders als erwartet.

„Gute Fantasie, schlüssige Geschichte. Aber ‚zufällig' war das richtige Wort. Eine ganze Reihe von Zufällen, die wir seit vorgestern vernommen haben. Zufällig treffen sich zwei Schatzjäger nach Mitternacht auf dem Turm, zufällig fällt eine nackte Putzfrau vom Küchenschrank, zufällig gerät einem professionellen Bernsteinsucher Phosphor zwischen seine Steine, und ganz zufällig findet mein Karl einen echten Munch. Gehören Zufälle zum Leben dazu? Gibt es das wirklich, den entscheidenden Zufall?"

Er schaute uns an.

„Wisst ihr, ich glaube nicht daran", beantwortete er seine Frage dann selbst. „Ein Beispiel: Vor etlichen Wochen habe ich Malte hier in Rostock besucht. Wir kamen aus einem kleinen Café und sprachen über den kleinen Christoph mit der Hasenscharte aus der Parallelklasse, ein echt netter Typ. Wir fragten uns, was wohl aus ihm geworden war, und ob er wohl wegen seines Handikaps Probleme im Leben bekommen hatte. Mitten in diesem Gespräch prallte Malte an einer Straßenecke mit jemandem zusammen. Christoph! Welch ein Zufall! Aber wie kann das sein? Das ist etwas, worüber ich angesichts eurer Erzählungen immer wieder nachdenken musste. Ihr habt euch grandioser Zufälle bedient, um Spannung zu erzeugen, aber was sind Zufälle? Wenn man weiter darüber ins Philosophieren kommt, landet man im Bereich der Esoterik, oder man wird plötzlich religiös."

Unser Psychologe winkte ab und wandte sich seinem Roten zu.

„Zu kompliziert für so einen späten Abend", urteilte er dann. „Prost, Malte! Danke für das Gehirnschmalz und die historischen Zusammenhänge. Ich nehme dir ab, dass du von dem Schatz weißt, und werde gleich morgen einen Antrag an die Kirche formulieren, dass die den Turm einreißen sollen. Achthundert Gulden für den Bau zu zweitausendfünfhundert in der Truhe, da kann man schon mal so ein Dach abkippen und neu bauen. Oder?“ Tilman grinste. „Ich freue mich auf morgen. Wer wird denn noch etwas erzählen?“

Ich hob die Hand. „Da wäre ein riesiger Zufall, von dem ich euch gern berichten würde.“

Til griff mein schulähnliches Melden auf, schmiss den Arm nach oben und schnipste vernehmlich.

„Ich, ich!“, rief er. „Ich habe noch eine Liebesgeschichte. Das hatten wir noch gar nicht!“

„Okay, Leute, Schluss für heute. Ich ziehe mich zurück, will noch mal Vicke Schorler, Petrikirche und Umrechnung von Gulden zu Euro googeln.“ Ich lächelte. „Also, morgen auf ein Neues. Gute Nacht!“

Ohne dass wir uns groß abgestimmt hätten, saßen wir am nächsten Morgen bereits alle um acht Uhr beim Frühstück. Wir hatten besprochen, uns um halb eins am Leuchtturm in Warnemünde einzufinden, um dort miteinander die gehörten Geschichten auszuwerten und aufzulösen. Darauf freuten wir uns.

Wir alle waren ein wenig neugierig geworden. Uns trieb die Frage um, welche der Geschichten real gewesen war. Ich glaube, wir alle vermuteten, dass vor allem Tilman mit seinem Munch-Gemälde seine eigene Vergangenheit vor uns ausgebreitet hatte.

Yannis war der Erste, der auf den Vorabend zu sprechen kam. „Es hat mich die ganze Nacht beschäftigt, was du über den Zufall erzählt hast, Til. Wenn man es richtig nimmt, ist das ganze Leben ein großer Zufall. Allein die Tatsache, dass sich zwei Menschen zusammenfinden, ist reiner Zufall. Heute mag es ein kleines bisschen anders sein, wenn sich Paare auf Singlebörsen suchen und dabei genaue Kriterien vorgeben. Aber alles, was dann folgt, ist irgendwie vom Zufall beeinflusst. Wer wird in welchem Umfeld groß, wer trifft auf wen, hat man aufgrund der Kompatibilität zweier Partner gute Gene, sind die Eltern Looser oder vermögend ... alles Zufälle."

Wir diskutierten das Thema noch etwas weiter und schlossen unsere Freundschaft dabei nicht aus.

„Ist es Zufall, dass wir uns gefunden haben und bis heute verstehen?"

„Ist es Zufall, dass unser Kunsthistoriker Menschen kennt, die Signale aus der Zukunft empfangen haben, und uns darüber berichten konnte?", fragte ich augenzwinkernd.

„Stimmt, da hab ich auch schon drüber nachgedacht." Yannis nickte ernsthaft. „Ist wirklich toll, dass genau dieser Stein gefunden wurde."

Er grinste zurück. Offenbar war er stolz auf seine Replik!

„Das Leben spielt in der Tat eigenartig. Meine nächste Geschichte werde ich euch auf der Wanderung nach Warnemünde erzählen. Die Pointe, so viel kann ich voranstellen, hat mit so einem Lebenszufall zu tun. Diese Story konnte ich leider vorher nicht mehr zu Papier bringen. Ich will nur eine kurze Zeitungsnotiz vorlesen, die das Geschehen einleitet. Der Rest folgt dann unterwegs."

Ich zog ein wenig theatralisch ein geknautschtes Papier aus der Tasche, strich es umständlich glatt, um die Neugier zu wecken, und las. Es war ein Zeitungsartikel aus dem Jahr 1944[5].

---

5 Dieser Abschnitt zitiert in Teilen einen Artikel aus dem Stralsunder-Anzeiger vom 11. Oktober 1944.

Der kämpferische Wille unserer deutschen Jugend
Erfolgreicher Jagdflieger von zwei Pimpfen besiegt

Im Gefolge des schweren Luftkampfes vor Seestadt (6.10.1944) brachte die Bodenabwehr am Freitag ein feindliches Flugzeug zum Absturz. Einer der erfolgreichsten englischen Jagdflieger, Flugzeugkommodore Finucan, wurde bei seinem Jagdvorstoß durch die heldenhaften Verteidiger von Stralsund abgeschossen und fand einen Tag später unter jetzt fast geklärten Umständen den Tod.

Nach britischen Angaben stand dieser Fliegeroffizier mit mehr als dreißig Luftsiegen vorn an der Spitze der erfolgreichsten britischen Jagdflieger und war Träger höchster Kriegsauszeichnungen.

Unsere deutsche Jugend hat sich dabei mit einiger Erhabenheit und Reinheit, in denen höchste germanische Menschheitsideale Verwirklichung fanden, ein bleibendes Denkmal gesetzt. Ebenso, wie sich an allen Fronten die jungen Soldaten aus der HJ, voran die SS-Panzer-Division ‚Hitlerjugend', als fanatische Kämpfer der Nation beweisen, mußte der Feind auch hier vor Stralsund die gewaltige Begeisterung der nationalsozialistischen Jugend erkennen.

Zwei fleißige junge Sammler, Pimpfe eines Fähnleins aus dem KLV-Lager bei Klausdorf, wurden nach dem beobachteten Fallschirmabsprung des Fliegers und später noch zur Suche eingesetzt. Wie sich gestern herausstellte, wendete der zwingende Idealismus der Jugend tödliche Gefahr von Stralsund ab. In einem selbstlosen Werk, das Gefühle der Bewunderung und Dankbarkeit weckt, stellten die zwei Jungen den schwer bewaffneten und bestens ausgerüsteten Feind und meldeten ihn ihrem Fähnleinführer.

Noch ist nicht ganz geklärt, unter welchen Umständen der leblos aufgefundene Kommodore zu Tode kam. Ihm waren offensichtlich am Boden schwere Verletzungen beigefügt worden, in deren Folge er wenig später verstarb. Mit übermenschlicher Kraft bestanden die zwei zehnjährigen Pimpfe, die ihr Leben einer großartigen Idee weihten, diesen Stunden währenden Härtetest in einem Kampf gegen die Angst, gegen die Nacht und Dunkelheit, sich einer tödlichen Gefahr im Angesicht wähnend.

Der Mensch, der die Grenzen seiner mechanischen und geistigen Leistungen zu sprengen vermochte, gebar ein großartiges und selbstloses Werk. Möge der Feind die gewaltige Begeisterung der nationalsozialistischen Jugend erkennen, die geschlossen in allen Gauen zu den Fahnen hält und stolz die rote Kordel als Zeichen ihrer Einsatztreue trägt.

Der Sturm braust über Land und Meer,
Haltet die Deiche!
Es weht den Brandrauch zu uns her,
Haltet die Deiche!
Rot steht der Himmel im Feuerschein,
Krachend stürzen die Mauern ein,
Haltet die Deiche!
Signale rufen zur Freiheitsschlacht,
Greift an Kameraden!
Die Fackeln tragt durch die Schicksalsnacht,
Greift an Kameraden!
Am Himmel der rote Feuerschein,
Wird das Morgenrot unseres Sieges sein,
Greift an Kameraden!
Schweigt und warnt jeden der schwatzt! Pst!
Der zweite abgesprungene Bomberpilot wurde bisher
nicht gefunden, helft suchen!“

Inzwischen hatten wir unser Frühstück aufgegessen und machten uns auf den Weg, dem fernen Leuchtturm zu. Zunächst musste ich meinen Zuhörern die folgende Geschichte einordnen.

Am Strand angekommen, griff ich den Erzählfaden unverzüglich wieder auf.

„Wenige Tage vor meiner Abfahrt traf ich einen guten Freund in Stralsund, einen Notfallmediziner, der sechs Wochen vorher einen seiner Patienten verloren hatte. Die Umstände des Ablebens des alten Herrn hatten eine mysteriöse Vorgeschichte, die er im Gespräch mit vier Schülern ergründete. Er lud mich ein, damit ich die historischen Umstände des Todesfalles bewerten konnte. Einiges hat er sich nach dem Kontakt mit den Schülern zusammengereimt, anderes im Internet nachgeschlagen, so wie auch den Text aus der Zeitung von 1944, den ich euch vorgelesen habe. Auch das ist eine Zufallsgeschichte, die schier unglaublich scheint."

Die Jungs rückten etwas näher an mich heran, und wir schlenderten langsam in Richtung Warnemünde.

Der alte Herr, nennen wir ihn Eduard, hatte es sich angewöhnt, jeden Vormittag - egal ob bei Sonne, Wind, Regen oder Sturm - auf einem Wanderweg entlang des Knieper Teiches in Stralsund, vorbei am Theater unterhalb des Weges und später an der alten Bunkeranlage über die Weißen Brücken in Richtung Jungfernstieg spazieren zu gehen. So auch an diesem besagten Tag.

Unser Eduard schritt zügig aus und schwenkte seinen Stock, eher Spazierstock als Gehhilfe, etwas übermütig hin und her. Er blickte auf den Teich und beobachtete vier Jungs, die Steine in das Wasser warfen. Bei sich mag er darüber sinniert haben, weshalb die Schüler nicht in der Schule waren. Er blickte sich lange nach ihnen um und marschierte dann weiter.

An einer von Büschen umwachsenen Stelle unterhalb des Theaters stolperte der Rentner über eine scharfkantige Erhebung und rutschte mit seinem Sock über den Boden. Er fand keinen Halt, stürzte, drehte sich im Fallen und prallte mit dem Kopf auf die schmale, steinerne Wegbegrenzung. Dann wurde er ohnmächtig.

So, wie er die Jungs beobachtet hatte, fixierten auch die ihn schon geraume Zeit. Sofort rannten sie los, gute kleine Kerle mit viel Mitgefühl. Wie im Erste-Hilfe-Kurs der Schule gelernt, lagerten sie den Ohnmächtigen in der stabilen Seitenlage.

Mike, der als Einziger von ihnen ein Smartphone bei sich trug, vergaß in der Aufregung, damit die Polizei oder den Notdienst zu rufen. Stattdessen nahm er die Beine in die Hand und sprintete los. Dabei rief er den anderen zu, dass er die Feuerwehr zu Hilfe holen werde. Deren Leitstelle lag am Sund, etwa vierhundert Meter weiter.

Seine drei Freunde blieben zurück, und nicht lange darauf kam der alte Eduard zu sich. Verwirrt blickte er sich um. Langsam erfasste er seine Situation und begann mit den drei Freunden zu sprechen.

„Da hat es mich ausgerechnet genau hier erwischt."

Er wollte sich erheben, sank aber aufstöhnend zurück. Ganz langsam sprach er, stockte häufig, fuhr leicht stotternd, aber unbeirrt fort.

„Es ist hier gewesen im Winter 1944/1945. Wir hatten zwischen Dezember und Januar knackigen Frost mit dreizehn Grad Minus. Die Teiche waren zugefroren."

Der älteste der Jungs versuchte, Eduard in seinem Redefluss zu bremsen, aber der alte Mann ließ sich nicht aufhalten. Blut lief ihm vom Hinterkopf über die Schultern, und die drei Streuner versuchten es mithilfe von zwei Schals aufzuhalten.

„Ich war schon einige Tage an den Schilfrändern unterwegs, weil Erwachsene gesehen hatten, dass er hier aufs Wasser aufgeschlagen sein musste", sprach Eduard weiter. „Mit Schlittschuhen war ich unterwegs, die man sich mühsam mit Lederriemen und frostklammen Fingern unter die Schuhe schnallte. Meine Mutter war stets dagegen gewesen, weil das die Pappsohlen beschädigte."

Der Alte stöhnte, und einer der Jungs sprang auf, um oben am Kreisverkehr nach dem Krankenwagen Ausschau zu halten.

Dann kam er schnell zurück. Er schüttelte den Kopf.

„Es muss der 26. Dezember gewesen sein, als ich hier entlangschlidderte. Und nur dreißig Meter weiter stürzte ich und schlug mit dem Kopf auf das Eis. Dabei hatte ich Abstand vom Schilf gehalten! Das Eis war sauber. Meine Riesenbeule auf die Eisfläche drückend, tastete ich mit den Händen um mich herum, um zu erfühlen, was mich zum Sturz gebracht hatte. Zunächst fand ich nichts, dann aber ..."

Der Rentner schloss die Augen, und die Jungs befürchteten angesichts des vielen verlorenen Blutes schon das Schlimmste.

„Plötzlich spürte ich eine Erhebung im Eis", sprach er mit geschlossenen Augen weiter. „Ich hob den Kopf. Und dann sah ich es. Die Siegelplatte eines goldenen Ringes hatte mich zum Sturz gebracht. Ich presste meine Hand auf den Ring, an dem ich den Finger unter dem Eis vermutete. Ich hatte ihn endlich gefunden."

Hier unterbrach ich meine lauschenden Zuhörer. „Yannis, da vorn ist wieder Sörens ‚Mörderhügel'. Fällst du jetzt wieder in Ohnmacht? Oder willst du ein Blümchen ablegen?"

Die anderen lachten, hatten aber kein Interesse daran, dieses Thema wieder aufzugreifen.

„Wen hatte er gefunden?", fragte Max interessiert.

„Kam denn wenigstens der Krankenwagen bald?", wollte Yannis mitleidig wissen. Das schien ihm die dringendere Frage zu sein. „Es kann doch nicht ewig gedauert haben. Lass dir doch jetzt nicht jedes Wort aus der Nase ziehen! Wie geht es weiter?"

Ich ließ mich nicht lange bitten.

„Ja, der Krankenwagen kam schnell", bestätigte ich. „Die Sanitäter versorgten den Gestürzten, der wieder ohnmächtig geworden war. Sie notierten Namen und Adressen der vier Knaben und lobten sie für ihre Umsicht. Dann brauste der Krankenwagen los."

Ich musste den dreien an dieser Stelle meiner Geschichte einige Erklärungen zum Fortgang der Handlung liefern. Ein kleiner Stichwortzettel gab mir selbst Orientierung.

„Freund Internet half mir weiter, als ich die Erzählung meines Freundes recherchierte. Der Junge war am 26.12.1944 auf dem Eis gestürzt und hatte endlich die von ihm gesuchte Leiche gefunden. Und das war mitnichten ein Zufall! Am 6.10.1944 hatte die Air Force Stralsund in einem Bombenhagel zerstört. Am 11. Oktober erschien in der Zeitung der Bericht, den ich euch vorhin im Hotel vorgelesen habe. Die zwei Pimpfe hatten, an einer Flak Munition schleppend, geholfen, einen der Flieger abzuschießen. Den Befehl der Bomb Group der Royal Air Force führte Kommodore Finucan, ein Held der englischen Fliegerstaffel aus. Bei dieser Mission der hundertzehn

Bomber starben sechshundertneunundsiebzig Menschen in Stralsund, fast ebenso viele Häuser wurden zerstört. Auch Finucan selbst kam bei dem Abschuss ums Leben. Seine Leiche wurde zunächst nicht gefunden."

„Klar, der Bombenkrieg hatte Deutschland schon lange erreicht und vergalt die deutschen Angriffe. Musste sich doch keiner drüber wundern." Max glaubte mir meine sorgsam gehütete Pointe abzunehmen, als er fortfuhr: „Die beiden Pimpfe haben den Flieger gesucht, und unser Eduard war einer der beiden, der ihn dann auch fand. Punkt und Schluss." Triumphierend sah er die anderen an.

„Genau, Max. Du hast gut aufgepasst und kombiniert", lobte ich ihn. „Der Goldring trug die Initialen ‚RAF' für Royal Air Force und auf der Rückseite den Namen ‚Finucan'."

Ich wandte mich ab und tat so, als ärgere ich mich darüber, dass Max mir auf die Schliche gekommen war.

„Ist doch alles klar." Max hob den Zeigefinger. „Der gestürzte Eduard hat den Engländer abgeschossen, zwei Monate gesucht und ihn dann gefunden, der kleine Nazi."

So hatte ich es mir gewünscht. Erst jetzt sollte meine eigentliche Pointe kommen.

„Die Sanitäter luden den gestürzten Rentner vorsichtig ins Auto und begannen sofort mit ihren Reanimationsmaßnahmen. Doch noch im Auto verstarb der alte Eduard."

„Sag ich doch. War zu erwarten." Max hegte offensichtlich keine große Empathie für den ehemaligen Pimpf. „Gut, hat noch jemand eine Story für den Weg zum Turm?"

„Nicht so schnell", unterbrach ich ihn. „Mein Freund, der Notfallarzt, hat mir noch etwas berichtet. Als er Eduard mit auf die Trage gehoben hatte, steckte er sich ein kleines, aus dem Kiesweg ragendes Kästchen in die Tasche. Nach etlichen Tagen fiel es ihm wieder ein, und er putzte es. Es war aus Silber."

„Und, was war das?", forderte Yannis sofort die Fortsetzung. „Sag schon!"

„Es war eine silberne Zigarettenschachtel, über die Eduard gestolpert war. Die Inschrift auf dem Deckel: ‚*Kommodore Finucan, RAF*'". Meine anschließenden Worte gingen in der Diskussion unter. „Der Krieg hatte Eduard nach über siebzig Jahren eingeholt. Jetzt hatte Finucan Eduard gefunden!"

Dr. Roth steht im Zimmer. Stefanie hat das Kommen ihres Chefs nicht bemerkt. Wie oft hat sie ihn in der Firma in Schutzkleidung gesehen, wenn er sie im Labor aufsuchte! Hier aber erscheint er ihr, wie am Tag zuvor, irgendwie fremd.

Er begrüßt seine Mitarbeiterin. „Ich habe von den Problemen heute Nacht gehört", sagt er dann. „Es tut mir leid, dass Sie das alles durchstehen müssen."

„Schlimmer ist es wohl für meinen Mann", entgegnet Stefanie etwas unwillig.

„Ich muss etwas mit Ihnen klären", erläutert Dr. Roth durch den Mundschutz. „Wie immer das hier ausgehen wird, Sie schweigen auf jeden Fall der Presse gegenüber."

Erstaunt schaut Stefanie ihren Chef an. „Ich bin hier drin isoliert. Wie sollte ich mit jemanden draußen reden?"

„Nun ja, man weiß nie. Da kommt ein Anruf, eine Nachricht über WhatsApp ... Zwar haben wir das Uniklinikum und die Ärzte um Verschwiegenheit gebeten, aber wer weiß, ob nicht doch eine

Angestellte oder ein Angestellter von der Sache hier etwas mitbekommen hat und den Medien einen Hinweis gibt."

Ärgerlich schüttelt Stefanie den Kopf. „Was denken Sie von mir? Sie kennen mich doch!" Sie redet sich in Rage, ihre Anspannung lässt sie wütend werden: „Haben Sie etwa Angst, ich könnte dem Unternehmen Schaden zufügen oder bei einem glücklichen Ausgang, auf den ich hoffe, den Ruhm für mich allein beanspruchen?"

„Nein, nein, Stefanie, beruhigen Sie sich. Nichts unterstelle ich Ihnen. Auch ich hoffe, dass Ihr Mann wieder gesund wird."

„Damit PierstockMed berühmt wird und sich mit dem Serum eine goldene Nase verdient?"

„Sie sind erschöpft", stellt er fest. „Ich wollte nichts weiter, als Sie vor den geschickten Machenschaften einiger Reporter warnen, und zwar nicht wegen des Ansehens von PierstockMed, sondern um Ihrer selbst willen. Jedes Wort, dass man heute äußert, bleibt erhalten, kann nicht mehr rückgängig gemacht werden. Ich habe erlebt, wie eine unverfängliche Äußerung so verdreht wurde, dass sie genau das Gegenteil suggeriert hat."

Stefanie senkt den Kopf. „Ja, ich weiß, entschuldigen Sie. Ich muss wirklich überreizt sein. Natürlich werde ich zu dem hier jeden Kommentar verweigern."

„Schon gut." Dr. Roth nickt, dann wechselt er das Thema. „Ich habe noch eine gute Nachricht. Alle in den letzten Tagen getesteten Tiere haben die Gabe des Serums gut überstanden."

Anschließend verabschiedet er sich und betont noch einmal, dass Stefanie ihn jederzeit anrufen könne.

„Machen Sie das", bittet er sie. „Ich höre Ihnen zu, wenn Sie es brauchen."

„Danke. Bitte grüßen Sie die Kollegen."

Stefanie greift sich das Tablet und verschafft sich einen Überblick über die neuen Nachrichten. Den Leuten fällt es schwer, zu Hause zu bleiben. Eltern wissen nicht, wie sie ihre Kinder beschäftigen können.

Das Zusammensein von Familien in kleinen Wohnungen könne zu einem Anwachsen von häuslicher Gewalt führen, die soziale Isolation zu mehr Suiziden. Es wird gefordert, die Kontaktsperre aufzuheben. In Deutschland sei alles nicht so schlimm wie anderswo.

Stefanie legt das Tablet beiseite. Sie greift nach Sebastians Hand.

Ob das Leben nach dieser Pandemie einfach so weitergeht, wie es zuvor war, fragt sie sich.

Für einen Teil der Menschen vielleicht. Aber es wird viele geben, deren bisherige Lebensgrundlagen vernichtet sind, die sich etwas anderes suchen müssen. Nicht alle werden etwas finden.

Ob der Schrecken, den diese Krankheit weltweit verbreitet, die Menschheit zum Umdenken bringt, wie man gelegentlich von einigen Leuten hört?

Vermutlich werden die meisten die schweren Tage bald vergessen, fröhlicher als bisher feiern, sorgloser sein.

Aber wie lange, zum Teufel, müssen diese Maßnahmen alle laufen? Wann gibt es wieder ein ganz normales Leben?

Eine Schwester erscheint, sie lässt Blut in ein Röhrchen fließen.

„Wir machen weitere Untersuchungen", erklärt sie, um einen Moment später zu fragen: „Haben Sie schon gesehen, der Ausschlag ist verschwunden. Der Blutdruck ist auch gesunken. Das sind gute Zeichen."

Stefanie lächelt freudig, drückt Sebastians Hand. „Ich werde wieder lesen, Schatz."

„Da hast du ja jetzt noch ganz schön einen draufgesetzt. Man könnte auch sagen, der Gerechtigkeit wurde spät Genüge getan."
Max blieb bei seiner Auslegung, doch erwartungsgemäß hielt Til dagegen.

„Der war damals ein Kind, gerade mal so alt wie wir, als wir miteinander spielten. Es kann einem doch nur leidtun, dass er mit herangezogen wurde, um die Flieger abzuknallen. Was konnte er dafür? Überlegt mal, wie die Bengels bis 1944 abgerichtet wurden! Denkt mal an den Zeitungsartikel, den du uns vorgelesen hast, Malte! Die waren sogar noch stolz darauf."

„Ihr habt immer so düstere Geschichten", stellte Yannis fest. „Kann nicht einer noch mal was Lustiges erzählen?" Er guckte in die Runde. „Noch knapp zwanzig Minuten bis zum Turm. Vielleicht schaffen wir ja noch eine."

Damit bremste er Max aus, der gegenhalten und seine These von der gerechten Strafe untermauern wollte.

„Ich kann euch noch einen Fall aus meiner Praxis erzählen", schloss Til an. „Wir werden uns bestimmt nicht einig sein, aber ich glaube, in Teilen ist das eine ganz gute Story. Eure Reaktionen kann ich erahnen: Hedwig Courths-Mahler, Rosamunde-Pilcher-Verschnitt, Kitsch, das werdet ihr sagen. Jedenfalls hat die Geschichte mit Toleranz und ganz viel Liebe zu tun. Das Ende ist traurig. Soll ich?"

Er guckte Yannis an, der nickte. „Mach mal, vielleicht höre ich dann einfach beim Schluss nicht mehr zu."

„Das Leben kann grausam sein. Ich möchte euch eine ziemlich ungerechte Liebesgeschichte einer meiner Patientinnen erzählen."

Tilman sammelte sich kurz.

„Antonia war etwa fünfundvierzig Jahre alt, als sie zu mir in die Praxis kam", begann er dann. „Sie müsse zu sich finden und brauche professionelle Hilfe, um alles zu verarbeiten. Ich hatte allerdings eher den Eindruck, dass sie jemanden suchte, dem sie von ihrem Erlebnis erzählen konnte. Sie schien mir nicht labil zu sein, auch nicht depressiv, eher gefestigt, eine Frau mit starker Persönlichkeit. Ich muss zugeben, dass mich ihre Erzählung berührt hat, bei allem Abstand, den man zu seinen Patienten wahren muss. Übrigens, als sie alles erzählt hatte, brach sie die Sitzung ab, stand auf, verabschiedete sich und ging. Eine Therapie wollte und brauchte sie nicht. Der Psychotherapeut nicht als Seelenklempner, sondern als stiller Briefkasten, nicht ungewöhnlich. Ich habe sie danach nicht wiedergesehen."

Dann berichtete er uns Antonias Geschichte.

Sie war etwa zweiundzwanzig Jahre alt, als sie am ersten Tag der Hanse Sail im Rostocker Stadthafen ins Wasser stürzte. Beim Sturz schlug sie mit dem Kopf an einen Schiffsrumpf. Dann ging sie unter.

Ein junger Mann namens Martin hatte den Vorfall beobachtet. Antonia mit ihren langen, rötlich schimmernden Haaren war ihm aufgefallen, und er war ihr mit den Blicken schon eine ganze Weile gefolgt.

Als sie über die Kante fiel, rannte er los und sprang unmittelbar vor dem Schiff ins Wasser. Er tauchte sofort, aber vergeblich.

Noch einmal versuchte er es. Jetzt war er, hektisch schwimmend, zwischen Bordkante und hoch aufragender Hafenmauer etwa an der Stelle, wo Antonia ins Wasser gestürzt war. Mit einem tiefen Atemzug tauchte Martin noch einmal. Dabei streifte er die hinderlichen Schuhe ab und streckte beide Arme weit in dem trüben und mit jedem Armzug in die Tiefe dunkler werdenden Wasser nach vorne aus. Sehen konnte er nichts mehr. Der Rumpf des Schiffes nah an der Kaimauer schluckte jegliches Licht.

Martin ging die Luft aus. Er breitete ein letztes Mal weit die Arme aus – und griff in die Haare der untergegangenen Antonia. Mit äußerster Kraftanstrengung zerrte er sie an die Wasseroberfläche. Er nahm sich den leblosen Körper vor die Brust, umfasste die junge Frau und schwamm mit ihr um den Bug des Schiffes herum in Richtung des offenen Wassers.

Vom Segler aus waren Matrosen auf das Unglück aufmerksam geworden. Sie hatten eine Malerplattform, von der aus sie Ausbesserungen an der Schiffsaußenhaut vorgenommen hatten, herabgelassen, sodass Martin Antonia darauf ablegen konnte.

Auf den schwankenden Brettern begann er mit der Wiederbelebung. Er presste den Brustkorb, um das geschluckte Wasser aus dem Körper zu bekommen, und begann mit einer Mund-zu-Mund-Beatmung.

Nach wenigen Sekunden erschütterte ein kräftiger Hustenanfall die junge Frau. Sie schlug die Augen auf.

Hier wechselte Til die Erzählerperspektive. Er ließ Antonia selbst weitersprechen.

Als ich zu mir kam, war mir zunächst nicht klar, was passiert war. Ein junger Mann war über mich gebeugt, lag halb auf mir, er hatte eine Hand auf meiner Brust und schien mich küssen zu wollen.

Ich stieß ihn zurück, worauf er lauthals zu lachen begann.

„Na, Puppe? Guten Morgen, da bist du ja wieder.“

Er lehnte sich mit dem Rücken an die Bordwand des Schiffes und streckte entspannt die Beine aus.

„Gestatten, Martin", stellte er sich vor. „Ich habe dich gerade gerettet." In seinen Augen blitzte der Schalk.

Erst allmählich wurde mir die Situation klar. Ich sah seine nassen Haare, bemerkte, wo wir uns befanden, und spürte die Beule an meinem angeschlagenen Kopf. Langsam dämmerte mir, was geschehen war.

„Bin ich ... hast du? ..."

„Ja, du bist ins Wasser gefallen, und ich bin hinterhergesprungen. Jetzt liegen wir beide auf einer Malerplanke und machen uns gerade bekannt. Wie ist dein Name, Puppe?"

So, wie er Puppe sagte, klang das nicht prollig, wie man meinen könnte. Da schwang Respekt mit, es klang eher niedlich als herablassend.

„Ich bin Antonia."

„Martin", sagte er noch einmal. Dann richtete er sich auf und signalisierte den Matrosen, die über die Bordkante zu uns heruntersahen, mit einem ausgestreckten Daumen, dass alles gut war.

Er reichte mir die Hand und zog mich langsam hoch. Auf dem schmalen Brett standen wir eng beieinander, und Martin schob ganz natürlich die Hand in die Wölbung meines Rückens, um mich abzustützen.

„Ich halte dich, Puppe", versicherte er mir.

In diesem Moment verliebte ich mich in Martin. Das war diese eine entscheidende Sekunde.

Ich umarmte ihn. „Danke!"

Nachdem uns die Matrosen an Bord gehievt hatten und wir über die Gangway auf der anderen Seite des Schiffes abgestiegen waren, fasste mich Martin an der Hand und zog mich hinter sich her, der Nördlichen Altstadt zu.

„Da vorne wohne ich. Ich gebe dir ein paar trockene Klamotten von mir, Antonia."

In seiner kleinen Ein-Zimmer-Wohnung angekommen, legte mir Martin ein Shirt, eine Jeans von sich und eine lächerliche karierte Unterhose auf den Tisch. Er setzte sich auf sein Bett und zeigte mit der Hand nach rechts.

„Dort ist das Bad, Puppe. Gleich neben der Waschmaschine im Regal findest du Handtücher."

Ich blieb am Tisch stehen und begann mir das Hemd über den Kopf zu ziehen. Dabei sah ich Martin fest in die Augen. Ich öffnete den Jeansknopf und streifte die Hose herunter. Martin wich meinem Blick für keine Sekunde aus.

Einen Tag später schrieb er in sein Tagebuch: „Ich habe die Liebe meines Lebens gefunden."

Tilman unterbrach seine Erzählung und sah seine Kameraden an.

„Na, Yannis, eine bessere Geschichte?"

„Ja, erzähl weiter. Du hörst genau an der Stelle auf, wo es spannend wird."

Max reagierte wie erwartet. „Stimmt, Tilman, gerade wirst du kitschig. Aber du musst noch üben. Pilcher würde nie schreiben: ‚*Sie streifte die Hose herunter*‘."

Jetzt waren wir bereits nahe an Warnemünde, hatten aber noch gut eine Stunde Zeit.

„Komm, Til, lass unseren kleinen Yannis nicht vor Neugier sterben. Wie geht's weiter?" Zugegebenermaßen konnte ich bisher mit Tils Liebeserzählung ebenfalls wenig anfangen.

Antonia und Martin wurden ein Paar. Sie konnten nicht voneinander lassen.

Beide brachten ihr Studium zu Ende, Martin promovierte, er wurde habilitiert und erhielt eine Berufung als Professor nach Berlin. Antonia eröffnete eine eigene Praxis als niedergelassene Ärztin. Sie verständigten sich, dass Martin pendeln würde, ihr Wohnsitz sollte Rostock bleiben.

Leider war ihnen nicht viel Glück beschieden. Nach Jahren mussten sie realisieren, dass sie keine Kinder haben würden.

Dann bekam Antonia Brustkrebs.

Martin und sie liebten sich wie am ersten Tag. Ihr unerfüllter Kinderwunsch hatte sie nicht auseinandergetrieben, sondern eher noch fester zusammengeschweißt.

Am Tag ihrer Krebsdiagnose nahmen sie sich abends viel Zeit füreinander. Martin umfasste mit seiner Hand vorsichtig den Umriss ihrer Brust unter dem seidenen Nachthemd. Er zeichnete die Form ihres Busens mit dem Zeigefinger nach, als wolle er sich ein für alle Mal die Form einprägen.

„Komm, packen wir es an, Puppe. Das schaffen wir!"

„Na, da habt ihr ja jetzt die richtige Pussy-Story am Start", machte Sören unerwartet auf sich aufmerksam.

Er war wieder da und unbemerkt zu uns getreten. Dabei tat er so, als wäre seine Anwesenheit völlig normal und er nie weg gewesen. Er hatte wohl schon längere Zeit hinter uns gestanden und gelauscht.

„Kaum bin ich einen Tag nicht da, sinkt das Niveau bis in den Keller. Wo soll das denn nur enden?“

Sören streckte uns die Hände entgegen und freute sich unverhohlen darüber, uns getroffen zu haben. Seine Entschuldigung für den Ausraster und seine Abreise klang dann ebenfalls eher provokant als bedauernd.

„Als unser Psycho seinen Freunden mitteilte, dass er auf der Straße gelandet war, hätte ich ihn am liebsten vermöbelt. Ist doch wahr! Lachsbrötchen aus der Tonne, das ist doch krank!“ Sören wechselte sofort das Thema. „Wann müssen wir auf den blöden Turm? Vor dem Essen oder erst danach? Ich frag nur. Nicht, dass wir nach den Geständnissen keinen Appetit mehr haben.“

„Um 12:30 Uhr.“ Ich tippte, in Richtung Til gewandt, auf meine Uhr.

Der verstand und erzählte weiter:

Jetzt fuhr Martin schon viele Jahre nach Berlin. Er bildete Studenten aus, hatte eine ganze Heerschar junger Menschen zur Promotion geführt. Nie war er Antonia untreu geworden.

In der letzten Zeit hatte er beobachtet, dass ihn seine junge Assistentin Julie mit sehr viel Aufmerksamkeit bedachte. Stets bereitete sie die Vorlesungen akribisch mit vor, entwarf perfekte Power-Point-Präsentationen. Julie holte ihm das Essen aus der Mensa ins Büro, und sie blieb stets, bis er Feierabend machte, um mit ihm den Weg bis zur U-Bahn zu gehen. Julie hatte sich verliebt.

„Sag ich doch, der Kitsch geht weiter. Mach mal zügig, das ist echt nicht mein Ding." Max warf Sören einen fragenden Blick zu und fand Zustimmung.

Sören selbst schwieg. Er wollte nicht weiter provozieren.

Martin wurde erst darauf aufmerksam, als sich folgende Konstellation entwickelt hatte.

Antonia brachte ihn am Montagmorgen stets zum Zug und verabschiedete sich auf dem Bahnsteig von ihm.

„Gute Fahrt, Martin!"

„Mach's gut die Woche, Puppe, bis Freitag!"

Und Julie empfing ihn in Berlin am Gleis.

„Hallo, Martin, ich freue mich auf die Woche!"

Irgendwann - schon eine ganze Weile hatte Martin gespürt, dass Julies Zuneigung die Schwelle kollegialer Freundschaft weit überschritten hatte - lud Martin Julie zu einem Gespräch in ein Café ein. Er erzählte ihr Antonias und seine Geschichte und sagte ihr, dass er seine Frau liebte.

Martin griff Julies Hand. „Ich weiß, was los ist, aber es geht nicht. Und ich mag dich sehr, Julie, lass uns Freunde bleiben."

Julie nickte, erst abends allein weinte sie.

„Er nickte, sie nickte, Freunde, ja, lass uns Freunde bleiben." Max schüttelte sich theatralisch. „Mann, hast du Nerven. Du lässt nichts aus, oder?"

„Jetzt lass ihn doch mal", sprang Yannis für Til in die Presche. „Der ist doch nur fair, der Typ. Ich glaube, so was kann es geben."

Max zwinkerte, sagte aber nichts mehr. Sören zog die Augenbrauen hoch.

Auch als Julie promoviert hatte, blieben die beiden Freunde. Die Zuneigung bestand fort.

Martin schrieb in sein Tagebuch: „Schade, dass Julie keinen Partner findet. Ich glaube, sie liebt mich immer noch."

Einige Jahre später stellte Julie die gute Freundschaft mit Martin vor eine Zerreißprobe.

„Ich bin dir nie mehr zu nahegetreten. Ich habe mich damit abgefunden und bin froh darüber, dich die ganze Woche in meiner Nähe zu haben. Aber meine Zeit läuft, ich möchte ein Kind."

„Das ist gut Julie, hast du endlich jemanden gefunden? Ich freue mich für dich!"

„Nein, du verstehst nicht richtig. Ich möchte ein Kind von dir!"

„Ich will ein Kind von dir, nun komm, besorg es mir!" Max trällerte eine Schlagermelodie. „Oh mein Gott!"

Martin brach das Gespräch sofort ab. Er hob die Hand, stand auf und verließ das Büro. Anschließend ging er Julie fast eine Woche aus dem Weg.

Nach dem Wochenende nahm er Julie zur Seite. „Wie stellst du dir das vor?"

Julie strahlte Martin an. „Ich werde dich nie mit der Vaterschaft belasten. Du kommst zu mir, wenn ich empfangsbereit bin, und wir reden niemals wieder darüber."

Einige Tage später war es soweit. Julie sprach Martin am Nachmittag an, ob er am Abend zu ihr kommen wolle.

Als Martin bei Julie eintraf, hatte sie ihr Schlafzimmer romantisch mit Kerzen erhellt. Sie zog Martin zu sich auf das Bett.

„Wir sind beide stark und werden danach damit leben können, wie es ist. Aber heute Nacht möchte ich dich für mich."

Martin ließ sich fallen. Es war sicherlich kein Zufall, dass er bei aller Zärtlichkeit nie Julies Brust berührte.

Julie wurde schwanger. Sie sprachen nie wieder über diese Stunden.

Tilman unterbrach seine Erzählung. Wir waren am Leuchtturm angekommen, aber noch zu früh. Man hatte uns die Turmöffnung für halb eins versprochen. Jetzt war es zwölf Uhr.

„Lasst uns einen Cappuccino to go nehmen." Tilman verwies auf den Promenadenkiosk. Gesagt, getan. Jeder orderte seinen Cappuccino, und wir stellten uns im Kreis auf.

Max hatte auch hier einen Kommentar: „Süß und klebrig. Fast wie das richtige Leben, stimmt's Til?"

Til erzählte seine Geschichte schnell und leicht genervt zu Ende.

Es kam, wie es kommen musste: Antonia fand Martins Tagebuch.

„Puppe darf es nie erfahren."

Sie ließ Wochen darüber vergehen. Dann, endlich, sprach sie Martin darauf an. Es war an einem Montagmorgen vor der Abfahrt nach Berlin.

„Sag Julie, dass ich sie kennenlernen möchte. Sie ist ein tapferes Mädel ... Und ich vertraue dir, Martin. Mehr als je zuvor."

Der Zug fuhr ab. Martin versuchte, das Fenster herunterzureißen. Es öffnete sich nicht, deshalb formte er seine Worte mit dem Mund hinter der Scheibe.

„Ich liebe dich, Puppe!"

Til sah sich um, und wir merkten ihm an, dass er froh war, seine Geschichte zu Ende gebracht zu haben.

„Möchte jemand darüber reden?“ Ich sah die anderen an. „Oder lassen wir das alles einfach im Raum stehen?“

Til nickte dankbar.

„Super, wenn das jetzt die letzte Story war, bleibt mir ein echt toller Nachgeschmack“, knurrte Max.

Sören reagierte unerwartet. „Da kommt schon noch was.“

Yannis zuckte lediglich mit den Schultern. Er hätte vermutlich gern diskutiert.

Stefanie verspürte einen Hustenreiz. Sie wird sich ein wenig ausruhen, es ist spät. Nachdem sie Sebastian einen Kuss auf die rechte Wange gehaucht hat, legt sie sich schlafen.

ZWÖLFTER TAG

Stefanie hatte eine unruhige Nacht. Immer wieder ist sie aufgestanden, um nach Sebastian zu schauen.

Ich darf ihn nicht allein lassen. Er muss spüren, dass ich für ihn da bin.

Ihr Frühstücksmüsli steht noch unberührt da, als Jana zur Visite kommt. Auch wenn die beiden Ärzte am gestrigen Tag freundlich waren, mit ihrer Freundin an der Seite fühlt sich Stefanie doch sicherer.

Die Oberärztin schaut sich die Aufzeichnungen der Geräte an, die Sebastians Werte erfassen.

„Blutdruck, Herzfrequenz und Sauerstoffsättigung sind stabil", stellt sie fest. „Wir können die Medikation verringern." An Stefanie gewandt setzt sie hinzu: „Ich kann verstehen, dass dir nur Sebastian wichtig ist, aber denk auch an dich. Es hilft nicht, wenn er gesund wird und du bist völlig fertig. Vergiss das Essen und Trinken nicht. Es kann sein, dass du einen langen Atem brauchst."

„Ja, Frau Doktor", antwortet Stefanie mit einem Grinsen. „Du hast ja recht, ich brauche diese Ermahnungen."

Stefanie isst ihr Frühstück, dann stellt sie sich zu Sebastian ans Bett und nimmt seine Hand.

„Guten Morgen, mein Schatz. Ein neuer wundervoller Frühlingstag beginnt. Draußen im Beet blühen leuchtende Primeln, selbst ein paar Tulpen lassen schon die Farbe ihrer Blüten erahnen. Ich hoffe sehr, sie können dich bald aufwecken. Es ist so schön. Du hast genug geschlafen, hast alles nachgeholt, was du in der letzten

Woche an Schlaf beim Schreiben deiner Geschichten versäumtest. Und bald ist Ostern."

Stefanie hält einen Moment inne und drückt Sebastians Hand. Keine Reaktion.

„Weißt du noch, als wir uns unser erstes Auto gekauft hatten? Diesen alten Opel. Lange her, ich war noch Studentin. Wir fuhren gleich damit los, am Gründonnerstag. Wie dumm von uns! Wir standen eher, als dass wir fuhren. Um Mitternacht kamen wir bei deinem ehemaligen Kommilitonen am nordwestlichen Stadtrand von Hamburg an. Er briet uns ein paar Spiegeleier, und bei einer oder zwei Flaschen Rotwein habt ihr euch an eure Studienzeit erinnert. Was gab es da alles zu lachen!"

Sie schaut Sebastian liebevoll an, kramt in ihrem Gedächtnis nach weiteren schönen Erinnerungen.

„Mit dem Opel waren wir im Sommer auf Rügen, kleines Zelt, in das nur die zwei Luftmatratzen passten, dazu die Schlafsäcke, mehr brauchten wir nicht. Der Zeltplatz direkt an der Ostsee, herrlich! Am Abend und in der Nacht allerdings feucht, und dann erst die Mücken! Einen Tag fuhren wir mit der Fähre nach Hiddensee hinüber. Das kleine Inselchen gefiel uns sehr. Damals hatten wir uns vorgenommen, einmal im Herbst für mehrere Tage wiederzukommen, um die Schönheit der Landschaft richtig genießen zu können. Ist nie etwas draus geworden. Erinnerst du dich?"

Abwartend schaut Stefanie ihren Mann an, ehe sie weiterredet.

„Erst mein Studienabschluss, dann die Facharztausbildung, die Doktorarbeit. Als ich sie verteidigte, arbeitete ich bereits bei PierstockMed. Ich war erst mal etabliert, du hattest den Drang zu schreiben. Neben dem Unterrichten entstand dein erster Roman.

Du hast mir jeden Abend vorgelesen, was dir in der Nacht zuvor eingefallen war. Urlaub? Keine Zeit! Der Roman wurde ein Erfolg. Als du die Idee für ein neues Buch hattest, haben wir beschlossen, dass du schreiben sollst, den Schuldienst erst einmal aufgibst. Nun fühltest du dich umso mehr unter Druck, schnell etwas vorzuweisen, einen neuen, möglichst noch besseren Roman zu liefern. Mir war PierstockMed äußerst wichtig geworden. Den Menschen mit immer besseren Medikamenten helfen, Krankheiten überwinden. Wir haben gar nicht richtig gelebt, nur noch gearbeitet, alles andere auf das nächste, das übernächste Jahr, auf irgendwann verschoben. Unser Geld sparen wir für ein eigenes Haus im Grünen, wo wir mit unseren Kindern leben wollen, später. Wenn du wieder wach bist, Schatz, werden wir leben. Ich verspreche dir, unsere besten Jahre beginnen sofort."

Stefanie drückt Sebastians Hand kräftig. Sie meint, ein Zucken seiner Hand wahrzunehmen, wartet, keine weitere Reaktion. Vielleicht war es nur eine unwillkürliche Bewegung der Muskeln.

Stefanie fährt mit dem Fahrstuhl eine Etage tiefer, auf die Corona-Normalstation, um zu telefonieren. Sie spricht mit Sebastians Eltern, mit Anne und ihrem Bruder. Es tut gut, liebe Worte zu hören und Anteilnahme zu spüren.

Stefanie denkt an Janas Worte und zwingt sich, auf dem Zimmer zu Mittag zu essen und sich danach etwas auszuruhen.

Jana kommt.

„Es sieht alles gut aus", meint sie. „Wir haben Sebastians Medikamentendosis weiter reduziert und werden ihn auch gleich extubieren. Er kann wieder selbstständig atmen."

Stefanie lächelt. „Ich werde ihm weiter vorlesen. Das gefällt ihm bestimmt."

„Mach das. Solltest du Veränderungen bemerken, sag gleich Bescheid."

„Na klar."

Während die Ärzte den Tubus entfernen, muss Stefanie das Zimmer noch einmal verlassen.

Als sie wieder rein darf, rückt sie sich den Schwingsessel ganz dicht an das Bett, nimmt das Tablet, öffnet die Datei mit den Geschichten, legt ihre rechte Hand auf die linke ihres Mannes und beginnt zu lesen.

Inzwischen war es halb eins, und wir standen vor der Eisentür des Leuchtturms.

Der Wärter begrüßte uns. Er war extra für uns gekommen.

Schwungvoll öffnete er die Tür, und ein Schwall kalter Luft schwappte uns entgegen. Er wollte sein Programm abspulen, aber ich unterbrach ihn: „Einen kleinen Moment, bitte, ich möchte kurz noch etwas sagen. Wir kommen sofort."

Ich zog die Jungs zur Seite.

„Wisst ihr, mir war nicht klar, ob meine spinnerte Idee mit den Geschichtenrunden funktionieren würde und ob ihr euch darauf einlassen könnt. Aber es hat ganz gut geklappt, oder?" Ich blickte die anderen an.

Yannis stimmte mir überschwänglich zu. Er sei immer wieder begeistert gewesen, so tolle Storys, und er freue sich schon auf das nächste Jahr. Wir würden doch alle wiederkommen?

Max sah mich ruhig an und nickte mir dankbar zu, nur Til reagierte ein wenig kleinlaut.

„Okay, die letzte Erzählung hätte ich wohl lieber bleiben lassen sollen, und wir sind ja auch noch nicht am Ende des Tages. Erst mal abwarten, was ihr da oben alle zu sagen habt!“

„Wird schon nicht so schlimm sein, und einige Backpfeifen wurden ja bereits verteilt. Grundsätzlich aber bin ich neugierig, ob überhaupt irgendetwas von dem Gehörten stimmte. Einiges schien klar erfunden zu sein. Aber wir hatten Zeit füreinander, haben uns grundsätzlich nicht gezofft und sind weiter Freunde! “ Ich blickte in die Runde. „Oder?“

Mein Blick blieb bei Sören hängen, der sich bisher nicht geäußert hatte.

Er zögerte und nickte dann. „Es war schön hier. Und ihr könnt mir glauben, mir ist etliches über euch und über mich klargeworden. Ehrlich. Kommt, lasst uns nach oben klettern.“

Das kam bei uns allen an wie ein Lob. Kein Zynismus, keine Häme.

Wir wandten uns um. Yannis ging den anderen voran und drückte im Vorbeigehen meine Hand.

„Gut gemacht!“, raunte er mir zu.

Unser Leuchtturmwärter in seiner schicken Uniform hielt uns einen Vortrag über den Turm, wovon mir einige interessante Zahlen in Erinnerung blieben.

„Eine nachgewiesene Leuchte gab es ab 1358, Vicke Schorler hat Turm und Wachthaus schon 1582 gezeichnet ...“

Max unterbrach und machte ein Victory-Zeichen in meine Richtung. „Vicke Schorler hatte es wohl mit den Türmen.“

Ich schmunzelte.

„Damals brannten zunächst Kerzen in einem verglasten Metallkäfig. Anfang des 19. Jahrhunderts wurde ein neuer Turm gebaut, und seit 1898 steht hier unser Schmuckstück. Der Turm ist 36,90 Meter hoch. Wollen wir nach oben?“ Er unterbrach seine Rede und sah in die Runde. „Gibt's Fragen?“

„Wie viele Stufen sind es nach oben?“, fragte Max interessiert. „Wird so ein Licht in Zeiten von GPS überhaupt noch benötigt? Welches sind die meist gestellten Fragen der Touristen?“

„Der Reihe nach: Ja, das Leuchtfeuer ist noch aktiv und infolge seiner Kennung, so nennt man die Schaltzeichen des Lichtes, von den Seeleuten immer noch Warnemünde zuzuordnen. Bis zur oberen Empore sind es genau hundertfünfunddreißig Stufen, und die meistgestellte Frage der Touristen lautet stets: ‚Können Sie uns bitte von hier oben die öffentlichen Toiletten in Warnemünde zeigen? Wir haben nachher nicht mehr viel Zeit.‘“

Wir alle lachten.

Unser Staatsanwalt stellte die nächsten Fragen.

„Und, gab es schon Suizide, sind Leute vom Turm gesprungen?“, wollte er wissen. „Musstet ihr hier unten schon zusammenfegen?“

Er bekam eine ernsthafte Antwort. „Seit wir den Turm als Verein nach der Wende zur touristischen Bewirtschaftung übernahmen, haben sich hier vier Menschen herabgestürzt. Einer sprang von der ersten Empore, er brach sich lediglich ein Bein, Glück gehabt. Aber unlängst sprang eine Frau von ganz oben. Keine Chance. Das ist für uns eine große psychische Last, damit muss man erst einmal umgehen. Wenn man dann zufällig Dienst hatte ...“

Er wandte sich ab und stiefelte den Treppenstufen im Inneren des Turms zu.

Sören hielt ihn auf.

„Wir“, er zeigte auf sich und auf mich, „waren schon mehrfach oben. Sie müssen nicht mit hinauf. Wir ziehen den Kopf ein, gehen gar nicht auf die erste Plattform und schließen nachher die Tür wieder richtig. Wäre das okay?“

Offensichtlich wollte er oben niemanden bei unseren Diskussionen über die letzten Tage dabeihaben.

„Meinetwegen.“ Der Wärter zuckte mit den Schultern. „Ist aber eine Ausnahme. Ich muss nach euch so oder so noch einmal nach oben. Wäre aber schön, wenn ihr in einer halben Stunde wieder unten wärt.“

„Klar, vielleicht auch früher.“

Yannis betrat die erste Stufe und begann laut und vernehmlich zu zählen: „Eins, zwei, drei ...“

Wir grinsten uns an und stapften ihm hinterher.

An der Stahltür zur ersten Plattform mit ihrem Bullauge gingen wir vereinbarungsgemäß vorbei. Sören schritt langsamer, und wir glaubten, ihm fiele das Treppensteigen schwer. Er aber strich mit der Hand vorsichtig über die frische Farbe in Kopfhöhe.

Plötzlich blieb Sören stehen. Er zeigte uns ein unter der Farbschicht noch wahrnehmbares eingeritztes Herz mit den Buchstaben S und H.

„Sag ich doch, ich war schon hier. Sachbeschädigung. Ein Fall für den Staatsanwalt.“ Energisch kletterte er uns voran, keine Fragen duldend.

Wir anderen sahen uns skeptisch an.

Ob das stimmte?

Plötzlich bewegen sich Sebastians Finger. Ganz deutlich spürt Stefanie das. Sie steht vorsichtig auf, schaut ihren Mann an.

„Sebastian, Schatz, bist du wach?“

Sehr langsam öffnen sich Sebastians Augen.

„Hallo, kommt mal jemand her? Schnell, bitte!“, ruft Stefanie in Richtung Tür.

Eine Schwester in Schutzkleidung eilt herbei.

„Er ist wieder da!“ Stefanie zeigt auf ihren Mann.

„Ja, Sie haben recht, ich hole Frau Doktor Berndt.“

Stefanies Augen füllen sich mit Tränen. Sie beugt sich dicht zu Sebastian hinab.

„Mein Schatz!“

Sebastian hustet und krächzt heiser: „Bist du gesund, Stefanie?“

„Ja, das bin ich“, bestätigt sie. „Und du bist nun auf dem besten Weg, es auch zu werden.“ Stefanie reicht ihrem Mann einen Becher mit Wasser. „Ganz vorsichtig trinken!“

„Wie fühlst du dich?“, fragt Jana, die soeben reingekommen ist.

„Wie nach einer längeren Erkältung, etwas schwach.“

„Du bist auch noch nicht gesund. Wir unterstützen deine Atmung wieder mit einer Sauerstoffnasenbrille.“

„Danke, Jana.“

„Du musst vor allem Stefanie danken.“

„Habe ich das Serum bekommen?“

„Ja.“ Stefanie nickt. „Ich hab es dir über den Zugang verabreicht.“

„Ich kann mich nicht daran erinnern.“

„Du warst im künstlichen Koma!“ Nachdem Jana die Atemunterstützung gelegt hat, meint sie: „Ich werde mal alle anrufen und vorsichtigen Optimismus verbreiten.“

Als sie das Zimmer verlassen hat, sind Sebastian und Stefanie allein.

„Ich bin so froh, dass du wieder wach bist“, gesteht sie unter Tränen.

„Wieso, wie lange habe ich denn geschlafen?“

„Seit vorgestern Nachmittag. Also du warst fast achtundvierzig Stunden weg.“

„So lange?“ Erstaunt schaut Sebastian seine Frau an. „Merkwürdigerweise war ich wieder zu Hause, lag in unserem Schlafzimmer, du neben mir. Ich habe dich gesehen und wusste, du bist schwer erkrankt. Ich wollte aufstehen, nach einem Krankenwagen telefonieren, aber ich konnte nicht wach werden. Dann hörte ich eine Stimme, freundlich, vertraut, und jemand reichte mir die Hand. Ich nahm all meinen Willen zusammen und sagte mir immer wieder: ‚Da ist eine Frau, die hilft dir, aufzuwachen. Da ist Steffi!‘ Und dann bin ich wirklich wach geworden.“

Stefanie lächelt immer wieder mit Tränen in den Augen. „Ich habe dir vorgelesen, bin fast am Ende. Willst du den Schluss hören?“

„Ja.“

Oben auf der Plattform angekommen, empfing uns ein kräftiger Märzwind. Uns war schlagartig klar, weshalb der Turm normalerweise erst später öffnete. Der Türausgang lag in nordwestlicher Richtung, und wir orientierten uns schnell.

Yannis zeigte in Richtung unseres Hotels.

„Und wenn Sie anschließend vom Turm steigen und Ihr Hotel aufsuchen möchten, nutzen Sie die neue, sich elektrisch öffnende Toilette am Dünenaufgang ...“, deklamierte er.

Wir lachten. Im gleichen Moment lief eine der Fähren ein, die den Hafen von Rostock ansteuerte. Wir folgten dem großen weißen Schiff mit den Blicken und erschraken, als das Typhon laut die Hafeneinfahrt signalisierte. Ich zog mein Smartphone aus der Tasche, um die Fähre zu fotografieren.

Jetzt hätten wir mit der Auswertung der Geschichten beginnen müssen, aber niemand machte den Anfang. Weshalb sollte ich derjenige sein?

Ich folgte dem Schiff um den Turm herum in östlicher Richtung und fotografierte mehrfach. Im Hintergrund konnte ich Rostock ausmachen. Ich genoss den Ausblick und die Ruhe.

Plötzlich hörte ich von der anderen Seite der Empore einen zunächst nicht definierbaren Lärm. Max und Til schrien laut durcheinander.

„Ermordet? Das war deine Story? Du hast sie ermordet und verschüttet gelassen?“

Sören brüllte: „... nicht gewollt ... Leid ... Ich war so wütend ...“

Schlagartig begriff ich. Ich stürzte zur anderen Turmseite und sah, dass Sören für den Bruchteil einer Sekunde hinter der eisernen Reling des Turms fast waagerecht in der Luft hing.

Max und Til standen unmittelbar vor ihm an der brusthohen, stählernen Umrandung. Der Aufprall war von hier oben nicht zu hören.

Yannis heulte entsetzt auf.

Etliche Sekunden vergingen. Langsam kam ich zu mir.

„Habt ihr ihn etwa runtergestoßen?“ Ich sah zu Til und Max. „Oder du, Yannis ...?“

Wir bemühten uns, den zusammengesunkenen Kunsthistoriker, der einen Weinkrampf zu unterdrücken versuchte, zu beruhigen. Er zeigte immer nur zur Brüstung.

„Abgestürzt, einfach runter ... Er hat sie dort an der Düne ermordet ... aufgeprallt ... Wir sind daran vorbeigegangen ...“ Yannis zeigte in den Westen. „Ermordet ...“

Ich griff zum Handy und wählte den Notruf. „Ein Todesfall am Leuchtturm, Sie müssen sofort kommen!“

Unwillkürlich sah ich in den Himmel. Aber von dort würden wir keine Hilfe erfahren.

Langsam schlichen wir die Wendeltreppe hinab. Wir sprachen nicht miteinander, wir sahen uns nicht an, wir ließen Platz zwischen uns ...

Unten angekommen, standen wir vor verschlossener Tür. Unser Leuchtturmwärter hatte offensichtlich den Sturz mitbekommen und uns eingesperrt, bis die Polizei da war.

Als die Polizisten den Turm wenig später öffneten, unterbrachen sie unser Schweigen. Wir wurden einzeln in verschiedene Fahrzeuge gesetzt und zu Verhören abtransportiert.

Meine Unschuld stellte sich schnell heraus, eine ältere Dame hatte mich auf der östlichen Turmseite beobachtet.

Til, Max und Yannis, meine Jugendfreunde, erwartete ein Prozess.

Die Leiche von Sörens Freundin wurde unter dem Küstenabbruch gefunden, an dem wir dreimal vorbeigegangen waren.

Wir haben uns seitdem nicht wiedergesehen und nicht mehr miteinander gesprochen. Geblieben sind viele Rätsel.

Wir waren fünf Freunde. Es war unser letztes Nachostertreffen.

Dies ist ein Buch für den Staatsanwalt, ein Buch für Sören.

„Ist zu traurig, viel zu brutal das Ende!“ Stefanie schüttelt sich. Sebastian zögert mit der Antwort.

„Heute sehe ich das auch so“, sagt er dann. „Als ich es schrieb, fühlte ich mich so mies, die Zukunft trübe, diese Scheißkrankheit, und dann auch noch Stress mit dir ... Ich kann – nein, ich muss! – die Geschichte ändern. Du hast völlig recht.“

„Es war nicht nur Corona, nicht nur deine Erkrankung, die uns in der letzten Zeit auseinandergetrieben hat“, entgegnet Stefanie. „Wir haben uns zu wenig umeinander gekümmert. Heute Morgen habe ich dir etwas versprochen. Da du dich nicht erinnern kannst, wiederhole ich es: Wir werden unser Leben so leben, wie wir uns das mal ausgemalt haben. Wir verschieben Urlaub, Kinder und ein Haus nicht mehr auf irgendwann später. Unsere schönsten Jahre, Schatz, beginnen jetzt.“

EIN HALBES JAHR SPÄTER

Eine goldene Herbstsonne lässt die grünen, gelben und roten Blätter an den Bäumen, die Dahlien, Astern und Rosen in den kleinen Gärtchen vor den Häusern hell aufleuchten.

„Beuge deinen Oberkörper ein wenig nach rechts, damit ich den Leuchtturm auch im Bild habe“, weist Sebastian seine Frau an. „Gut so, und jetzt lächeln!“

Sebastian macht mehrere Bilder. Dann wandern die beiden über den Dornbusch zurück zu ihren Fahrrädern und radeln nach Vitte.

Sie finden draußen einen freien Tisch in einem netten Café, wo längst wieder der Trubel der Vor-Corona-Zeit eingesetzt hat, und bestellen Cappuccino. Während sie darauf warten, schaut Sebastian auf sein Smartphone, weil er sich die Fotos ansehen will. Dabei entdeckt er eine E-Mail von Meiersen.

„Im Oktober bin ich zu vier Lesungen eingeladen“, teilt er seiner Frau mit, nachdem er sie gelesen hat. „Und am 5. November ist die Buchpremiere von ‚Die Schnickmanns‘.“

„Glückwunsch, mein Schatz. Die Leute scheinen richtigen Hunger nach Kultur zu haben.“ Stefanie schließt ihre Augen und reckt ihr Gesicht in die Sonne. „Es ist so schön hier.“

Ihr Handy klingelt.

„Mein Chef“, stellt sie bei einem Blick auf das Display fest. „Was will der denn im Urlaub von mir?“

Sie meldet sich.

„Stefanie, kaufen Sie sich eine Flasche teuren Champagner, das Geld bekommen Sie von mir. Es ist eindeutig, unser Serum wirkt nicht nur gegen Corona, nein, es gibt auch erste Hinweise, dass es bei verschiedenen Krebsarten helfen kann, vor allem bei Lungenkrebs. Sie haben eine wahrhaft bahnbrechende Medikamentenkombination zusammengestellt! PierstockMed sowie all die Patientinnen und Patienten sind Ihnen äußerst dankbar. Genießen Sie die restlichen Tage auf Hiddensee. Bis dann."

Sebastian hat mitgehört und strahlt seine Frau an.

Stefanie grinst über das ganze Gesicht. „Ist das Leben nicht wunderbar?"

EINE NACHLESE

Liebe Leserin und lieber Leser,
gern hätten wir Stefanie noch früher ein Serum gegen Covid-19 finden lassen. Aber wir wollten möglichst nah an der Wirklichkeit bleiben und kein Märchen und keine Utopie schreiben.

Hoffnung gibt es. Eine Pandemie ist eine Naturkatastrophe. Mit solchen Katastrophen kämpft alles Leben auf unserer Welt seit seinem Bestehen immer wieder. Meteoriteneinschläge, Vulkanausbrüche, Erdbeben, Fluten und Eiszeiten prägten und prägen das Antlitz der Erde, wirkten und wirken auf Pflanzen, Tiere und Menschen.

Epidemien, regionale Krankheitsausbrüche, und Pandemien, weltweite Krankheiten, betreffen Mensch und Tier. Malte, unser Historiker, erinnert uns daran, dass Pest und Cholera zu den Schrecken des Mittelalters gehörten und die Spanische Grippe zu Beginn des 20. Jahrhunderts die erste Pandemie war. Mediziner und Wissenschaftler entwickelten Impfstoffe und Eindämmungsstrategien.

In unserer heutigen bevölkerungsreichen, eng zusammengerückten Welt, für die internationale Zusammenarbeit ein wichtiges Instrument der Entwicklung ist, stellt gerade diese Nähe auch die größte Gefahr dar. Krankheitserreger verbreiten sich mit Flugzeugen in wenigen Stunden über alle Kontinente. Dass wir nun zu Hause sitzen, Kontaktverbote aushalten müssen, nicht reisen können, unser soziales Leben auf ein Minimum reduziert ist, mag schwer erträglich sein, zeigt aber, dass die Verbreitungsweise der Viren erkannt wurde und wir nicht, wie im Mittelalter, völlig ahnungslos und ohne Schutz dieser Seuche ausgeliefert sind.

Hoffnung machen uns vor allem aber die Wissenschaftler und Mediziner. Wer die Medienberichte in diesen Tagen verfolgt, weiß, dass es nicht nur Tests – die in ganz kurzer Zeit entwickelt wurden – gibt, die eine akute beziehungsweise eine überstandene Erkrankung nachweisen, sondern auch verschiedene zugelassene Medikamente, entwickelt zum Beispiel gegen Malaria, AIDS und Ebola, die möglicherweise schon bald zum Einsatz kommen können.

Insofern ist Stefanies Serum keine reine Erfindung der Autoren, sondern eine aus der Realität der ersten Monate des Jahres 2020 abgeleitete Idee. Während des Schreibens haben wir gelesen, dass Medikamentencocktails gemixt werden, um als Wirkstoffkombination zum Einsatz zu kommen. Da lagen wir also nicht verkehrt. Ein weiteres Medikament, das einen Durchbruch bringen könnte, basiert auf Antikörpern, einer natürlichen Waffe des menschlichen Körpers gegen Eindringlinge.

Am Ende unseres Buches lassen wir Stefanie jubeln, weil das von ihr maßgeblich mitentwickelte Serum bei der Krebstherapie zu helfen scheint. Auch das ist nicht aus der Luft gegriffen. Impfviren gegen Masern sind schon heute in der Lage, Krebszellen gezielt zu infizieren und zu zerstören[6].

Wir vertrauen den Ärzten, die sagen, es wird einen Impfstoff geben, aber erst später, vielleicht 2021. Wer einmal im Internet

---

6 Nähere Informationen hierzu findet man beispielsweise hier: https://www.gesundheitsforschung-bmbf.de/de/neue-waffe-gegen-krebs-masern-impfviren-zerstoren-gezielt-krebszellen-2711.php

nachgelesen hat, was für die Zulassung neuer Arzneien nötig ist, erfährt, dass der Zeitraum vom Einreichen des Antrags bis zur Freigabe schon Jahre dauert. Davor liegen noch unterschiedlich lange Zeitfenster, in denen das Medikament entwickelt werden muss. Das war in den bisher vier, fünf Monaten, die die Menschheit dieses Corona-Virus kennt, nicht möglich.

Angesichts der besonderen Lage hat die Weltgesundheitsorganisation aber den Start eines Projektes bekannt gegeben: Ärztinnen und Ärzte weltweit können mit wenig bürokratischem Aufwand an einer geplanten Großstudie teilnehmen, um zugelassene Arzneien, die zurzeit gegen Covid-19 eingesetzt werden, auf deren Wirksamkeit zu überprüfen. Davon erhofft man sich fundierte wissenschaftliche Aussagen, um Infizierte gezielter behandeln zu können.

Virologen schätzen aus den weltweiten Zahlen, dass die Erkrankung bei einundachtzig Prozent der Patienten einen milden Verlauf nehmen wird. Vierzehn Prozent erkranken schwer, für fünf Prozent ist Covid-19 lebensbedrohlich. In diesen kritischen Fällen dauert es etwa zehn Tage von den ersten Symptomen bis zu einer Einweisung auf eine Intensivstation, wo der sich verschlechternden Sauerstoffversorgung durch verschiedene Beatmungsmöglichkeiten entgegengewirkt wird. Zumeist ist ein Intubieren, das mit einem künstlichen Koma einhergeht - so wie bei Sebastian - nicht nötig.

Allerdings sprechen die Mediziner von einer langen Beatmungszeit, zwei Wochen und mehr. Das haben wir Sebastian mithilfe des Heilserums - und unserer dichterischen Freiheit - erspart.

Bei dieser Geschichte handelt es sich eben um Literatur, Erfundenes, Erdachtes, aber dennoch sehr Reales. Wir stecken mittendrin in der Corona-Krise!

Wir Autoren stehen im Augenblick vor denselben Problemen wie Sebastian und Stefanie, ihre Familien und Freunde, die Menschen in Rostock, Mecklenburg-Vorpommern, Deutschland, Europa und weiten Teilen der Welt. Es sind Sorgen um die Alten und Kranken. Wir leiden unter Kontaktsperren, Existenzängsten und der Furcht vor der Krankheit.

Plötzlich müssen wir lernen, von zu Hause aus zu arbeiten, Telefonkonferenzen zu führen, notwendige Dinge über das Internet zu bestellen oder zu beauftragen – ja, sogar Buchverträge im Ferndialog zu verhandeln, die Lektorin nur aus der Ferne zu grüßen ...

Mut machen die Berichte derjenigen, die die Krankheit, auch mit schwereren Verläufen, überstanden haben. Sie alle berichten von der großen Freude, überlebt zu haben und wieder frische Luft atmen zu können.

Was wird in den nächsten Wochen geschehen? Werden wir Deutschen glimpflich davonkommen, mit weniger Erkrankten und weniger Toten als in anderen Ländern? Das könnte sein, vielleicht wird aber alles auch noch viel schlimmer. Hoffentlich gibt es schnell einen großen medizinischen Durchbruch.

Und wie geht es nach den drastischen, von den Politikern angeordneten und von den meisten verstandenen Schutzmaßnahmen weiter? Sicher ist, Corona und die wirtschaftlichen Folgen der Pandemie werden uns noch länger beschäftigen.

Einige Zukunftsforscher meinen, diese Pandemie sei eine Chance für die Menschheit. Sie erwarten, dass die Welt solidarischer sein und die Umwelt sich erholen wird, weil wir gelernt haben, mit weniger besser auszukommen.

Matthias Horx schreibt aus einer zukünftigen Sicht: „Nach einer ersten Schockstarre fühlten viele von sich sogar erleichtert, dass das viele Rennen, Reden, Kommunizieren auf Multikanälen plötzlich zu einem Halt kam. Verzichte müssen nicht unbedingt Verlust bedeuten, sondern können sogar neue Möglichkeitsräume eröffnen. (...) Wir haben Menschen kennengelernt, die wir sonst nie kennengelernt hätten. Wir haben alte Freunde wieder häufiger kontaktiert, Bindungen verstärkt, die lose und locker geworden waren. Familien, Nachbarn, Freunde, sind näher gerückt und haben bisweilen sogar verborgene Konflikte gelöst. (...) Die gesellschaftliche Höflichkeit, die wir vorher zunehmend vermissten, stieg an. (...) Gleichzeitig erlebten scheinbar veraltete Kulturtechniken eine Renaissance. Plötzlich erwischte man nicht nur den Anrufbeantworter, wenn man anrief, sondern real vorhandene Menschen. Das Virus brachte eine neue Kultur des Langtelefonierens ohne Second Screen hervor. Auch die *messages* selbst bekamen plötzlich eine neue Bedeutung. Man kommunizierte wieder wirklich. Man ließ niemanden mehr zappeln. Man hielt niemanden mehr hin. So entstand eine neue Kultur der Erreichbarkeit. Der Verbindlichkeit (...) Menschen, die vor lauter Hektik nie zur Ruhe kamen, auch junge Menschen, machten plötzlich ausgiebige Spaziergänge (ein Wort, das vorher eher ein Fremdwort war). Bücher lesen wurde plötzlich zum Kult.“[7]

Sollte sich Letzteres als wahr erweisen, wären wir bestätigt. Man kann unser Buch auch lesen, wenn alles vorbei ist. Rückblickend,

7 www.horx.com und www.zukunftsinstitut.de

um sich zu erinnern, wie alles war, und froh darüber zu sein, es gut überstanden zu haben. So wie Stefanie und Sebastian.

Natürlich ist unser Ende ein Happy End. Wir hätten es sogar noch kitschiger machen können: Sebastian und eine schwangere Stefanie bei einem innigen Kuss vor einem glutroten Sonnenuntergang.

Nun, wir wollten Ihre Fantasie anregen. Und wir wollten Ihnen, liebe Leserin und lieber Leser, ein positives Ende mit auf den Weg geben, in welcher Situation auch immer Sie sich gerade befinden mögen. Ja, wir wollen Ihnen Mut machen! Lassen Sie sich von unserem Paar ermuntern, das eigene Leben nicht nur gezwungenermaßen, sondern selbst ein wenig abzubremsen, kurz innezuhalten und nachzudenken, zu verändern, was sich nicht mehr gut anfühlt. So, dass auch Sie, wenn dieser schlimme Albtraum überstanden ist, sagen können: „Das Leben ist wunderbar!“

Matti Sund & Dorit Biel

UNSER DANK

Unseren Testlesern und Gesprächspartnern möchte wir Dank abstatten: Kersten und Annelies, Andy, Anita, Horst D. S.: Ihr seht, dass wir dem Wunsch auf ein fröhliches Happy End der Erzählungen um Malte jetzt doch nachgekommen sind, denn Malte verspricht, sein Buch umzuschreiben! So könnt ihr uns deshalb nicht mehr böse sein.

Dank an Ingo R. und Toralf N. für die medizinischen Hinweise.

Tobi, Jenny und Micha, ihr habt geduldig gelesen, zugehört, diskutiert und korrigiert.

Birger, Anita und Achim: Euren Anregungen, Vorschlägen und Kritiken sind wir meistens nachgekommen, das seht ihr im fertigen Buch.

Einige der Geschichten offenbaren ihre Geheimnisse im Internet, wenn man an der richtigen Stelle nachsieht.

Unsere emsigsten Korrektoren, Zuhörer und Probeleser kennen alle Wahrheiten.

Unsere PartnerInnen, mussten sich uns stundenlang mit Sebastian, Stefanie, Malte, Sören, Til, Max und Yannis teilen. Danke dafür!

Wir danken Ihnen, liebe Leserin, lieber Leser, dass wir Sie mit unseren Geschichten und dem Nachdenken darüber allein lassen dürfen. Der Wahrheitsgehalt nicht aller Malte-Erzählungen wird aufgelöst. Und doch entspringen einige, gar nicht so wenige, der Realität. Vielleicht die, von denen Sie es überhaupt nicht denken würden. Deshalb möchten wir wenigstens eine Wahrheit kundtun, damit Sie uns gewogen bleiben:

Aufgeblasene Frösche können nicht fliegen!

Das Buch entstand in einer schlimmen Phase der Corona-Epidemie und während der Kontaktsperre innerhalb von vierzehn Tagen. Wie sich Corona weiterentwickeln wird, wissen wir nicht. Wir konnten hier nicht darüber schreiben.

Es war eine mutige Entscheidung des Steffen-Verlags, von Sven Steffen persönlich, dieses Projekt in einer so unsicheren Situation des Verlags- und Buchhandelswesens anzupacken. Hut ab vor der positiven Risikoabwägung und vor professionellem Anpacken.

Das Buch soll Sie ablenken, fesseln und gut unterhalten. Ja, es soll Mut machen, auch wenn wir sicherlich romantisieren. Aber was wären wir ohne Hoffnung?

Sie können uns direkt erreichen über sund-biel@gmx.de

Schreiben Sie uns bitte, was Sie beim Lesen empfunden haben. Schreiben kann helfen, einen Moment abzuschalten und Langeweile zu vertreiben. Wir haben es gerade selbst erlebt.

Bleiben oder werden Sie gesund! Das wünschen wir Ihnen von Herzen!

Matti Sund & Dorit Biel